U0649175

东方卫视《诗书画》栏目组 编撰

曹可凡 印海蓉 主讲

诗书画

上海人民出版社 学林出版社

学术总顾问　　汪涌豪　陈引驰

文 化 顾 问　　任 平　钟仕伦　郑名川　汤哲明　李海峰　郑　毅

制 作 人　　黄景誉　沈　敏

图 文 编 撰　　关 强　马晓梅　王知非　戎 默　刘 敬　刘鑫芝　苏大平　田 祺
　　　　　　　曲大林　刘 洋　刘明杰　王 朝　李志超

目录

目录

陈
引
驰

　　近来，中国古典诗歌之热潮，席卷神州。电视中各种类型的诗歌比赛吸引着无数的观众，社会上形形色色的诗词讲座往往听者满座，而书店里赏析名篇佳作的书籍可谓琳琅满目。泛泛而言，这是人们生活水准提升之后，对于知识和文化产生更高追求的自然体现；往深处考虑，则是因为随着中国四十年来翻天覆地的变化和进步，自 20 世纪 90 年代以来我们对自己的文化有了更强的自信，传统渐趋复兴的表征。

　　曾经，中国人对自己的文化传统持续地展开反省、批判，对传统避之唯恐不及，力图摆脱束缚而唾弃之的言论，即使在时代的精英们那里，也滔滔皆是，甚至成为主流共识。这一情形，在 19 世纪以来日渐沉重的存种保国的危机之下，并不是毫无道理的，在某种程度上也是值得我们后人同情而尊重的。不过，时势转移，到了 20 世纪末，或许中国人可以更为平情地看待我们曾经的历史沉浮，更为平情地看待我们的文化传统的当代可能性。其实，西方学界比我们更早，就开始讨论所谓"多元现代性"的问题，作为一个系统性的"现代"，是不是可以有不同的组合结构和类型？在物质大同、制度接轨的同时，生活的方式、精神的世界是否可以是异彩纷纭的？如果平情反思，我们的生活理想、伦理观念、审美情趣，是不是很大程度上仍与我们过去的传统有关联？或许不得不承认：传统文化仍在影响着我们如何界定美满幸福，影响着我们如何待人接物，影响着我们如何愉悦身心。而这种与传统深深关联的生活和精神认同，是否在很大程度上回过头来会影响到我们对物质世界和制度设置的选择？

复杂的问题暂且按下，回到对传统的重新体认。这自然可以有许多不同的方式，不过，经由诗歌大概是一条最切近我们的生活和精神的路径吧。诗歌在传统中国，不是一种超然日常之上的特殊的艺术形式，通常它就是在每天每日的喜怒哀乐中生长出来的；诗歌表达情感，无论宏远或微末，也传达思想，偶尔玄深而往往平实；诗歌诉诸理，更诉诸情，有时展示出神入化的奇幻，更多的是展示平常之中的一片美丽，因而感动无数的人们，不仅文人雅士，甚至是目不识丁的贩夫走卒。我有时真的有一点儿偏见：诗歌是我们通向传统最便捷而又宛转诱人的小径。

说得更直白些，作为一种艺术样式的诗歌，情理兼容，较之伦理教诲与抽象思辨——虽然我们的先人对前者很热情，而对后者不太擅长——包含着传统所拥有的更多元丰富的质素。

在诗歌的旁边，还有书画。书画尤其是画，很可能比诗歌更有普遍性，人物花草、虫鱼飞禽、水光山色、宫苑台榭，直接诉诸视觉，地无分南北，人无论东西，对眼前的人、事、景，都能有感而发，或摇头叹气，或颔首心许。

今年元旦始，上海电视台东方卫视开播一档全新的"诗书画"系列节目，每日黄昏，以10分钟的有限时间，讲析一首诗并配合着品赏一幅画或一幅字，诗书画三者结合，藉艺术以传达传统文化所具有的美和意蕴。

视像的显示在时间的维度之中线性延展，而今在电视节目大获成功并不断继续的同时，文字与图像配合的纸质书籍推出了第一集，包含天时节气6篇、君子品格8篇、通才大家10篇、才女美女10篇、古代百工10篇、壮丽山河11篇、文化名城16篇，就所涉及的方面综而言之，不妨说天、地、人俱全。

与电视观众多少不同，书的读者可以一气读下去，也可以随时停住细细咀嚼，乃至倒卷书页回顾涵玩。相信诸君一定能开卷有益。

谓予不信，随手翻开书稿，读一读"二十四节气"的《惊蛰》一篇，便能增长一点儿知识，并获得对诗歌艺术方式的一些理解。该文开篇就提到，古代的二十四节气里面，有四个节气与小虫子最有关联，即立春、春分、秋分和霜降，在这四个节气时，敏感的蛰虫将"始振"、"咸动"、"坯户"、"咸伏"。那"惊蛰"呢？不是春雷惊起蛰伏的小虫和它的小伙伴们吗？但这个流行很广的通常的解释，其实是一个误会："惊蛰"的"惊"，原来是"启"，指渐渐温煦的过程；据说因为避汉景帝刘启的名讳，所以"启蛰"被改成了"惊蛰"——而在中原的黄河流域，这个时候还不会有春雷震震的啊。不过，"惊蛰"毕竟与小虫有关，《诗书画》于是选了一首唐代刘方平的诗《月夜》。

这不是一般的"月夜"，是春气乍暖的月夜："更深月色半人家，北斗阑干南斗斜。"这两句"很有画面感"，"夜深了，地上，庭院的一半笼罩在月光下，另一半则遮蔽在阴影里，一明一暗，对比鲜明却又恰如其分，是朦胧夜色中常见的景致。天上，北斗星和南斗星都已经横了过来，斗转星移，正是夜深人静"。所谓"画面感"，就是诉诸视觉，而视野的转移，是从地下到天上——古诗都有着惯常的脉络，相异相对，由此及彼，其实是挺容易理解和把握的。夜色的观照之后，得有变化，与视觉相对的自然是听觉："今夜偏知春气暖，虫声新透绿窗纱。"此前的寒夜是没有小虫的鸣声的，此刻渐暖，今年最新的"虫声"透过窗纱传入："这叫声从象征生命勃发的绿颜色的窗纱中透进来，是万物复苏的消息透进来了，是春回大地的生机透进来了。"也就是说，这夜半的虫声，凸现了时节的转移。回味全诗，这美好的春意，恰是通过天上与人间，视觉到听觉的差异、对称和转移来呈现的。诗人的手段是不是很了然清晰啊？——且慢，或许你会问：最后一句"虫声新透绿窗纱"的"绿"，不是视觉印象吗？诗的最后是不是视觉和听觉的交合啊？你也可以这么说。不过，细想一下，"深更半夜是看不出窗纱颜色的"，所谓"绿"不妨理解为诗人臆念中春夜窗纱该有的色彩，而未必是老老实实的颜色鉴定。

刘方平的《月夜》是一个很好的例子，这是一首有巧思的诗，而诗境的形成，离不开视觉的"画面感"——中国古代的诗歌，往往就是这样内含着声与色、情与景的多面性，诗歌内含着画面。从这个角度来说，《诗书画》结合诗与书画，有充分的理由。

虽然书中格于体式，以诗为主，辅以书画，除"通才大家"一编依王维、苏轼、宋徽宗赵佶、赵孟頫、倪瓒、董其昌、徐渭、文徵明、唐伯虎、祝枝山等书画大师的时代，大略显现出画家的先后脉络，其余各编中书画都是依诗呈现的，但诗歌与绘画之关系，通过为诗歌选配的名画佳作及精细解说，确实可谓密切而相得益彰。

诗画相关相通，是历来中国艺术中的常谈，苏东坡就赞叹王维"诗中有画"、"画中有诗"。回望绘画史和诗歌史，依诗意而作画，就画作而题诗，乃至在近世的文人画传统中，诗书画印合一而同现于画幅，都印证着传统中"诗画一律"的观念。当然，我们稍稍扩展一下眼光，在西方艺术观念的系统之中，诗为时间的艺术，画则为空间的艺术，人们往往瞩目于两种艺术样式的差异，从古希腊的亚里士多德、古罗马的普鲁塔克直到撰写了名著《拉奥孔》的莱辛，这是西方的主流。比较中国传统，我们之所以更多倾向诗与画之间的相关相通，很大程度上在于后世文人画传统的日渐强大，无论吟诗作画，都被认为是诗人或画家内心情感和襟怀的流露、呈现，诗或者画，只是作者表达自我的媒介方式不同而已。

由此，我们或许可以说《诗书画》对诗与画的配合、相衬，更多地体现了我们传统的艺术信念。一方面，书中解诗，往往揭示其画境，而中国诗多为抒情诗，中国抒情诗很重要的一个美学原则就是情景交融，情蕴于景中——这与传统所谓理事相即、言理不离事的哲学一脉同构。另一方面，书中解画，往往列述近景远态，上山下水，左花、树而右人、禽，画面虽然展示一时毕现的空间，但流目顾盼方能遍观全局，空间图像在流观的时间过程中方得展开，犹如汉代司马相如的大赋，基本结构就是分东西南北来叙写林苑，如宋元以下的讲话、说部，对于同时发生的故事只能"花开两朵、各表一枝"。简而言之，中国传统中，时间性的诗往往呈现空间性的画面，而空间性的画卷也有待时间性的观照来统合把握。诗与画之间时空的涵摄、交衬，正是传统中国诗画艺术之特性。这么说，在欣赏诗、画的同时，《诗书画》或许还能让我们对传统的艺术观念有一定的认知吧。

2019 年 7 月 9 日

壹

诗书画中的传统节气

立春

俗话讲："一年之计在于春"，"立春"是四季的开始，也是二十四节气之首。从这一天算起，二十四节气又迎来了新一轮的循环。古人眼中，立春将迎来三个变化，第一是东风解冻，第二是蛰虫始振，第三是鱼涉负冰。

"东风解冻"很好理解，朱自清先生写"盼望着，盼望着，东风来了，春天的脚步近了"。东风就是春天的季节风，又被称作"俊风"。仿佛到了这时候，风也变俊了，吹在身上的感觉也不一样了。不但不扎脸，还几乎有了润肤露的功能。"吹面不寒杨柳风"，要多舒服有多舒服。

"蛰虫始振"说的是冬眠的动物们开始苏醒，开始伸懒腰了。但是请注意，醒归醒，还得赖一个多月的床，等到了春分时候才"蛰虫启户"呢。

"鱼涉负冰"是说冰面开始融化，渐渐地，能看到水里的鱼了。

《安喜图》元·王渊 纸本水墨 177cm×92cm

可水面上还有浮冰碎碴，鱼游动的时候，你老感觉它背上好像驮着冰块一样。

立春，实在是个"蠢萌蠢萌"的季节，这可不是在开玩笑，"蠢"和"萌"这两个字真是古书里对这段时令的描述，草虫蠢动、树木萌生，代表了万物重新开始的生机。

立春以后，天气虽还寒冷，人心却早已向暖，春光也在一枝一叶间积蓄着能量。"山朗润起来了，水涨起来了，太阳的脸红起来了。"于是怎么样？出游踏春的时候到了！

南宋大学者朱熹的这一首《春日》，八百多年以后读来仍让人感同身受、春光满眼——

春日

南宋·朱熹

胜日寻芳泗水滨，无边光景一时新。
等闲识得东风面，万紫千红总是春。

《论语》里，孔子有一次让弟子们谈谈理想，最后发言的是一个叫曾点的人。他说我想的是，到了春暖花开的时候，脱下棉袄，换上单衣，约上五六个同伴，再带上六七个孩子，十来个人一块儿，到城南的河水里洗洗澡，再到河边的高台上吹吹风。春光里，大伙儿唱着歌儿回来。孔子听了，"喟然叹曰"："我跟你想的一样啊！"

朱熹很熟悉这个故事。孔门的"弦歌不辍"让他神往，春光的生机盎然也让他陶醉。所以，才提笔写成了这样一首饱含情感的小诗。开头，"胜日寻芳泗水滨"，"胜日"点出了时间，一个美好的春天；"寻芳"交代了主题，出来踏青；"泗水滨"明确了地点，

泗水岸边。那么这次踏春看到或者说得到了什么呢？是"无边光景一时新"。这句高度概括，一个"新"字，对于外在景物，是春回大地、焕然一新；对于诗人自己，是兴高采烈、耳目一新。总之，这一趟没白来，收获满满。

三四句，"等闲识得东风面，万紫千红总是春"互为因果，一方面，东风将百花吹得万紫千红，令人感受到春的气息；另一方面，又正是春的气息，通过万紫千红的百花，令人识得了东风的面貌。

值得一提的是，写诗的时候，大宋王朝早已南渡，北方的泗水地区已经是金人的地盘了。终其一生，朱熹都没有、也不可能北上泗水去走一遭。那他为什么还要写去"泗水滨"寻芳呢？这正是这

首诗里意味深长的部分——他在向长期生活在泗水岸边、传道授业
的孔老夫子致敬，以"泗水"暗指孔子门庭，以"寻芳"暗指圣人
之道，以万紫千红的春光，暗指读圣贤书的精神享受。

写诗就是写诗，讲道理就是讲道理，一个诉诸情感，一个诉诸
理性，看上去很难掺和在一起，但朱熹却把他想要讲的道理，融入
生动浅显的形象和感受当中，当纯粹的写景诗读可以，当耐人寻味
的说理诗读也没问题，怎么读怎么通。

辞旧迎新，自然要讨个口彩、图个吉利，所以特别选择了元代
画家王渊的《安喜图》推荐给大家。

中国画讲究"画必有意，意必吉祥"，也就是通过画作来表情
达意、传递吉祥，其中最常用的手段就是"谐音"。比如：牡丹象

征富贵，牡丹插在瓶中，就谐音"富贵平安"；一树火红的柿子，谐音"事事如意"。

　　这幅《安喜图》充分发挥了民俗文化里谐音与象征的魅力。我们看，这是一幅细腻、清新、很有情趣的花鸟画，地上的九只鹌鹑，谐音"久安"；天上的十二只喜鹊，象征一年十二个月里月月欢喜。又报平安又报喜，好事成双，反映出画家巧妙的祝愿。

雨
水

山室庫静人聲
春雨餘唐寅

一枝擬之寫三山末
應寃誰云不邇滴
看取嘲々君
乙亥春陌題

《春雨鸣禽图》
明·唐寅
纸本水墨　121cm×26.7cm
上海博物馆藏

今年元宵节恰逢二十四节气当中的第二个节气——雨水。我一直觉得"雨水"是个特别温柔、特别诗情画意的节气。人常说"春雨贵如油""天街小雨润如酥",所以说,这个时候下雨下的可都是"及时雨"。

古人说:"东风解冻,冰雪皆散而为水,化而为雨,故名雨水。"传统观念里,雨水这个节气的三大物候是獭祭鱼、雁北归和草木萌动。

最有意思的是獭祭鱼。冰面解冻,水獭捕鱼,捕到了先不好好吃,整整齐齐码放在岸边,好像上贡摆祭品似的,搞得特别有仪式感。这个特别的现象引起了古人的注意,仔细观察,发现蛰伏了一个冬天的水獭年年都这样,于是便把它作为一种物候现象来描述雨水节气。后来也有人说,不是水獭很虔诚或者有腔调,恰恰相反,是它捕鱼能力太强了,经常捕一大堆,吃不了,咬几口就扔,这种贪心和浪费被人误解了。不过这倒也启发了人们的联想力,从"獭祭"对鱼的陈列,联想到写作时对典故的堆砌。唐朝诗人李商隐就因为这个,被人扣了顶"獭祭鱼"的帽子。

从古到今,春雨醉人,佳作迭出。杜甫曾经在成都就感受过一场《春夜喜雨》——

春夜喜雨

唐·杜甫

好雨知时节,当春乃发生。随风潜入夜,润物细无声。
野径云俱黑,江船火独明。晓看红湿处,花重锦官城。

杜甫写出了春雨的灵魂,也写出了受春雨滋润的天府之国——成都的灵魂。有一年开春我到成都去,发现那里的雨真是这样:"随风潜入夜,润物细无声。"雨过天晴的成都也真是这样:"晓看红湿处,花重锦官城。"那一瞬间,我看见了千年以前诗圣杜甫的看见。

写这首诗的时候,老杜一定按捺不住心头的快活,虽然他颠沛流离到了成都,在别人的资助下才勉强建起一个栖身的草堂,但是天府之国的一夜春雨,满城春花,却一扫他胸中的块垒,所以上来头一个字便开始叫"好"。

雨为什么好?因为有灵性、知时节,该来的时候来。什么是该来的时候?就是这句"当春乃发生"。

夜晚,春雨随风而至,滋润万物,低调得似乎未曾到来,细润得几乎落地无声。而诗人也不是用耳朵,而是用心感受到了春风化雨所带来的和煦与湿意,"随风潜入夜,润物细无声",这两句流水对,简直是神来之笔。第三联笔锋一转,写出了一组对比,一边是"野径云俱黑",田野小路和天上云朵都是漆黑一团;另一边是"江船火独明",暗夜中只有江上渔船灯火明亮。这一明一暗,相反相成:唯其暗,才越发显得江船之明、渔灯之亮;唯其亮,才越发突出乌云之暗、雨势之浓。最后一联"晓看红湿处,花重锦官城"。诗人美美地睡了一大觉。第二天睁眼一瞧,哇,整个成都城花团锦簇,千枝万朵浸透了充足的水分,挂上了晶莹的水珠,枝枝饱满、朵朵艳红,如同美人羞低了头。一座锦官城,就这样被一夜绵绵密密的好雨,滋润成了春世界、花海洋。

一场春雨,润物无声,滋润了杜甫的诗笔,也陶醉了唐寅的画笔。

唐寅是明代画家,咱们最熟悉的是他另一个称谓:唐伯虎。风流才子唐伯虎绘画上以山水见长,但是笔下的花鸟也极为生动。传说他把自己画的《鸦阵图》挂在家里,一天之内,竟然引来几千只乌鸦在屋顶上盘旋。

上海博物馆馆藏的《春雨鸣禽图》就是唐伯虎花鸟画的代表作。这是一幅瘦长的画作，一树枯涩但是在春雨中冒出新芽的枝条，由画面右下角呈"之"字形曲折向上。画面上方，一只乌黑的八哥正站在枝头鸣叫。

别小瞧了这只八哥。这八哥看似简单，画起来却相当考验功力。为什么？如果是一般的禽鸟，羽毛斑斓，大可用绚丽的色彩来表现它的美丽。而八哥浑身乌黑、颜色单一，画家能借助的颜色只有一种——墨，如何准确画出八哥黑亮的羽毛呢？

这个秘诀就在于，我们中国的"墨"是一种非常神奇的颜料，"墨分五彩"，画家通过墨色浓淡的运用，可以巧妙呈现出色彩、明暗的丰富变化。在这幅《春雨鸣禽图》中，唐伯虎运用的技法是"积墨法"，也就是一种层层加墨的画法。一般用淡墨开始染第一层，待第一层将干未干之时，再用浓一些的墨画第二层、第三层，这样下来，墨色光彩十足，画出的物象也很有立体感。当然，说起来容易做起来难，如何保证线条参差交错、墨色不堆叠死板，是画家的功力。

体现功力的还有一点，你看这只八哥的脚跟枝条的关系，并不是死抓着或者死压着，而是表现出刚刚落在枝头，那一瞬间轻灵微妙的状态，枝条似乎还在微微摇颤呢。

惊蛰

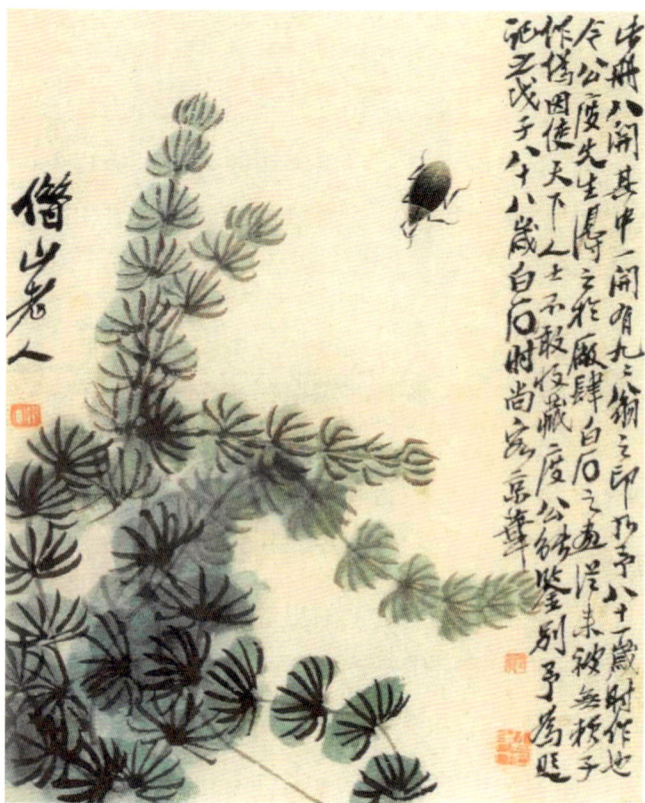

《水草昆虫》
齐白石 20 世纪 40 年代中期
中国美术馆藏

在传统农业社会中，"惊蛰"是一个相当重要的节气，被农人视作春耕开始的信号。谚语说，过了这天，"春风摆柳，媳妇变丑"，为什么变丑？因为庄稼活儿忙起来了，媳妇也就没时间梳妆打扮了。

二十四节气里面，有四个节气对于小动物、小虫子来说最敏感，最有标志性动作。第一个是立春，"蛰虫始振"，刚睡醒，伸个懒腰，继续赖床；第二个是春分，"蛰虫咸动"，起床啦，梳洗已毕，出门走走；第三个是秋分，"蛰虫坏户"，降温了，关好门窗，准备钻被窝；最后一个是霜降，"蛰虫咸伏"，天冷了，吃饱喝足，进入梦乡。说到这儿，有人奇怪，那"惊蛰"呢？怎么没算上？不是说天上打雷，惊醒了冬眠的动物吗？

是有这种说法，而且流传还很广。不过，这种说法其实有问题，因为在二十四节气起源的黄河流域，这时候根本就不会打雷。北方的春雷，差不多要到繁花盛开的谷雨时节才开始打响，查查日历，还得一个多月呢。

那是怎么回事？原来，"惊蛰"最早不叫"惊蛰"，叫"启蛰"。到了西汉时期，汉景帝，也就是著名的汉武帝的爸爸，叫"刘启"。这下，所有用"启"字的都得避讳，全用不了了。"启蛰"便改成了"惊蛰"。当时人觉得"启"跟"惊"意思差不多，可后人越理解越远。到元代，学者吴澄直接解释为，打雷让"蛰虫惊而出走"，所以叫"惊蛰"。可咱们翻翻最早的历书，先秦时代的《夏小正》写得明明白白。启，是一个温和的渐变过程；而后来改的"惊"，却是突然间吓一跳的感觉。所以要知道，唤醒百虫的是和煦的温暖，而不是瞬间的雷霆，自然法则里，温暖比雷霆更有力量！

过了惊蛰，也就快出九九了。九九艳阳天，桃花红，梨花白，黄鹂歌唱燕归来。人们褪去冬装，像朱自清先生散文里写的："天上风筝渐渐多了，地上孩子也多了。城里乡下，家家户户，老老小小，也赶趟儿似的，一个个都出来了。舒活舒活筋骨，抖擞抖擞精神，各做各的一份儿事去。‘一年之计在于春'，刚起头儿，有的是工夫，有的是希望。”

早春惊蛰，地气渐暖，比较应景的诗有唐代诗人刘方平的这首《月夜》——

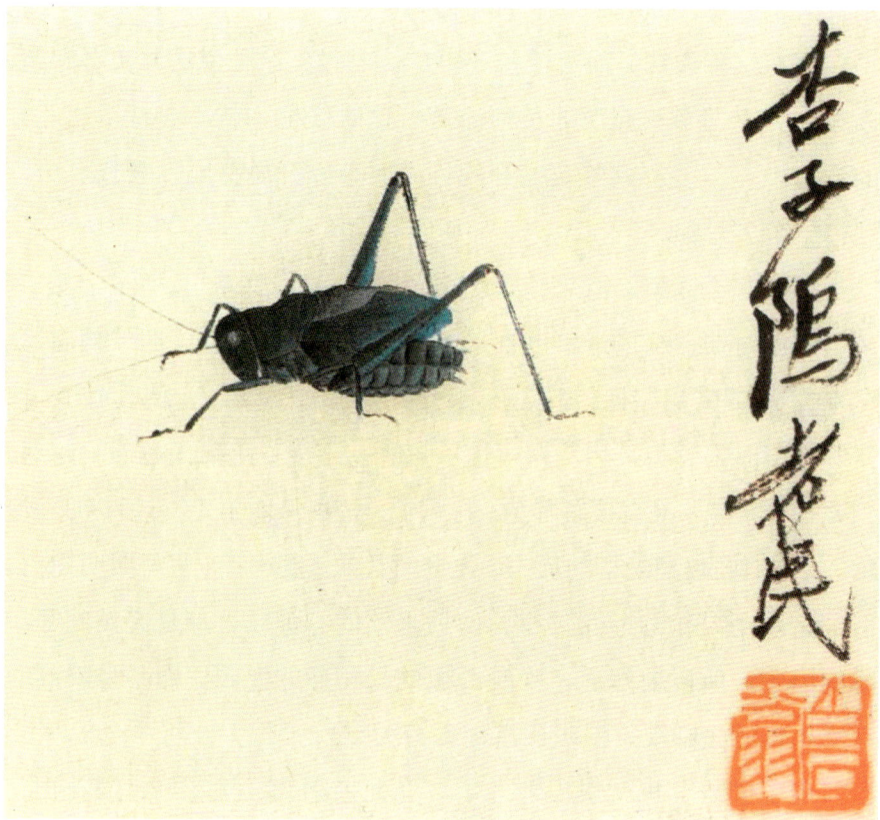

《蝈蝈》（局部） 齐白石 1944年 中国美术馆藏

《草虫册页》（部分）齐白石　1924 年　中国美术馆藏

月夜

唐·刘方平

更深月色半人家，北斗阑干南斗斜。

今夜偏知春气暖，虫声新透绿窗纱。

　　这首诗大家应该都听过，但刘方平这个名字，可能读者比较陌生。他名气不大，留下来的诗也不多，但风格清新隽永、细腻含蓄，在盛唐诗人中别具一格。

　　这个人还很有福气，祖上是大唐王朝的开国元勋，被封国公，熟悉《红楼梦》的朋友都知道国公爷的分量。祖父和父亲也都是中央级高官或者地方上的封疆大吏。儿孙们也极有出息，世代簪缨，一直传到宋朝，宋太祖还称赞过他们家儿孙守道、正直，宋真宗的皇后还想找他们家家谱连个宗。

　　不过刘方平本人一辈子倒是过得平和洒脱，也不出来做官，三十几岁就隐居山谷，只跟一些文友往还。他特别擅长绘画，有记载说，他的画"墨妙无前，性生笔先"，已经达到了很高的境界。

咱们看这首诗的前两句，就很有画面感。"更深月色半人家，北斗阑干南斗斜，"夜深了，地上，庭院的一半笼罩在月光下，另一半则遮蔽在阴影里，一明一暗，对比鲜明却又恰如其分，是朦胧夜色中常见的景致。天上，北斗星和南斗星都已经横了过来，斗转星移，正是夜深人静。

前两句，由地上而天上，从视觉入手，简练地勾勒出月夜的普遍性特点；后两句则另辟蹊径，从听觉入手，对这个普遍性特点进行了升华、点睛，一下子就从诸多写月夜的诗作中跳脱出来了："今夜偏知春气暖，虫声新透绿窗纱。"

《草虫册页》（部分）齐白石　1924 年　中国美术馆藏

长夜漫漫，万籁俱寂，所以早春初到的虫鸣声才会那样明显、清脆又欢快，这叫声从象征生命勃发的绿颜色的窗纱中透进来，是万物复苏的消息透进来了，是春回大地的生机透进来了。

　　本来，深更半夜是气温最低的时候，虫儿却偏偏选在此时歌唱，更显得春气润物；本来，深更半夜是看不出窗纱颜色的，诗人却偏偏点出一个"绿"字，更显得春气喜人。

　　小小的虫儿"偏知春气暖"，所以初试新声，这是生命的快活；咱们的诗人听到"新透绿窗纱"的鸣唱，所以挥笔赋诗，这是感知生命快活的快活。你中有我，我中有你，春意盎然，诗意盎然。

　　平常，我们听惯了古典诗词里秋虫的凄厉；如今，在刘方平这首《月夜》里，我们听到了惊蛰后的春虫那一声声穿透古今的欢愉和生趣。

春分

《梁燕语多》 丰子恺

　　每年 3 月 20 日左右都是春分，春天刚好走过了一半，还剩下一半；太阳直射地球赤道，世界各地几乎都是昼夜一般儿长。所以，春分是个标志着"平均"的日子，用古人的话讲："春分者，阴阳相半也，故昼夜均而寒暑平。"

　　这个节气，有个可爱的形象代言人——燕子。咱们打小都会唱"小燕子，穿花衣，年年春天来这里"。请注意，燕子可不是随便哪一天都从南方来，而是每年春分左右才来。燕子来，还是件大事。在古代，是要皇帝亲自去郊外迎接，并奉上最高规格祭品的，这在《礼记·月令》里有非常明确的记载。

　　"春不分不暖"，从春分到清明，也是一年当中气温回暖速度

《郎骑竹马来》 丰子恺

最快的时段，天气暖了，白昼长了，户外活动也就越来越多。放风筝，摸田螺，处处是生活。

就拿摸田螺来说吧，老话叫"清明螺蛳肥如鹅"，每年春分之后，清明之前，正是螺蛳最肥美的时候，人们蹚河下塘摸螺蛳，将摸到的螺蛳泡在清水里养上三五日，便可吐净泥沙。再用水焯过，加葱姜辣椒，炝锅爆炒，一通香辣可口、大快朵颐之后，舌尖上的春分不光唤醒了肠胃，也唤醒了我们蓬蓬勃勃的精神。

还有一项有趣的活动，非得在这时候进行，不光中国这样，全世界都这样，那就是"竖鸡蛋"。你也可以来试试，选一只光滑匀称、刚生下来四五天的新鲜鸡蛋，轻手轻脚把它在桌面上竖起来。

你可能会失败很多次，但是别着急，慢慢来，总会成功的。为什么呢？因为这里面有科学依据。春分，南北半球的白昼与黑夜一样长，地球的地轴与地球绕太阳公转的轨道平面，处于一种力的相对平衡状态，是有利于竖蛋的。选择刚生下来四五天的新鲜鸡蛋，也是因为这时候蛋黄下沉，整体重心下降，有助于稳固。

可别小看"竖鸡蛋"，这还是一项吉尼斯世界纪录呢，目前的保持者是美国人 Brian Spotts（布莱恩·斯波茨）。2011 年春分，他在中国香港的一座商场里，花了 26 个钟头竖起了 900 只鸡蛋。

在文人的笔下，春分是个舒服的节气，青山绿水，草长莺飞，值得慢慢享受、好好渲染，所以，咱们就来一起读读宋代文豪欧阳修的这首《阮郎归》——

阮郎归

北宋·欧阳修

南园春半踏青时，风和闻马嘶。
青梅如豆柳如眉，日长蝴蝶飞。
花露重，草烟低，人家帘幕垂。
秋千慵困解罗衣，画堂双燕归。

从词意上看，写的是一位闺中少妇思念自己远行的丈夫，面对浓浓的春意，更加牵动柔情。这个题材在宋词里很容易写得悲凉哀婉，但在欧阳修笔下却格外明丽隽永。

起头，时间、地点、事件，交代得很清楚。"南园春半踏青时"，春天过了一半，正是春分时节，女主人来到南园踏青。

踏青所见，首先是"风和闻马嘶"。这有点儿奇怪：风的和煦自不必说，为什么要写马的嘶鸣呢？春日里莺歌燕舞、踏青时笑语

《春游杏花吹满头》丰子恺　　　《春风杨柳唱歌声》丰子恺

欢声，可写的东西很多啊！哎，这正是词人的妙笔所在。一方面，古时游春踏青，常见香车宝马、雕鞍绣辔，所谓"五陵贵公子，双双鸣玉珂"，青春的人物与青春的风景本身就相映成趣；另一方面，以风和之柔搭配马嘶之刚，以马嘶之动衬托风和之静，动静结合、刚柔并济，春景，就不光有形、色、韵，还有了精、气、神。

　　而且，我们也未尝不可以猜测，当初，女主人的丈夫也正是这般鲜衣怒马、扬鞭远去的。如今，春和景明，再闻马嘶之声，固然是春光里的热闹，又何尝不会让女主人触景伤情呢？

　　时节到了春分，虽然青梅结出的果实还只有黄豆粒儿大小，但已毕竟过了花期；柳叶也不是早春时的鹅黄新绿，已经变成如女子眉黛一般的修长。"吃了春分饭，一天长一线"，白天越来越长，春日也走向了它最明媚的灿烂，蝴蝶飞舞，花露浓重，碧草如茵。时光就是这样流逝，越美好，越短暂。

《衔泥带得落花归》丰子恺

《次第春风到草庐》丰子恺

　　傍晚，家家帘幕低垂，女主人在秋千上打发了一下午，此刻也回到屋内休息。无意间抬头，却看见"画堂双燕归"。燕子出双入对，是夫唱妇随的象征，此情此景，定会更加撩拨起这位孤独思妇的心弦吧。但全词戛然而止，不说破，不煽情，"状难写之景，如在目前；含不尽之意，见于言外"。让读者自己感觉吧。

　　最后，我们特别准备了一组丰子恺先生的漫画。子恺先生出生于晚清时代的浙江桐乡，是我国著名的画家、散文家、翻译家和艺术教育家。他的一生，心地慈悲、品行高洁；绘画上，融合了中西技法，独树一帜，寥寥数笔，便充满了生活情韵与人道主义精神。

　　他爱生活、爱孩子、爱春天，在他的画里，能看到生活里的童趣和一个充满童趣的春天。

清明

《十美图放风筝》
杨柳青木板年画 68.3×115.1cm
中国美术馆藏

二十四节气当中的第五个是"清明"。古人说："春分后十五日，斗指乙，为清明，时万物皆洁齐而清明，盖时当气清景明，万物皆显，因此得名。"

意思是说，清明一到，气温升高，万物生机勃发，大地春和景明。天清气明，是这一时节在气候上的最大特点，所以叫做"清明"。

古人根据对大自然的观察，将清明节气分为了三候：一候桐始华。清明来到，白桐花开，清香怡人。二候田鼠化为鴽。田鼠躲回洞穴，鸟儿们则开始出来活动了。三候虹始见。在风光明媚的春季，雨水把空气中积攒了一个冬天的灰尘洗涤干净，美丽的彩虹才可能出现在雨后的天空。

清明既是一个节气，也是我国一个传统节日。清明节来自上古时代的春祭活动，以祭祖为固定风俗。同时清明节还吸收了另外两个时间相近的节日的习俗：一个是寒食节，在清明节的前一天，人们吃冷食、祭祀、踏青；而另一个节日是上巳节，农历三月初三，主要的风俗是郊外游春、春浴、祓禊，也就是在河边洗浴，以此来祈福消灾。也许正是因为此时春意盎然、一片生机，几个节日都有外出踏青的习俗，清明节也拥有了另外一个名字：踏青节。

晏殊的《破阵子》，就描绘了一幅春日踏青图。

破阵子

北宋·晏殊

燕子来时新社，梨花落后清明。

池上碧苔三四点，叶底黄鹂一两声，

日长飞絮轻。

巧笑东邻女伴，采桑径里逢迎。

疑怪昨宵春梦好，元是今朝斗草赢，
笑从双脸生。

晏殊在做官之前，是一个普通的农家子弟，所以他对村居生活非常熟悉。因此他的词作，也总是涉及农村生活场景，《破阵子》就是其中的代表。

这阕词的上片是写景的，刻画出了一幅秀丽的清明春景图。燕子飞回来的时候，正赶上春季祭祀的日子。梨花落去之后，又迎来了清明。三四片碧绿的青苔，点缀着池中清水，栖息在树叶下的黄鹂偶尔歌唱两声，柳絮也随风轻轻地飞舞着。

上片的暮春景色，也为下片中少女的登台亮相埋下了伏笔。在采桑的路上，邂逅了东边邻居家的女孩，她笑得如花般灿烂。正疑惑着她是不是昨晚做了个春宵美梦，原来是因为今天斗草获得了胜利！她的双颊又不由自主地浮现出了笑意。

斗草是古代妇女儿童在春天里非常流行的一种游戏。就是各自采一些花草，比试谁的花草种类最多。在《红楼梦》中就有这么一段，香菱与几个丫头各采了些花草，斗草取乐。你有观音柳，我有罗汉松，女孩们嬉戏打闹，非常开心。大观园里女孩儿们斗草的场景，就与晏殊词中描绘的"巧笑东邻女伴"的形象重叠了起来。

刚才提到，大观园里的姑娘们在春天以斗草取乐，其实在《红楼梦》中，还多次提到一项大家在清明时节非常喜爱的活动——放风筝。宝玉有大鱼风筝，黛玉有美人风筝，宝钗放了一串七个大雁的风筝，小说里还提到了一个带声音的喜字风筝。飞上天空的风筝随风而鸣，铮铮有声，真的非常奇妙。

在一幅杨柳青年画《十美图放风筝》中，也生动形象地描绘了十二个姐妹结伴踏春，一起放风筝的欢乐场景。

画中的人物表情丰富，服饰华美。她们手中放飞的风筝形式多样、题材丰富，有老鹰、蝴蝶、骏马等动物造型的风筝，还有西游记、八仙过海等传说故事题材的风筝。图中还能找到风筝艺人的创新作品，立体形态的宫灯风筝，一串宫灯飞上天空，气势非常宏大。

《十美图放风筝》是典型的杨柳青年画，杨柳青年画的全称是"杨柳青木板年画"，使用木板套色工艺，颜色越丰富，制作工艺越复杂，有几种颜色，就需要对应刻几块板子。这幅《十美图放风筝》的色彩非常丰富，可见其制作难度也是很高的。

杨柳青年画的题材范围非常地广泛，尤其是以反映现实生活为特长，不仅富有艺术欣赏性，还具有珍贵的史料研究价值。也正是因为这些现实题材的画作流传于世，我们才能有幸领略到古时春意盎然的时节，少女们追逐欢笑放风筝的美妙场景。

在清明这个万物都"吐故纳新"的时节，我们不妨也像画中人一样，在清明小假期，与家人一同去踏青赏景，放一放风筝，也放飞一下自己的心情。

谷雨

《谷口春耕图》
元·王蒙
纸本水墨 124.9cm×37.1cm
台北故宫博物院藏

"谷雨"是二十四节气中的第六个，也是春天的最后一个节气。

谷雨，顾名思义，就是播谷、降雨的意思。古人说的"雨生百谷"就是谷雨节气之后，气温会迅速回升，雨量开始增多，正适合农作物的生长。因此，谷雨前后是播种移苗、种瓜点豆的最佳时节。

谷雨节气有三大物候："一候萍始生；二候鸣鸠拂其羽；三候戴胜降于桑。"

"一候萍始生"，是降水量增加之后，浮萍开始渐渐滋生，也就是"萍水相逢"的时候到了。"二候鸣鸠拂其羽"中的"鸠"指的是布谷鸟。布谷鸟在田间振翅飞翔，不停地叫着"布谷布谷，快播五谷"，于是，人们称它为"布谷鸟"。"三候戴胜降于桑"，"戴胜"是一种鸟类，又称鸡冠鸟。谷雨到了，戴胜鸟在桑树上繁殖、喂雏。以上这些都是古人经过长期的细致观察，总结出来的谷雨时节的物候现象。古人讲究天人合一、依时而动，每一个节气都和他们的生活息息相关。

谷雨时节，诗人们也敏锐地感受到了气候和环境的变化，写下诗篇记录这一时节的景致和心情，王安石也为此创作过一首诗。

书湖阴先生壁

北宋 · 王安石

茅檐长扫净无苔，花木成畦手自栽。

一水护田将绿绕，两山排闼送青来。

这首《书湖阴先生壁》是王安石题写在湖阴先生家的墙壁上的，是一首非常有名的题壁诗。这位湖阴先生，是王安石晚年居住在金陵紫金山时的邻居，叫杨德逢。

　　江南地湿，正值谷雨时节，加上紫金山下的气候潮湿炎热。这两点正是青苔生长的最佳条件，如果不经常打扫，不出数日就会长出青苔来。但是邻居杨家的茅屋经常打扫，四处没有一点儿青苔，所以才是"茅檐长扫净无苔"。

　　"花木成畦手自栽"，庭院内的花草、菜蔬都被种植得井然有序。之所以要成畦而植，大概是因为品种繁多。这也把谷雨时节雨水丰富、草木竞放的特点表现出来了。

　　最后两句"一水护田将绿绕，两山排闼送青来"。"护田"是紧靠稻田的样子，似乎有一种环抱的感觉。"排闼"就是推门。一水护田，两山排闼，满目青翠，一片生机。作者连用两个对偶句将山水拟人化，让自然万物都活了起来。

　　暮春景色让人沉醉，除了王安石，很多诗人也赞美过这最后的一抹春色。

　　范成大所写的"谷雨如丝复似尘，煮瓶浮蜡正尝新"，是说细

雨如丝的谷雨节气，最适合品尝新酒；陆游的"清明浆美村村卖，谷雨茶香院院夸"就记录了谷雨采茶、新火煮茶的时俗。

黄庭坚所写的"落絮游丝三月候，风吹雨洗一城花"，与清明时节的细雨相比，少了几分伤感，多了一丝恬淡，处处充满着生活的味道。

父辈们常说：谷雨莫等闲，春耕到眼前。谷雨时节，气温回升，大部分地区都会进入春种春播的关键时期，田间地头到处都是一派繁忙春耕的景象。

元代画家王蒙的《谷口春耕图》，就描绘了他当年在江苏镇江的黄鹤山隐居的时候，在谷口耕田读书的情景。

画面的最近处是蜿蜒的溪流，溪边树木掩映着一座茅屋。茅屋前面，有一个提着篮子的人，正望向溪桥边的方向，似乎正与对岸的来人互相问候。茅屋后面，画面的中景处，是这幅画作点题的部分。一片整齐的农田，农夫正在忙着耕种。再往远处看，农田的后面峰峦耸立，就像一道巨大的屏障，整幅画的气韵也因此变得高拔了起来。

王蒙的山水画以"繁"为特点，和同为元四家之一的倪瓒"简"的画风是大不相同的，但是这幅《谷口春耕图》和王蒙一贯繁密的特点也是有差别的。这幅画只用墨色，显得非常清淡，正所谓是不着一色，尽得风流。在这幅画中还有一个细节，那就是山间用重墨打的苔点。在山水画中，点苔是一种不可缺少的重要技法，历来被画家所重视，王蒙运用了浓淡不同的墨点来统筹画面气韵，以表现山林茂密苍茫的气氛。近处的墨点浓而实，远处的墨点淡而虚，这些苔点攒三聚五、繁而不乱、层次分明，充分呈现出了空间的深度和广度，也彰显了王蒙的绘画功力。

无论是王蒙的春耕图还是王安石的题壁诗，都为我们描绘出了谷雨——这个万物生长的大好时节。在谷雨的时光浸润中，一切生命蓬勃而美丽。它也在提醒我们，要珍惜这稍纵即逝的春光。

贰

诗书画中的君子品格

秋菊南山

日常生活中，我们总能听到各种有关君子的说法，如父母教育孩子，长大以后要做"正人君子"，如朋友之间要讲究"君子之交淡如水"，说话办事要记得"君子一言，驷马难追"。那究竟什么是君子呢？有一种说法认为，"君"最早指的是古代国家的统治者，"君子"原本就是"国君之子"的意思。国君之子从小就要进行规范的理想和人格教育，所以君子自然也就成为了国人道德修养上的楷模。后来"君子"这个词便演变成所有品质高洁、修养深厚的人的统称。

中国古代君子喜欢以花自喻，托物言志。而凌霜怒放、傲岸高洁的菊花，往往成为他们推崇备至、借以自比的对象。说到对菊花的推崇，古往今来第一人，就是《饮酒》这首诗的作者——东晋文学家陶渊明。他用他的作品、也用他的风骨为菊花增添了清新隐逸的气质和高风亮节的品格。

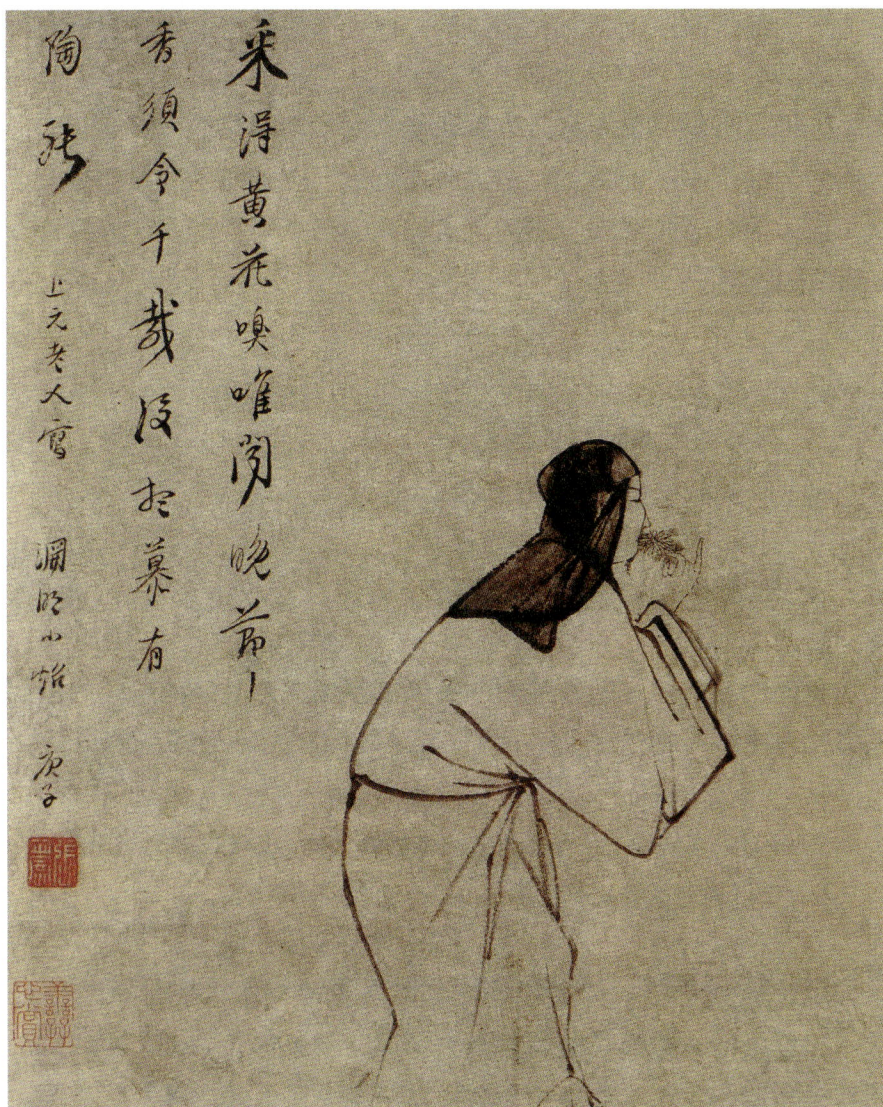

采得黄花嗅唯阅晚节

秀须令千载后於慕有

陶彭

上元老人官

渊明小帻 庚子

《渊明嗅菊图》
明末清初·张风
纸本墨笔
故宫博物馆藏

饮酒（其五）

东晋·陶渊明

结庐在人境，而无车马喧。

问君何能尔？心远地自偏。

采菊东篱下，悠然见南山。

山气日夕佳，飞鸟相与还。

此中有真意，欲辨已忘言。

　　陶渊明因为不愿在当时腐朽的官场中"为五斗米折腰"，于是就归隐园田，亲自劳作，自给自足。他本是怀有济世之心的高级知识分子，现在满腔的热情、满腹的才华没有办法施展，心中难免会有不平。这个时候，正是恬淡自处的"菊花"给了他生活态度的启发。

　　说到这儿还有一段很有意思的故事。后世有文人将这句诗中的"见"字改成了"望"字，"悠然见南山"变成了"悠然望南山"。对陶渊明非常推崇的宋代大文豪苏东坡就非常不高兴了。他生气地说，你们这简直是点金成铁、索然无味。这个地方的"见"字表现了"南山"并不是有意看到的，而是采菊时，无意间山入眼帘的结果。而改用"望"字就是诗人刻意这么做的，悠然的意境也就全都没有了。

　　"此中有真意，欲辨已忘言。"陶渊明这位大隐者，在山水自然之间，得到了精神的大解放和心灵的大自由，为中国知识分子群体创造了新的活法。

　　陶渊明的独特魅力使得后世无数文人墨客为之倾倒，因此也创作出一大批以陶渊明的生活态度和生活情趣为题材的艺术作品。明末清初，"金陵画派"的大画家张风就是其中的杰出代表，他的《渊明嗅菊图》使我们在千年之后，依然可以重新看到陶渊明身上的光辉。

虽然相隔一千多年，但张风的性格与陶渊明是非常相近的，而且平时也非常思慕陶渊明的为人。他所处的时代，正好赶上明朝末年社会动荡、改朝换代的重大历史变革时期，这让他内心万分煎熬。面对不可逆转的乱局，张风只好把远大的胸襟抱负和高洁的精神操守寄托在绘画艺术之中。

《渊明嗅菊图》画的正是陶渊明细品菊花芬芳的场景。这是一幅笔法简单但情意绵密的人物写意图。画面中陶渊明头戴风帽，帽子是半透明的；宽袍大袖，袍子拖到地上；弯腰侧身，手中捧着菊花闻嗅，表情很是专注、陶醉。使我们很容易就联想到陶渊明在《饮酒》诗中所描绘的场景——"采菊东篱下，悠然见南山"。

一个心胸豁达、性格恬静、人淡如菊的人物形象便跃然纸上。

虽然在画面中既没有"采菊东篱下"的"东篱"，也没有"悠然见南山"的"南山"，但诗意已经完全补充了此时此刻"渊明嗅菊"的空间感。这就是中国绘画中最讲究的"留白"之美。所以这幅画虽然看起来着墨不多，色彩也有点单一，但正是这种用笔的清淡，却营造出一种深远的意境，给我们留下了无穷的想象空间。从画上的题跋"采得黄花嗅，唯闻晚节香。须令千载后，想慕有陶张"中，也可以看出他无法掩却的精神追求：要像菊花一样，保有"晚节"之香。

菊花，寄托着传统中国文人的人格理想，花之形与君子之魂融为一体，成就了永恒之美。千秋万代，士人百姓，无论是否读过陶渊明的诗，是否看过张风的画，都可以通过凌霜盛开、淡雅芬芳的秋菊，与君子展开一场跨越千年的灵魂对话。

君子如莲

《荷花水鸟图》
清·朱耷
纸本　126.7cm×64cm
北京故宫博物院藏

说到关于莲的诗句，上至白发苍苍的老者，下到牙牙学语的孩童，都能说上几句：有"鱼戏莲叶东，鱼戏莲叶西"的畅快；更有"接天莲叶无穷碧，映日荷花别样红"的生机；当然，也有"秋阴不散霜飞晚，留得枯荷听雨声"这样的落寞。而真正把"莲花"和"君子"联系到一起，当作一种精神内涵来歌颂的，却离不开一个人，他就是北宋哲学家周敦颐。

爱莲说（节选）
北宋·周敦颐

水陆草木之花，可爱者甚蕃。……予独爱莲之出淤泥而不染，濯清涟而不妖，中通外直，不蔓不枝，香远益清，亭亭净植，可远观而不可亵玩焉。

周敦颐的《爱莲说》字数寥寥，却字字珠玑，将一幅遗世独立、纤尘不染的"莲花君子图"淋漓尽致地展现在我们面前。然而，周敦颐所描绘的莲花，却与其他文人笔下的莲花，有着迥然不同的情致。它虽有"香远益清"的芬芳和"亭亭净植"的形象，却不再仅仅是供人欣赏的花朵。它从内到外、从上到下，处处表达了自己清丽脱俗、傲而不群的处世态度。周敦颐毫不吝惜地歌颂了莲花，也从侧面借花自喻，表明了自己清雅傲岸的君子之心。

周敦颐的一生有两枝"莲"。这第一枝"莲"，就是他自幼酷爱的白莲。周敦颐年少丧父，是他的舅舅——龙图阁学士郑向把他带大的。郑向非常疼爱这个聪颖好学的外甥，知道他喜欢莲花，便在自家宅前种了一池白莲，让他日日瞻望品味。

莲，谐音"廉洁"的"廉"，而周敦颐清廉为官的一生，就是

他的第二枝"莲"。他虽然官品不高，却清正廉洁，一心为民。他还特别注重兴教办学，宋朝大理学家程颢、程颐，就曾是周敦颐门下的弟子。

周敦颐这首《爱莲说》，就是把他生命中的"两枝莲"紧密地联系在了一起，通过对莲花的礼赞，表明自己对美好理想的憧憬，对高尚情操的推崇，对恶劣世态的憎恶。

周敦颐的《爱莲说》不仅对后世文坛影响深远，在画坛上也有着悠远的回响。清代著名画家八大山人，他爱荷、梦荷、吟荷、写荷、画荷。可以说，荷花是他艺术生命中最重要的组成部分。

说到八大山人，或许有人要问：八大山人是哪八个人呢？其实只有一个人，他就是清朝画家——朱耷。朱耷身世显赫，是明太祖朱元璋的后代，但在他十九岁那年，明朝覆灭，家人相继离世。朱耷内心极度悲愤，于是隐姓埋名，遁入空门。"八大山人"，是他的别号。

八大山人笔下的荷花，不是浓淡相宜、风姿绰约的清荷，而往往是残花败叶、清冷寂寞的墨荷。比如这幅《荷花水鸟图》，画面中孤石倒立，疏荷斜挂，一只水鸟独立于怪石之上。

这幅画有五个看点，我们从下往上一一来看。

第一个看点是这石头，它不像寻常的石头嶙峋峻峭，而是浑浑圆圆，头重脚轻，有一种随时摇落的不安全感。

第二个看点是石上的鸟，它翻着白眼，缩着脖子。这也是八大山人笔下鱼和鸟的一个特点：经常"白眼向人"，以此表现自己孤傲不群、愤世嫉俗的性格。

第三个看点是这片倒下来的荷叶，这几乎是全画用墨最浓的部分。荷叶刚好落在水鸟头上，颇有"黑云压城城欲摧"的感觉。所以有人认为，荷叶象征着人世间的苦闷与烦恼，压得他痛苦不堪，唯有缩脖瞪眼，以示不甘。

第四个看点，就是荷花。这画中的荷花，不同于我们司空见惯的娴静美好，所有盛开的荷花都被色调阴暗的叶子挡住了，仅有的花苞孤傲地伸出了头，但它实在太小了，以至于让人感觉到一种即将凋零的凄凉。

最后一个看点是落款。作者将自己的别号"八大山人"四个字以草书连缀书写，整体来看，既像

"哭之"，又像"笑之"。借此暗寓自己面对富于戏剧性变幻的人生，哭笑不得，百般无奈的感慨之情，芸芸众生谁解其中味啊。

八大山人如同他挚爱的莲花一样，尽管处境险恶，却"出淤泥而不染"。他一生以明朝遗民自居，坚持不与清朝合作，表现出了高贵的君子风格和高尚的民族气节。而面对一生的悲苦，他选择了背过身去，与世隔绝，在创作中安放自己孤独的灵魂。如同他在一首题画诗中所写的那样："墨点无多泪点多，山河仍是旧山河。横流乱世杈椰树，留得文林细揣摩。"

诗书画

淡梅疏影

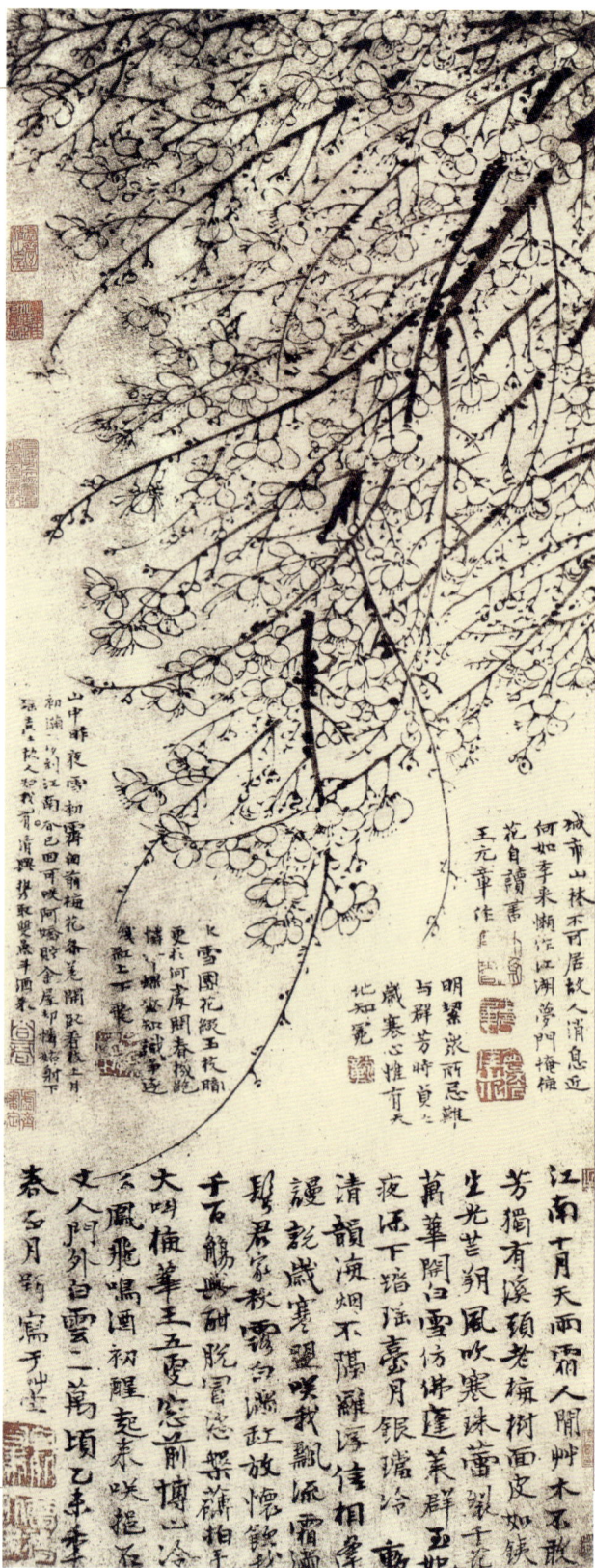

密体《墨梅图》
元·王冕
纸本墨笔　68cm×26cm
上海博物馆藏

在众多的香花美卉中，有一种花算得上一枝独秀："岁寒三友"中有它，"四君子"中也有它。它的芬芳，它的美质，它的品节，都让人致意再三，肃然起敬。它，就是疏影横斜、暗香浮动的梅花。在中国文人的心目中，梅花一直占据非常重要的地位，以诗词咏它、以曲赋颂它、以书画赞它。在众多以梅为题的名篇中，相信很多人对王冕的这首《墨梅》诗都不会感到陌生：

墨梅

元·王冕

我家洗砚池头树，朵朵花开淡墨痕。

不要人夸颜色好，只留清气满乾坤。

《墨梅》诗的作者王冕，他博学多才，但命不太好，偏偏生活在文人不受重视的元朝。屡次科考都名落孙山，一气之下，决定不再委屈自己追求所谓的功名，把为考试写的文章全都烧了。

游元大都的时候，王冕亲眼目睹了统治者作威作福的嘴脸，非常气愤，当老朋友要推荐他做官的时候，王冕想起了这些经历，坚辞不就。之后，便回到故乡，隐居在会稽的九里山，种地、栽梅、读书、作画，兴致来了就弹琴赋诗、饮酒长啸，日复一日，年复一年。

王冕一生爱梅。梅花比百花都先开放，不畏严寒，傲对冰雪，向世人报送春天将至的消息。梅花不用艳俗的颜色来取悦世人，却因为特殊的清香，而得到君子的钟爱，其心性、品格俨然就是花中君子。

在《墨梅》诗中，王冕就描摹了这样一树君子梅：洗砚池边，有一株梅花树，冬天来了，朵朵淡雅的花瓣开得十分繁茂，发出阵阵清香，袭向王冕的鼻端，他被深深打动了，于是若有所思地回到

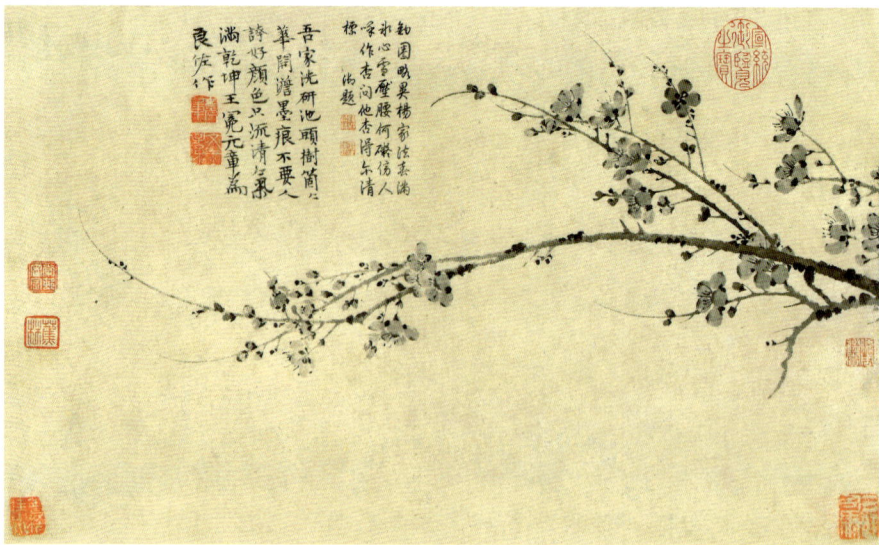

疏体《墨梅图》
元·王冕
纸本水墨　50.9cm×31.9cm
北京故宫博物院藏

画室，砚墨、铺纸、挥毫，乘兴用淡墨把自家庭院的梅花画了下来。为什么不用浓艳的色彩来画呢？因为淡雅的梅花根本不需要别人来夸说它的好颜色，它有着更高洁的追求，那就是要把"清气"留下来，氤氲在天地之间。

　　梅花这种不与俗花争艳的旷达品质以及崇高的抱负，与王冕自己的精神追求产生了深度共鸣。诗里吟咏的虽是梅花的情操，其实也是在借梅花委婉含蓄地抒发诗人自己的怀抱，句句说梅花，句句又在说诗人，花与人，合二为一，已经分不清哪儿是梅花，哪儿是诗人了。

　　《墨梅》还是一首题画诗，就题在王冕自己画的《墨梅图》上。王冕一生画过很多《墨梅图》，流传下来的有两幅最著名，而风格一疏一密，迥然不同。

　　密体《墨梅图》是一幅立轴，现藏在上海博物馆。画的是一树倒过来的梅花：它枝条丛生，简直密不透风，枝条上，繁花绽放，仿佛一股狂野的生命力按捺不住生长的冲动，要活出个天翻地覆来。

不过，王冕的这首《墨梅》诗却是题写在疏体《墨梅图》上的。画上原诗是这么写的："吾家洗砚池头树，个个花开淡墨痕。不要人夸好颜色，只流清气满乾坤。"由于这幅画和这首诗都太过有名，很多人引用它、赞美它，于是每一句的文字几乎都有不同版本。这幅疏体的《墨梅图》是一幅横卷，现藏在北京故宫博物院，只用极简的笔墨，画出一枝横向的梅花，自右至左，矫健如游龙划过。枝条清新秀润、刚柔相济，墨色整体淡雅，只有花萼及枝上苔点的墨色比较浓重。

枝头上的梅朵，有的含苞待放，有的已经盛开，有的凋零，只剩下一两片残瓣，花朵娇俏可人，暗香浮动，仿佛从画上不断地飘进我们的鼻端。

王冕画梅，颇多创新之处，在笔墨上将前人常画的枯涩的枝干变为清润的新枝新干，在意境上将前人常画的清冷的花蕊画出了一种俏丽的繁华。用淡墨点花瓣，用浓墨点花萼，花朵的圈线为了加强顿挫，有时采用了两笔画法，对后世影响很大。

王冕一生，生不逢时，才能、志向都不得舒展，隐居生活的背后其实是心灵深处郁积着的时代痛楚。关于他的结局，众说纷纭，《明史》里讲，朱元璋起兵，物色人才，选中了王冕，还给他授了官职，但王冕突发急病，一夕而亡。这个说法含含糊糊，到底王冕接受委任了没有？又怎么会一夕而亡？如果大致属实，可谓人生之不幸。但联想到朱元璋建政后的血腥杀戮，以王冕的脾气操守，难免凶多吉少，如此想来，又是不幸之中的万幸了。因为毕竟，他最想的，是如笔下的墨梅，"不要人夸颜色好，只留清气满乾坤"。

清白之品

《清白传家图》
齐白石
纸本设色　137cm×35cm

2300 多年以前，在《离骚》中，屈原就说过"伏清白以死直兮，固前圣之所厚"，意思是"保持清白的品格为正直而死，这正是古代圣贤们所看重的"。可见，对于清白品格的追求由来已久。如今最耳熟能详的明确写到清白品格的诗篇，当首推《石灰吟》——

石灰吟

明·于谦

千锤万凿出深山，烈火焚烧若等闲。

粉骨碎身全不怕，要留清白在人间。

《石灰吟》这首诗中，"千锤万凿出深山"说的就是开采石灰的过程。"烈火焚烧若等闲"，是指烧炼石灰石，但是加上"若等闲"三个字，就让人觉得这石灰不再是没有感情的一堆粉末，而是不惧烈火的一位勇士。"粉骨碎身全不怕"中，"粉骨碎身"四个字又非常形象地写出了石灰石变成石灰粉的过程。如果说上一句中的"若等闲"给我们的感觉是从容不迫，那么这一句中的"全不怕"就是大无畏精神的体现了。

诗人接连用"千锤万凿""烈火焚烧""粉骨碎身"这样三个"残忍"的词语来凸显炼制过程中石灰所遭受的磨难，那么经受这一切磨难的原因又是为了什么呢？诗的最后一句终于点明了——"要留清白在人间"——我在经受这些磨难的时候之所以能做到"若等闲""全不怕"，就是因为我已经非常明确自己的志向，那就是要把清白的品格留在这人世间。前三个句子如同蓄洪，层层叠加蓄势，把石灰所必须承受的种种苦难推向极致；在读者的心都被吊起来，为石灰的遭遇所不忍、为石灰的坚忍所不解的时候，突然给出了一个明确、醒目、唯一的回答："要留清白在人间。"真相大白，一语千钧！那样正气凛然，那样令人肃然起敬、荡气回肠！

据说于谦在创作这首诗的时候才十二岁。正是这年少时最纯正的追求，日后影响了他的一生。

他为官非常清廉、刚正不阿。到了明英宗时期，北方民族瓦剌入侵，英宗御驾亲征遭遇惨败。在皇帝被俘虏，大多数官员主张逃离首都北京的时候，于谦毅然决然站出来稳定局势，并亲自率兵击退瓦剌，保卫京城，是家国天下的大功臣。但或许也正是因为他秉性正直，多次遭人忌恨。后来，英宗身边小人诬陷于谦有"谋逆"的企图，导致于谦冤死。一代名臣就此陨落。

但是，真正的英雄又怎么会被历史误解呢？等到明宪宗即位，便为于谦平反，派遣官员为他祭祀，并追加谥号为"肃愍"，明神宗时改为"忠肃"，这在封建社会里代表了极高的评定。清朝人修《明史》，也称赞于谦"忠心义烈，与日月争光"。可以说，这首《石灰吟》不是一般的托物言志诗，而是于谦一生品格操守、为人处世的真实写照，是真正意义上的"人如其文""文如其人"。

如果说不起眼的"石灰"寄托了于谦一生对于清白品格的追求的话，那么在国画大师齐白石那里，众人眼中平平常常的"白菜"同样承载了他"清白传家"的理想。

齐白石的《清白传家图》，里面画了四棵个头大小、舒卷程度、颜色深浅各不相同的白菜，看起来却都那么干净、壮实、新鲜，仿佛还带着泥土的味道。白菜帮的轮廓是用篆书笔法勾勒的，有极深的书法的功夫；再用大笔侧锋刷出菜叶；用小笔重墨勾出叶筋，也就是叶子的脉络。这就使得白菜墨色丰富、层次分明、无比水灵，仿佛刚从园子里摘回来似的，棵棵精神！

再看这幅画左上角的落款："清白传家"，旁边一行小字写的是："三百石印富翁作于故都三百石印斋"。"清白传家"是齐白石画白菜常用的标题。"清白"其实是谐音，因为白菜的菜叶是青色的，菜帮子是白色的，在这里老人家就是要教育后人，做人要清清白白，不能留下人格的污点。这个主张也贯穿了齐白石的一生。

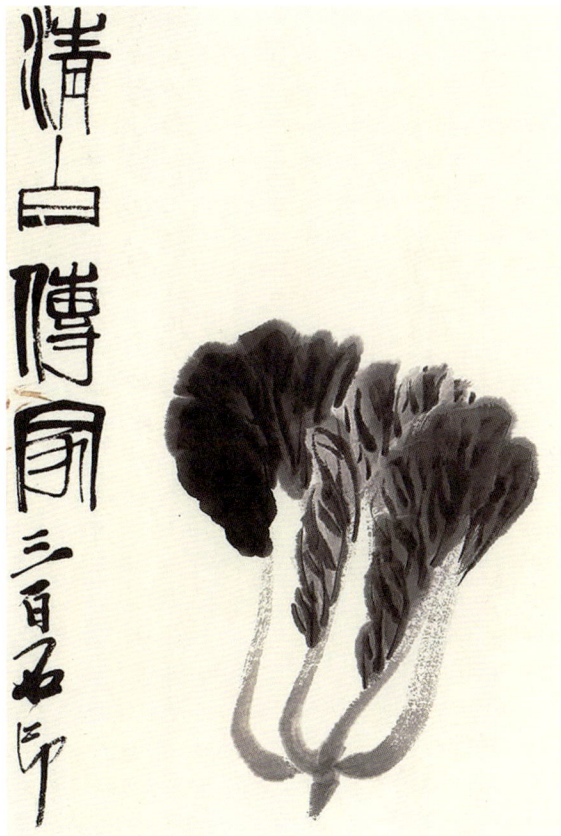

画上题的"三百石印富翁"，背后有一个很有意思的小故事。齐白石年轻时候练习篆刻，时间长了就积攒了很多枚印章，当时他还不富裕，没什么家产，所以就自嘲是"三百石印富翁"，家里别的没有，一大堆印章儿。这里也可以看出齐白石性格里可爱的一面。

无论是齐白石老人的"清白传家"，还是于谦的"要留清白在人间"，中国人世世代代对于清白品格的崇尚从未停止。当然，在不同的时代，对于清白也有过不同的理解。但是实质与核心是不变的，那就是保持一颗正直无私、纯净善良的赤子之心。

竹清石秀

咬定青山不放鬆立根原在亂巖中千磨萬擊還堅勁任尔東西南北風

孟翁年學兄長教　板橋鄭燮

《竹石图》
清·郑燮
纸本　217.4cm×102cm
上海博物馆藏

古代文人都喜欢咏竹，但以竹为生，真正活得像竹的，是清代诗书画三绝的郑燮，他更为我们熟知的名字是郑板桥。

为什么我们说郑板桥不仅爱竹，还活成了竹的样子？

郑板桥小时候趴在桌子上写作业，兴许是一时写不出来，开起了小差。这个时候，夜深人静，秋风四起，郑板桥面前的窗户上开始竹影横斜，他越看越欣喜，越看越喜欢，提笔就画起了不同时段、不同光线下的竹子，从此之后，就开启了他一生的画竹之路。

他画竹，也写竹，写竹是为了起到画龙点睛的作用。那么这首《竹石》就完美地诠释了郑板桥画竹的理念。

竹石

清·郑燮

咬定青山不放松，立根原在破岩中。
千磨万击还坚劲，任尔东西南北风。

郑板桥写竹就写竹，为什么要叫"竹石"呢？其实这个石头啊，是为了佐证他对竹子品格的认可和喜爱。

我们来看一下这首诗，开篇一个"咬"，看到这个字，首先能感觉到郑板桥笔下的竹子可不是一般的植物，首先竹子不是被动的，它是一个主动的姿态，它会"咬"，会动用自己的能力生存下来。另一个就是"咬"字里所透露出来的那股坚韧之劲，这也就跟后面的"不放松"配合了起来，竹子这种植物，它不仅主动地求得生存，还会努力地活着，以一种不放松的"姿态"活着。这一句就很直白地说出了郑板桥为什么会喜欢这种植物。

郑板桥以诗画出名，但是他做官也做得很好。他喜欢竹子，践行竹子的品格，这些都体现在他为官的经历上。

郑板桥曾被免官，离开的时候，他做官的那个地方的百姓，都出门相送，泪流满面，他就觉得即便是被罢免，这官做得也很值了。

当地百姓喜欢他，是因为他做得好。最早他刚刚到山东范县做官的时候，就干过一个很有意思的事情。他原本就看不惯县官坐轿出行吆五喝六的样子，等他当上范县的县官，他就立即下了一道很奇怪的命令：给县衙的墙壁打了上百个孔，通到街上。别人就问了，您这是干什么？郑板桥回答："出前官恶习俗气耳！"这句话是什么意思？说的就是郑燮他嫌弃前任县官那股腐败的气息，现在打孔放一放这股恶臭，可见这个人是多么地怪！又多么地洁身自好，正直清廉。

后来他把范县治理得很不错，朝廷把他调到了潍县，也是在山东境内，不管从年薪上还是城市规模上来看，这都是一次升迁，表明了朝廷对他为官的认可。但是山东潍县并不是像郑板桥想象的那样舒适的，因为他调过来的时候正赶上这里连续五年灾害的第二年，这五年灾害啊，说的就是乾隆十年到乾隆十四年之间交替出现的疫灾、旱灾、涝灾。

但以他的性格，一定是迎难而上。

他先是把自己的奖金拿出来赈灾，然后又在没有向上级报告的情况下开仓赈灾，最后又让城里有粮食囤积的大户拿出米来接济灾民。后面两条命令一下子得罪上级和当地的富户。但是赈灾效果却很显著，灾情明显得到了缓解。他还写了一首诗，其中有这么一句"一枝一叶总关情"，以此来表达自己为民请命的心情，为官从政的理想。这首诗也是写竹子的，说的是他晚上躺在床上睡觉，听见外面的竹子簌簌作响，就想起了在苦难中的人民面临灾难时呻吟，也就无法

安睡了。

　　但是郑板桥的为官之路很快止步于山东潍县了，他因为看不惯官场的腐败，时常口出狂言讽刺高官，很快就被罢免了。但他从来没有因为任何原因放弃坚持自己的本心。

　　因此这首诗的最后两句"千磨万击还坚劲，任尔东西南北风"，也就把他那种洒脱，坚守，以及不与世俗同流合污的心情完全表达出来了。

这首诗原是一首题画诗，题在他画的《竹石图》上。有了刚刚这首诗的解释，再看这幅画就更好理解郑板桥的用意了。

这幅《竹石图》，画幅的右边有一块挺拔的岩石，配着旁边坚挺的竹子，一点也没有损失这块石头的秉性，甚至在与竹子并排而立的时候，看到这幅画的时候也不会忽视掉这块风骨棱棱、正气凛然的石头。

而下面的那块着墨很淡的石头与右边那块石头形成了一个夹缝，夹缝中生长着两竿风骨铮铮的翠竹，一短一长，一低一高，一浓一淡，风神俊朗，清新洒脱。竹叶自下而上，由浓到淡，既显得由近及远、由老及嫩，且上部的淡叶又正好与石上的浓墨苔点互相衬托。

整个画的布局信手拈来，神完气足，无比清简，无比精到。

郑板桥写字画画是为了卖钱的，他早年间家境并不富裕，得靠卖字画为生。那怎么才能让自己的作品有辨识度，让别人肯买呢？那就要创立出自己的风格来。这就不得不提到，他的"六分半"书法了，什么叫"六分半"呢，就是郑板桥自创的一种介于楷书与隶书之间，而隶书的使用又多于楷书的字体，因为古代又将隶书称为"八分"，因此他的书法也就叫做六分半。

所以有人写诗说郑板桥创作是："下笔别自成一家，书画不愿常人夸。颓唐偃仰各有态，常人尽笑板桥怪。"

郑板桥的怪中还带着一股子"众人皆醉我独醒"的意味，但是时常清醒着的郑板桥过得并不快乐，于是他为自己的心找了一条入世的出路，就是所谓"难得糊涂"，"难得糊涂"也是郑板桥的书法作品中最有识别特征的一条横幅。

在郑板桥身上，有竹子"任尔东西南北风"的狂放，有"难得糊涂"

難得糊涂

聪明难，糊涂难，由聪明而转入糊涂更难。放一著，退一步，当下心安，非图后来福报也。

板桥

的无奈，竹子是郑板桥的主观理想状态，郑板桥之所以因为画竹而闻名，是因为他画的竹与他做人一样，不装腔，不作势，平平常常如同普通百姓嬉笑怒骂，坦荡直率，保持自我，一任自然。但是"难得糊涂"就是他在面对客观生活的时无力改变的自我消解。

他用一种不被世俗所理解的"怪"来包裹着内心中最为值得坚守的正直。因此，画竹到了郑板桥这里，就像是君子品格的一个总结，并且发展出了自己的风格。人与竹合一，人与自然合一，竹才以一种更具文化价值的方式凝结为君子品格中最为独异的一枝。

胸有成竹

竹子，通常是气节的象征，位列梅兰竹菊"四君子"之一。

相信很多朋友都听说过一句话："宁可食无肉，不可居无竹"，出自大名鼎鼎的苏东坡之口。东坡可是文人中有名的吃货，"东坡肉"就是以他的名号命名的，那么竹子究竟有什么魅力？能够取代美食在他生命中的地位呢？

也许从他的《筼筜谷》这首诗里，看出些许端倪——

筼筜谷

北宋·苏轼

汉川修竹贱如蓬，斤斧何曾赦箨龙？

料得清贫馋太守，渭滨千亩在胸中。

这首诗是东坡写给好朋友文同的。文同，又叫文与可，是当时

《墨竹图》
北宋·文与可
绢本墨笔 131.6cm×105.4cm
台北故宫博物馆藏

的大画家。东坡曾经写过一篇散文也非常有名，叫《文与可筼筜谷偃竹记》，可以跟这首诗参考着读，而且里面也提到这首诗，说是文与可在洋州，也就是现在陕西汉中做官的时候，自己写给他的《洋州三十咏》之一。当时文与可看到这首诗，当场喷饭。为什么呢？咱们一起来看诗的内容。

筼筜谷是个地名，这个地方盛产筼筜，也就是一种非常高大的竹子。文与可本人也写过一首名为"筼筜谷"的同题诗来赞叹这个地方的竹子。可见，筼筜谷对于苏东坡和文与可来说，是友情的见证地，竹子则是他俩结缘的原因。

箨龙是竹笋的别称。诗的前两句首先说"汉川修竹贱如蓬"，因为多，根本不值钱。紧接着一句"斤斧何曾赦箨龙？"靠山吃山嘛，当然竹子和竹笋就难逃当地人斧劈刀砍的命运了。

看到这儿，感觉苏东坡并没有欣赏竹子的意思。

其实这里，苏东坡是想借竹子的命运说他自己的经历，他心里想："朝廷啊朝廷，即便如今遍地都是像我这样不值钱的读书人，也架不住这么一茬一茬的贬谪吧？"

写诗的时候，苏东坡正遭贬谪，咽不下这口气。好朋友文与可经常劝他，别再给皇帝写信了，写了人家也不看，看了人家也不理，还白白给自己招惹很多麻烦。但是东坡不听啊，一定要写。这里就可以看出东坡的性情来了，为什么他那么喜欢竹子？因为他在对竹子的观察与认识中，找到了与自我生命精神的共振，他觉得他就像那竹子一样，正直而坚韧。即便是被斧劈刀砍的竹笋，根茎也还会继续汲取营养，长成像"筼筜"一般的参天大竹。所以他苏东坡才不是一般人，才不会被轻易打倒、毁弃；相反，还会越长越坚韧，活出个样儿来。

苏东坡不听文与可的建议，可又忍不住想对他倾诉。说了两句牢骚话，觉得还是别给文与可添堵了，话锋一转，后两句调节气氛。

正是这后两句让文与可看了喷饭！因为东坡讲："我就知道你这家伙嘴馋，敢情把谷里的竹笋都炒了吃了吧？"文与可看的时候正跟他老婆坐在筼筜谷里吃炒竹笋呢，你说巧不巧，好像东坡给筼筜谷里安了摄像头似的。两口子看了看诗，又看了看眼前的竹笋，可不就笑到喷饭了吗？

喷饭归喷饭，从这首诗我们一下子就可以看出来苏东坡和文与可之间深厚的友谊，这种友谊建立在共同的喜好上，也建立在他们对彼此修养、人格的认同上。

苏东坡爱写竹，文与可爱画竹，两个人都以竹子为对象创作了很多艺术作品，并都有各自人格的寄托。如果说苏东坡的《筼筜谷》是别有意味的诗，那么文与可的《墨竹图》便是别有意味的画。

说来好笑，文与可是以画作传世，但他偏偏希望人们更欣赏他的诗文。可他的诗文在当时大家云集的文坛上，也就那么回事，人们喜欢的还是他的画。只有东坡对他的诗文表现出欣赏的姿态来，所以文与可感慨："世无知我者，惟子瞻一见，识吾妙处。"觉得还是苏东坡懂他，愿意跟他玩儿。

但是说实在的，文与可的竹子画得真是好啊，还由此诞生出一个成语："胸有成竹"，出自前面提到过的苏东坡写的那篇散文：《文与可画筼筜偃竹记》，原文是："故画竹，必先得成竹于胸中。"指文与可画竹以前，早已经在心里咂摸透了竹子的模样、气韵。

文与可的这种才华集中反映在他的这幅《墨竹图》中。

一张很大的画纸上，有一根倒着长的竹子。但是伸出去的末端又在努力向上生长，扳成了"之"字形构图。文与可的高明在于，

他很懂竹，没有一味描绘竹子的"正直"，或者说，没有把竹子的
"正直"简单处理成"直"，而是把握住精神层面、审美层面的东西，
把"正直"表现为竹子顽强的生命力：即便是朝下的姿态，也不会
放弃向上的生长。也许苏东坡曾经在这幅《墨竹图》里看到了自己，
正如文与可在那首《筼筜谷》里看到自己一样。

　　知音难觅，刘勰在《文心雕龙》里说："音实难知，知实难逢，
逢其知音，千载其一乎！"文与可是一个文人、一个画家，他不太
关心自己的仕途，但很关心东坡的安危。东坡一贬再贬，去往杭州
的时候，文与可给他写了首送行诗："北客若来休问事，西湖虽好
莫题诗"，告诫他"到了杭州，就别再向京里来的人打听朝廷的事；
就算西湖再美，也别写诗了，省得被人抓住把柄"。结果东坡一到
西湖，就把这番告诫抛到九霄云外，挥笔写下了名句："欲把西湖

比西子，淡妆浓抹总相宜。"

　　作为老朋友，文与可怎么会不知道苏东坡的性情呢？但他一定要劝，不劝就不是文与可；而苏东坡一定不会听，听了就不是苏东坡。

　　文与可病逝后，苏东坡不仅写了文章悼念他，还在家里哭了三天。上次哭，还是因为自己的妻子王弗。

　　痛哭流涕之后，苏东坡为文与可做了一件真正使他流芳百世的事情。他在诗文里第一次明确提出"湖州画派"的概念，并详细说明了文与可的画竹理念。从此之后，以文与可为始祖的"湖州画派"，又称"湖州竹派"，在中国绘画史上别具风骚，宋末的赵孟頫夫妇、元人吴镇、明人徐渭、清人石涛、近人吴昌硕皆受其影响深远。

　　做朋友的最高境界也许就是如此，让他以艺术的方式，长久地活着。

空谷幽兰

《墨兰图》
宋末·郑思肖
纸本水墨　25.7cm×42.4cm
日本大阪市立美术馆藏

说到"兰花"和"君子"的联系，我们先穿越到两千五百多年以前，孔子的课堂上。这天，孔老夫子对围绕在他身边的学生说："与善人居，如入芝兰之室，久而不闻其香，即与之化矣。"意思是说，和品行优良的人交往，好像进入了摆满香草的房间，久而久之就闻不到它们的香味了，因为这时你已经与它们的香味融为一体了。下课前，孔子又教导学生们"君子必慎其所处者焉"。君子必须谨慎选择交往的朋友和身边的环境。从这里可以看出，两千五百多年前的人就已经把"君子"和"兰"密切地联系起来了。

今天，翻开《唐诗三百首》，会发现排在开篇的第一首便和"兰"有关——

感遇（其一）

唐·张九龄

兰叶春葳蕤，桂华秋皎洁。
欣欣此生意，自尔为佳节。
谁知林栖者，闻风坐相悦。
草木有本心，何求美人折！

这首诗其实不止写到"兰叶"，也写到了桂花，"葳蕤"就是枝叶繁盛的意思。整首诗说的是：春天里的兰花，枝叶繁茂，秋天里的桂花，晶莹剔透。世间草木生机勃勃，原本就是顺应了美好的自然季节的缘故。谁能想到山林里隐逸的高人，因为闻到它们的芬芳而满心欢悦呢？草木散发香气是源于自己的天性，才不是为了让观赏者们攀折、品嗅呢。

写这首诗的人便是张九龄，张九龄究竟是一个什么样的人，为何会发出这样的感慨呢？我们可以试着去到唐朝开元年间，也就是著名的唐玄宗执政时期。这天，朝堂上正有官员举荐新的宰相人选，玄宗皇帝皱起眉头问道："风度得如九龄否？"意思是问你呐！你推荐的这个人选，风度比起张九龄来怎么样啊？玄宗皇帝把张九龄作为衡量一个人是否适合当宰相的重要标准，张九龄的风度风骨便可见一斑了。张九龄是玄宗刚当皇帝那些年身边的贤臣，后来成长为大唐一代名相。他直言敢谏、选贤任能，从不徇私枉法，也不趋炎附势，是促成开元盛世的大功臣。很多我们熟知的大诗人，像王维、李白、杜甫、孟浩然等都给他写过诗。

但张九龄的官途并非一帆风顺，他当宰相的第四年，因为皇帝听信谗言，把他贬到了荆州。也正是在荆州，张九龄借诗明志，写出了著名的《感遇十二首》，其中第一首，开篇便是"兰"。

最后一句"草木有本心，何求美人折！"张九龄为什么会发出这样的感慨？这就跟他的遭遇有关了。为人正直的张九龄在做宰相的时候，看到玄宗皇帝渐渐沉迷美色、不理朝政，为了规劝他居安思危，就写下一篇文章——《千秋金镜录》，里面列举了一些前朝如何兴又如何亡的历史教训，并作为生日贺礼献给了皇帝。皇帝当然不高兴了，再加上旁边有小人诽谤排挤，张九龄最终被贬官荆州。正是在这种际遇下，张九龄创作了《感遇十二首》。所以这最后一句"草木有本心，何须美人折"，就委婉表达了诗人自己品行高洁并不是为了求人赏识来博取声名，就像兰叶桂花散发出清香，并不是希望人们来欣赏和折取，而纯粹是出于自己的本心一样。"何求"二字，非常极致地将诗人不肯廉价获取美名的清高给表现出来了。

兰可入诗，也可入画。唐玄宗和张九龄的时代再往后五百年，就到了宋末元初，走进了画家郑思肖的书房。刚好，还有几位衣着华贵的客人也在，他们正在请郑思肖为他们画兰花。谁料郑思肖一脸严肃、大声呵斥道："头可断，兰不可画！"你们杀了我，我也不会给你们画的。看来是个脾气古怪的画家呀，事实果真如此吗？完全相反！

郑思肖是南宋末年的画家，生逢改朝换代、天崩地裂的大时代。他本来的名字叫"郑之因"，南宋灭亡以后改了个名字叫"郑思肖"。为什么呢？会写繁体字的朋友都知道，繁体的"赵"字，走字旁上边是一个"肖像"的"肖"字。宋朝皇帝姓赵，现在国家沦亡、山河破碎，"赵"不全了，单取其中的"肖"，改名"郑思肖"，就是思念故国的意思。身处蒙元统治、追忆赵宋王朝，所以他的字便叫作"忆翁"。后来，他又把自己住的房子题名为"本穴世家"，把"本"里面的"十"字移入"穴"字中间，刚好能拼成"宋朝"的"宋"字。

从这些事可以看出，郑思肖是个很有民族气节的文人。还有一件事，他原本跟当时的大书画家赵孟頫关系很好，交往也多，后来赵孟頫投靠了元朝并接受了元朝统治者给他委任的官职，郑思肖的态度马上就变了，和他彻底绝交。

人如其画的原因吧，郑思肖最擅长画兰，但他惜墨如金，画成后往往立马销毁，绝不轻易送人，所以能流传至今的极少，名字便不为一般人知晓了。

初看他的这幅《墨兰图》，你可能觉得哪里怪怪的，仔细观察就会发现，原来画里稀稀疏疏的兰花竟然"无根"也"无土"。这就是郑思肖画兰花的风格！在他看来，故国已亡，自己便成了"无根"之人；故国的土地也已尽被异族占领，高洁的兰花又到哪里去找干净的国土呢？这悲怆的情感就像被注入每一片兰叶之中。寥寥几笔，

看似古朴恬淡、清新俊朗，实则不屈不挠、婉转敦厚。

　　说到这儿，我们也就能理解为什么郑思肖不愿意将自己的兰花赠与权贵了，他笔下的兰花又怎能是普通的兰花？它是寄托了一个爱国文人对于故国哀思的兰花。因此，面对权贵的威逼利诱，他说出"头可断，兰不可画"也就在情理之中了。

　　回到这幅《墨兰图》，你会发现，虽然这幅画的构图很简单，但却极为舒展。一花一苞非常饱满，几片兰叶互不交叉，倍显清幽、脱俗，但又丝毫不会觉得孤单落寞，一种清逸、儒雅的风范跃然纸上。通过"无根无土"的兰花来表达自己的爱国情感，这一点，被后世"扬州八怪"之一——郑板桥承传了下来。

　　一株兰草千幅画，一箭兰花万首诗。

　　将清逸典雅的兰引作知音，赋予它千古的咏叹和高洁的描绘，成为中华传统文化中浓墨重彩的一笔。而被历代文人所倾心陶醉、击节赞赏的，便是那花与叶之中傲然屹立的君子之风、君子之骨。

寒蝉长松

君子在中国传统文化中，是对品德高尚、光明磊落之人的敬称。也是传统读书人立身处世的道德榜样与追求目标。在古代的诗词书画中，往往会体现出一种君子的风度。

那么这种君子风度，是如何在文人的创作中体现出来的呢？先从一只小小的昆虫说起——蝉，也就是我们常说的知了。它长不过几厘米，寿命不到 100 天，因为栖息于高高的树上、又以植物露水为食，在古典诗歌中往往被寄寓了"栖高饮露"的高洁君子形象。其中比较有代表性的，便是初唐诗人虞世南的这首《蝉》——

蝉

唐·虞世南

垂绥饮清露，流响出疏桐。

居高声自远，非是藉秋风。

第一句"垂绥饮清露"说的是什么呢？"绥"原本是古代的服饰用语，指帽子上面的帽带，"垂绥"就是帽带打结后垂下来的部分。那这和蝉有什么关系呢？我们仔细观察蝉的生理结构，就会发现在蝉的口、腹之间，有一条下垂的针喙，形状就像下垂的帽带一样，蝉就是用这条针喙来吸食植物露水的。"垂绥饮清露"说的就是蝉的形状和食性。在生物学不那么发达的唐代，诗人能观察到小小秋蝉身上的细微器官与进食的方式，并形象地表达出来，足见他对事物体察入微的眼光。

第二句"流响出疏桐"就比较好理解了：稀疏的梧桐叶间，传出高亢有力的蝉鸣，这说的是蝉的叫声与所处的位置。在古代传说中，梧桐树高峻挺拔，是一种比较高级的植物，所以凤凰"非梧桐不栖"，只愿意停在梧桐树上。同样梧桐树也有象征高洁、美好品质的意思。诗人安排蝉栖息在这样一种树木之上，其实也是在暗示蝉有高洁君子的形象。

蝉的叫声十分高亢嘹亮，有时距离很远也能听得很清晰。于是有人就认为，这是借助了秋风的力量。但诗人不这么认为，他觉得蝉声传得远的原因在于"居高"，所谓"站得高，传得远"，这就叫"居高声自远，非是藉秋风"。不过，"居高"不仅是指蝉栖息的地方高，更多是暗示了它立身品格的清高。这两句话不仅在说蝉声传得远的道理，也说了君子声名传得远的原因：是由于自身高洁的品质，而绝不是凭借外界的力量。那些夸赞啊、褒扬啊，要是没有君子这块真材实料，也全无用处。

这首诗的作者虞世南，经历了南朝陈以及隋、唐三个朝代，他和哥哥虞世基在少年时代就很有才气，声名远播，受到陈朝名臣徐陵的赏识。陈朝灭亡后，二人皆入隋为官。哥哥虞世基因为善于奉承，深得隋炀帝的喜爱；弟弟虞世南则秉性正直，不愿做溜须拍马的事，所以不受重用，一直官不过七品。直到唐王朝建立以后，虞世南入唐为臣，终于得到从善如流的唐太宗的赏识，他几次在朝堂上直言劝谏太宗不能太过骄奢，太宗也都欣然采纳。他去世后，太宗更命人把他的画像画到凌烟阁上，让他能够名垂青史。凌烟阁，是为了表彰唐代开国功臣而建筑的、绘有功臣画像的高阁。将画像绘入凌烟阁，是唐代对功臣的最高礼遇。再回过头看他那一时得意的哥哥虞世基，早在隋末的兵变中被杀，而且在历史上留下了骂名。

虞氏兄弟的际遇，也从侧面向我们说明了《蝉》这首诗的立意：虞世基依靠阿谀奉承、攀附权贵，虽然得到一时的显贵，但并不长久。虞世南始终保持着自己清高、正直的品质，终于能够名垂青史。可以说，《蝉》这首诗本身，也是作者虞世南对自己做人的要求，我们可以从诗中体味古代君子为人处世的风范。

寄情于物，文人的诗作如此，画作更是如此。松树是中国文人画中常见的绘画主题，往往被寄寓了一种正直、孤高的君子品格。松树枝干笔直凌云，象征着君子正直、刚强的个性，又四季常青，经冬不凋。

宋画中的名作——李成的《寒林平野图》中，就画了两株笔直苍劲的长松。李成十分擅长山水画，尤其善于表现北方郊野平远旷阔的景色，往往简单几笔，就能把山川地势以及气候的变化表现得十分清楚。这幅画的远景，河道蜿蜒曲折，平原旷阔，天际烟霭空蒙，看上去凝滞厚

重，没有生气。简单几笔，北方平原的一派冬景就跃然纸上了，令人看了就有一种寒冷萧瑟的感觉。更引人注意的是近景：寒树枯枝中，挺立着两株长松，枝干笔直，直插云霄，傲立于荒寒的平野之上，显得十分高傲孤寂。

这两株长松，枝、干甚至松针的线条都十分刚硬有力，表现出一种清刚的意态。松树挺立在空阔荒寒、没有生机的平原上，恰如其分地表现出《论语》那句"岁寒，然后知松柏之后凋也"的意境。平野冬景，再加上两株傲立风霜的长松，使得整个画面在凋敝的气息中，又增添了一种孤高刚劲的气势，画面的气韵就完全不同了。

要知道，唐朝以前的画家，绘画大多是"勾线填色"，力求"形似"，也就是追求与描摹对象之间的相似性。而从唐代开始，有一些画家已经不满足于单纯地临摹物象，而是追求韵味、意境，形成了"写意"的绘画传统。李成效法的荆浩、关仝都是这个路子，因此李成继承了这种写意的传统，并有把它发扬光大的趋势。有人评价他作画"命笔随意所到，宗师造化，自创景物，皆合其妙"。意思是说他画作的构图，往往并不是实景，而是根据所谓的"造化"，也就是自然规律，再加上自己的想象，自创景物，从而来表达自己的审美意趣和思想感情。其实宋代的审美不完全是北方秋冬季节的那种萧瑟衰败的景色，宋代的审美相对来说是中国历代审美里最悠远、最简单的，应该说是更有文人气的审美，这种审美其实一定程度上和宋代的瓷器呈现出来的那种色泽有高度的契合性，完全是统一的一种审美风格，这和它的后代，尤其是清代乾隆时期那种热烈奔放的官窑瓷器的色彩完全不同。

据史籍记载，李成年少之时以"儒道自守"，有一番济世救民的志向。他出生的年代是唐以后的五代时期，那时国家分裂，兵荒

《寒林平野图》
北宋·李成
绢本国画　120cm×70.2cm
台北故宫博物院藏

马乱。而李成的所谓"儒道"，就是传统读书人之道。这种道在古代的和平年代是至高无上的，但在战争年代却丝毫起不到作用，甚至自身难保。他的志向显然得不到实现，郁闷之极，只得每天以山水画自娱。平野、寒林正是他的书画作品中经常出现的主题。也许正是这种人生经历，这种传统读书人在战争年代的无奈、悲凉、自守与坚持，才能将《寒林平野图》中的平远、荒寒之感，两株长松的清刚、挺秀之气，表现得如此淋漓尽致。

其实，君子之道千言万语，说到底，不过是乱世中洁身自好的寒蝉与荒野上迎风傲雪的长松罢了。

叁

诗书画中的通才大家

王维

《辋川图》
唐·王维
美国西雅图美术馆藏摹本 高 29.9cm 局部宽 36.5cm

早在唐代，著名的书画理论家张彦远，在他的著作《历代名画记》中，就提出了"书画同源"和"书画同体"的说法。到了宋代，我们所熟知的大文人苏轼，更是从王维的画作中总结出了"诗中有画，画中有诗"的意境。就这样，诗、书、画，这看似独立、实际上紧密相连的三部分，构成了中国历代文人的修身养性的有机统一体。在漫长的中国诗书画史上，我们在各个朝代，基本上都能找到当时的诗书画通才大家，其中，屡屡被后世提及的第一人，非唐代大文人王维莫属。

积雨辋川庄作

唐·王维

积雨空林烟火迟，蒸藜炊黍饷东菑。

漠漠水田飞白鹭，阴阴夏木啭黄鹂。

山中习静观朝槿，松下清斋折露葵。

野老与人争席罢，海鸥何事更相疑？

王维这个人很不简单。出身就不是一般人，他出身在山西的书香名门，从小就学习音乐、诗歌和绘画，可以说在起跑线上，王维就赢了很多同龄人。在二十多岁的时候，王维就考上了进士。要知道，那个时候就算五十岁考上进士，也算年轻的，而王维二十多岁就考上了进士，是真的了不起。

考上了进士，就相当于顺利拿到了唐朝官场的"敲门砖"，但之后他的"做官之路"却并不太顺利。他先是做了几个小官，中途还一度被贬谪。家庭生活也是屡遭不幸。在他小时候，父亲就去世了，到了中年，相伴十年的结发妻子也撒手人寰，只留下一个小女儿跟

他相依为命。经历了这悲惨的一切后，王维就在长安附近终南山一个叫"辋川庄"的地方，过上了隐居的生活，这首诗，就是在那个时候创作的。

"积雨空林烟火迟，蒸藜炊黍饷东菑。"写的是诗人观察到的农家生活。一个"迟"字，点明了因为近来的阴雨天气，导致潮湿

《长江积雪图》
唐·王维
28.8cm×449.3cm

烟火很难点燃。树木稀疏的村落里徐徐升起袅袅炊烟，农妇们拿着做好的粗茶淡饭给村子东边田里劳作的人送去。

"漠漠水田飞白鹭，阴阴夏木啭黄鹂。"一行白鹭掠过广阔的水田，枝繁叶茂的树林中传来黄鹂婉转的鸣叫。眼中的白鹭，耳边的黄鹂，漠漠水田，阴阴夏木，一幅意趣盎然的辋川乡野图，在我们眼前缓缓展开，这也成为了王维"诗中有画"创作风格的典范。

"山中习静观朝槿，松下清斋折露葵。"看过了别人的生活，诗人将思绪收回到自己身上。他说：我已经习惯了这山中的安静，每天清晨赏赏花，在松树下采摘沾满露水的葵菜，做一顿清新的素斋。

"野老与人争席罢，海鸥何事更相疑。"我这个村野老人，现在已经与世无争了，可是海鸥，你什么还要猜疑我呢？这里借用的是《列子》当中一个关于海鸥的典故：说海上有一个人啊，他跟海鸥天天在一起，关系非常亲密。有一天他父亲说：你给我捉一只海

鸥回来吧。他到了海滨，海鸥就飞得远远的。这种别有用心的杂念，破坏了他和海鸥之间的亲密关系。在这首诗的最后，王维也用这个典故，来表达自己早已淡薄名利的归隐之心。

《积雨辋川庄作》中，王维用诗的语言为我们展现了他在辋川庄的隐居生活。接下来，我们再来欣赏一幅《辋川图》。因为王维的画作基本失传，所以我们现在看到的是后世人临摹王维的《辋川图》。通过这幅作品，我们可以感受到当年辋川的风采。

这是一个叙事性的长卷画作，画面中群山环抱，树林掩映，亭台楼阁在山水树木的映衬下显得古朴而端庄，很有一种"世外桃源"的感觉。而且仔细观察一下，你会发现画面中的人物基本都是闲适悠然的文人模样，表现出一种超凡脱俗的意境。

这幅画从画风上来说，保留了李思训、李昭道青绿山水的特色，而且从山石线条的勾勒上可以看出很明显的早期山水画的特征，但是从意境上来看，已经很有后世五代山水画那种"悠然超尘，淡泊简远"的意味了。《辋川图》也开启了后世绘画"诗画并重"的先河，更成为了后世文人山水画的创作母本之一。值得一提的是，《辋川图》也对韩国古代的文人山水画的创作产生了深远影响。韩国文人常常以《辋川图》作为评价中国文人山水画的最高境界和标准。

辋川之于王维，是他挥洒才学的画布，更是他精神的栖息地。除了《积雨辋川庄作》和《辋川图》，王维还与友人在风景如画的辋川写成了《辋川集》。从此，辋川不再仅仅是王维的辋川，更是后世历代文人可以游览、可以栖居、可以在这里深入思考的精神家园。

苏轼

　　苏轼在中国历代名人当中可以说是非常独特的，相比其他很多让我们有刻板印象的文人大家来说，苏轼似乎更为立体。他才华横溢，是一代文豪；他朋友众多，被许多大才子引为知己；他豁达乐观，政治失意，但在文坛上却大放异彩；除此之外，他还是一个历史上有名的吃货，一个热爱生活的达人。所以我们说，苏轼，他首先是一个可爱的人，然后才是一位伟大的文豪。这首《石苍舒醉墨堂》的片段中，就可以领略苏轼的率性可爱。

石苍舒醉墨堂（节选）

北宋·苏轼

君于此艺亦云至，堆墙败笔如山丘。

兴来一挥百纸尽，骏马倏忽踏九州。

我书意造本无法，点画信手烦推求。

胡为议论独见假，只字片纸皆藏收。

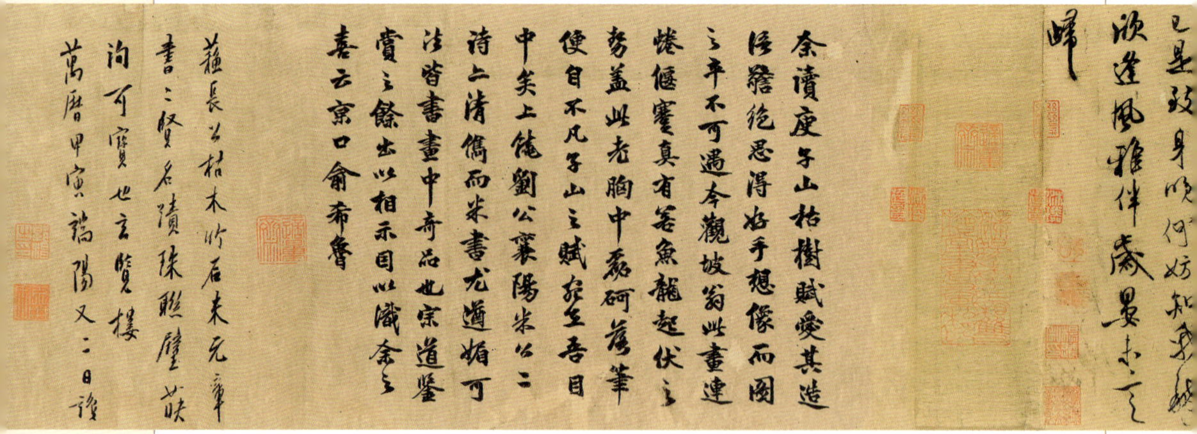

《枯木怪石图》（传）
北宋·苏轼
纸本笔墨 26.5cm×50.5cm

　　这首诗是苏轼写给他的朋友石苍舒的。石苍舒是宋代草书的代表人物。他建了一座厅堂，以"醉墨"来命名，邀请苏轼为他的"醉墨堂"题诗一首，于是苏轼写下了这首诗。

　　整首诗都非常精彩，没被选到的部分，苏轼主要说了说石苍舒对待草书的态度——"如饮美酒销百忧"，突出表现了他对草书创作的热爱。

　　那么到了节选的这段，苏轼一开始就对石苍舒的书法造诣大加称赞。但是这种艺术成就只凭一时的灵感，或者个人爱好是不够的，要达到一定的境界，艺术家一定要付出异于常人的努力，也就是需要经过长期勤学苦练，以至于"堆墙败笔如山丘"，用坏的毛笔堆成山，才熟能生巧。这里化用唐代大书法家怀素的一个典故，怀素为了练书法，"弃笔堆积，埋于山下，号曰笔冢"。可见古往今来，要取得一定成就，得先经历长久的努力。而"兴来一挥百纸尽，骏马倏忽踏九州"，这一精妙的比喻将石苍舒书法那万马奔腾的气势，

刻画得栩栩如生，极具动感。

　　这首诗是用来阐述苏轼的书法创作理论的，其实一般像这种主题的诗，容易写得枯燥，但是苏轼偏偏就可以写得非常有趣，用典，比喻都十分贴切，一点也不显得掉书袋，因此我们说有趣是一种与生俱来的能力。诗的后面几句，苏轼表达了自己的书法理念："我书意造本无法，点画信手烦推求。"就是说，啊我的书法都是凭借想象力创造的，本来就没有什么章法，一点一画随手写来，也懒得去仔细推敲琢磨。这就跟苏轼做人是一样的，大胆率性，一任自然。当然这并不是说苏轼就是不加构思地乱写，而是在"堆墙败笔如山丘"般的训练之后，达到"我书意造本无法"的境界。

　　苏轼是率性可爱，一任自然的。这种性格，我们从他的画里面也是看得出来的。比如这幅《枯木怪石图》。

　　苏轼传世的画作只有两幅，一幅是《潇湘竹石图》，一幅就是《枯木怪石图》。这幅画诞生在北宋，中间历经元明清三代，一直

传承有序。到了近代，北洋军阀时期，有一位叫白坚夫的人买走了这两幅画，后来将《枯木怪石图》卖给了日本人，直到 2018 年经过拍卖才回到中国，但是这幅画面世之后，关于是否苏轼本人的真迹，就一直存在着争议，到今天还未有定论。

我们先来看看这幅画，初看时，我也觉得怪，哪里怪呢？石头不像石头，像蜗牛；木头不像木头，像鹿角。这倒是符合苏轼创作时，不被形体所束缚的理念。明明是枯木、怪石，但却凭空呈现出一种舞动的姿态，难怪林语堂先生说："苏轼在几枝竹子上和几块粗犷的岩石上，能表现出律动美。"

这幅作品描绘的物象特别简单，就是一石一木。但是这两个物象放在一起，是有讲究的，二者一阴一阳、一收一放，一黑一白。

石头的气韵是内敛的，木头则是向外延伸的。所以静物的这种韵律节奏，在对比之中产生的视觉冲击力是非常明显的。

苏轼绘画的技巧未必是最高的，但是立意方面一定是出手不凡的！枯木和怪石，这两种象征着衰亡和死寂的意象，在苏轼的笔下，却以不屈的力量感和蓬勃的生命力，重新焕发出一种坚韧的个性来。我想，这与苏轼平常做人的品性是分不开的。苏轼画出来的画，写出来的书法，与他的精神境界是高度一致的。

苏轼将文人的新活法用自己的诗画作品记录了下来：可以失意，但不可以逃避；可以遭遇坎坷，但不可磨灭对生活的热爱；可以被打击，但是不会失去自己的理想；苏轼强大的个人宇宙，创造出了我们咀嚼不尽的艺术世界。

宋徽宗赵佶

当皇帝的宋徽宗，可以说日子过得很快活。不爱干的皇帝的事儿，都交给底下的臣子去处理，自己则专心于自己的艺术世界。但是，纵观中国历史，哪一个强盛朝代的帝王不是励精图治？像宋徽宗这样对于治国理政的不作为，终究还是使北宋王朝走向了衰落。1126年，也就是宋徽宗当皇帝的第 26 年，金国军队兵临城下，宋徽宗匆匆让位给太子。第二年，徽宗和儿子钦宗被金人俘虏北上，连同后妃、宗室、百官数千人，以及无数皇家典藏和珍宝被掳走。从此北宋灭亡。

宋徽宗在被掳北上的途中，看到有一处杏花盛开，不禁感慨万千，便写下了这首《燕山亭·北行见杏花》。

燕山亭·北行见杏花
北宋·赵佶

裁剪冰绡，轻叠数重，淡著胭脂匀注。新样靓妆，艳溢香融，羞杀蕊珠宫女。易得凋零，更多少、无情风雨。愁苦，问院落凄凉，几番春暮。

凭寄离恨重重，者双燕，何曾会人言语。天遥地远，万水千山，知他故宫何处。怎不思量，除梦里、有时曾去。无据，和梦也新来不做。

《燕山亭·北行见杏花》是《宋词三百首》中的第一篇，也是其中唯一一篇皇帝写的词。

词的上片写的是眼前所见的杏花。这娇艳的杏花被风雨摧残，像极了自己那逝去的帝王生涯。凄凉和失落交织，忧愁和痛苦相伴。

词的下片写自己的离愁别恨，借燕子与做梦，层层深入地道出了内心已经濒临绝望的哀痛心情。"天遥地远，万水千山"，故宫何在？故土何存？甚至连梦里见一见故国宫殿的可能性也没有，因为在这样颠沛流离的北上之路上，连做梦也是一种奢侈和妄想。

整篇读来，可以说是如泣如诉，入骨的痛苦，万分的悲凉。据说，当时宋徽宗听说皇家的财产被掠夺一空时，并没有太大的情绪变化，但是听说皇家的藏书和其他艺术品也被掠夺，却不禁仰天长叹，涕泪纵横。对啊，对于这样一位"艺术家"皇帝来说，艺术才是他的至宝和毕生的追求。

随着徽宗北上的，不只是那亡国之痛，故国之思，还有他前半生创作的艺术作品。其中，就有他的绘画代表作——《芙蓉锦鸡图》。

画面中几枝芙蓉花静静地盛开着，一只锦鸡站在其中一枝芙蓉的枝头上，整个花枝都被压弯了，而锦鸡正若无其事地回首，看另一枝芙蓉花旁边那两只翩翩起舞的蝴蝶。画面的左下角又伸出几枝白菊，既填补了空白，又渲染出金秋的气氛。整幅画面抓住锦鸡飞的瞬间，动感和力量显得淋漓尽致。锦鸡想要飞走，就会先向下蹲，然后用力蹬一下，所以芙蓉花的一枝就变得倾斜。整个画面可以说是动静结合，疏密有致，给人一种和谐均衡的感觉。

画面的设色也很精妙，虽然艳丽但是却不落俗套。锦鸡丰润艳丽的羽翼和芙蓉花朵的高贵纯洁被充分体现出来。宋徽宗还用与他的工笔画气韵很搭的"瘦金体"在上面写了一首题画诗："秋劲拒霜盛，峨冠锦羽鸡，已知全五德，安逸胜凫鹥"。在中国传统文化中，芙蓉与锦鸡都是属于富贵的题材，但是这里的"锦鸡"宋徽宗可是画得别有用心。题画诗中"已知全五德"这一句就点明了这层玄机。鸡，在中国向来被称为"德禽"。《韩诗外传》记载："鸡有五德：头戴冠者，文也；足搏距者，武也；敌在前，敢斗者，勇也；见食相呼者，仁也；守夜不失者，信也。""文、武、勇、仁、信"，鸡的这五种道德品质为世人所赞赏，也深受宋徽宗推崇，因此他就

《芙蓉锦鸡图》
宋徽宗（赵佶）
绢本设色　81.5cm×53.6cm
北京故宫博物院藏

借用这幅图来勉励自己，也勉励大臣要努力拥有这五种优良的德行。

在画幅的右下角，有一个意思的符号，看上去有点像一个结构松散的"天"字，但它其实是由"天下一人"四个字组合而成的，正是宋徽宗的"花押"。在北宋那个时候，"花押"在文人中很流行，有点像我们现代人的艺术签名。宋徽宗这个"天下一人"的花押可谓是别出心裁，从这点也可以看出他作为一代帝王内心的骄傲。

这幅作品集诗、书、画、印于一体，也开了在画中题诗的先河。而且它不但是北宋时期工笔画的艺术成就杰出代表，更是达到了中国花鸟画历史的巅峰。作为历史上少有的帝王绘画，更因其高超的写实绘画水平成为历代君王必争的收藏珍品。

　　宋徽宗对于绘画艺术的热爱，不仅表现在自己的刻苦钻研上，还特别注重培养绘画人才。他成立了翰林书画院，也就是当时的宫廷画苑，并且只有通过他亲自设计的绘画考试题目的人才可以进入书画院。所以可以说他是中国历史上"艺考"的创始人。而且这翰林书画院成绩斐然，先后培养了像王希孟、张择端、李唐等一批杰出的画家。他组织编撰的《宣和书谱》和《宣和画谱》等书也成为后世美术史研究中的珍贵史籍。而且在书画装裱艺术上，由他主持创始的"宣和裱"不光影响了中国，甚至走出国门，对日本的书画装裱艺术产生了深远的影响。

　　然而，伴随着徽宗的含泪北上和屈辱的八年俘虏生涯，这些他脑海中过往的辉煌记忆也都随着他的生命而逝去了。但无论后世对于他的帝王生涯如何评价，都无法掩盖他在艺术上的卓越成就。或许，他只是一个有着自己的喜好与厌恶，有着自己天赋和兴趣，有着自己弱点与盲区的，生在了帝王家的艺术家。

赵孟頫

　　我们的祖国，是一个文化极为繁荣的国度。无论哪个时代，都出现了不少杰出的诗人、画家、书法家。也有不少人多才多艺，兼具诗书画才能，可以说是"诗书画三绝"。这其中，赵孟頫绝对是不得不提的一个杰出代表。他的书法不用说，堪称元代第一，自成一格，圆熟柔美，世人称为"赵体"。他的绘画与诗歌作品，虽然不像他的书法成就这么高，但在他所生活的元代，也算是非常出色的。

　　赵孟頫的诗歌很有特色，尤其是一些七言绝句，很有情致，比如这首《东城》，就是其中的代表作：

东城

元·赵孟頫

野店桃花红粉姿，陌头杨柳绿烟丝。

不因送客东城去，过却春光总不知。

诗歌很简单，描绘的是他送客去东城这个地方时，所见到的春天美景。诗歌的前两句，写的便是桃红柳绿的春日风光：山村小店旁，桃花粉嫩，娇艳欲滴，小路的尽头，有几株杨柳树，柳条如丝，柳色青青。这两句诗通俗易懂，而且画面感特别强，读完之后，脑海中立马就能闪现出一幅明媚的春日图景。诗歌的后两句，作者补充交代了看见这一景色的由来。原来，作者是因为送客去东城，偶然才看见了这春日的风光，并非特意趁着春光游玩踏青。

在如此偶然的情况下，能发现如此美妙的春日风光，并把它记录下来，形成美妙的诗句，这件事情本身却并不偶然。因为赵孟頫是一位诗人的同时，又是一个极其高明的画家。画家对自然的美景，比起一般人，自然是更加敏感的。简单来说，就是他有一双发现美的慧眼。这双慧眼，既可以帮他发现自然的美景作为绘画的素材，同时也能让他即时地将美景记录下来，写出好诗。因此，中国传统

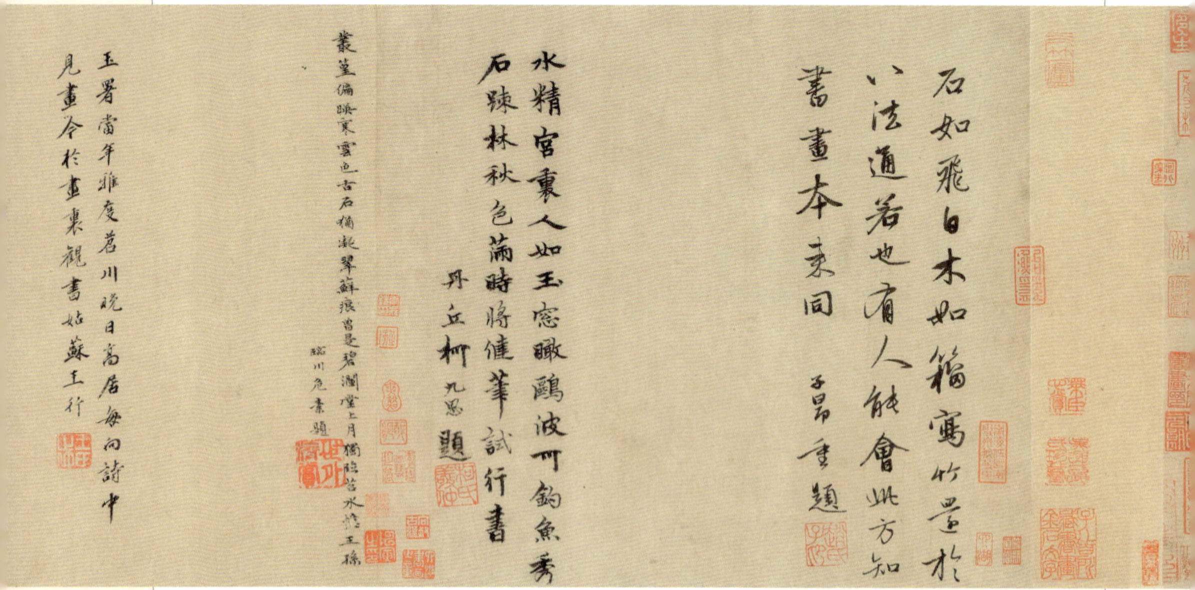

《秀石疏林图》（局部）
元·赵孟頫
纸本墨笔 27.5cm×62.8cm
北京故宫博物院藏

文化中经常会说：诗歌与绘画是相通的。比如，宋代的大文学家苏东坡，就曾说"诗画本一律"，意思就是，诗歌与绘画虽然表现形式不同，但它们内在的道理却是一样的。赵孟頫就是能把诗歌、绘画两种艺术形式打通，并在两方面都取得极大成就的一个典型例子。

　　赵孟頫不止在诗歌与绘画之间找到相通之处，他在书法与绘画之间也能找到共通点。赵孟頫的书法作品十分出名。他的书法风格秀美、笔法圆熟、结构严整，各体兼擅，尤其以行书、楷书为妙，又自成一格，被称为"赵体"或"松雪体"。

　　不过，关于赵孟頫的书法作品，在历史上也过有一些争议。一些书法家认为，赵孟頫的字虽然乍看秀美，但太过柔媚，缺少骨力。明代书画家董其昌就认为，大概是由于他运笔太过圆熟，太过讲究

书法技巧，导致产生了一种"俗态"。还有些人认为，赵孟頫生于
宋末，是宋朝皇室的后裔。但他却在元朝建立之后，积极谋求元朝
的官职，人品气节有问题，这也间接影响了他书法的风格，是他书
法媚俗无骨的重要原因。

　　这种观点，与中国传统的艺术理念是分不开的。我们传统的观
点，认为艺术作品与作者的人品、性格关系十分密切。宋代的大权
臣蔡京，书法水平一流，原本宋代书法四大家"苏黄米蔡"的"蔡"
指的是他。但因为他人品不好，是大奸相，后人就用人品更好、书
法也颇有特色的蔡襄来代替了这个"蔡"。这也就是我们常说的"字
如其人"或"书以人传"。人们认为，赵孟頫在出仕元朝这方面气
节有亏，表示他为人软弱，易与强权妥协，那他的文章、书法、画

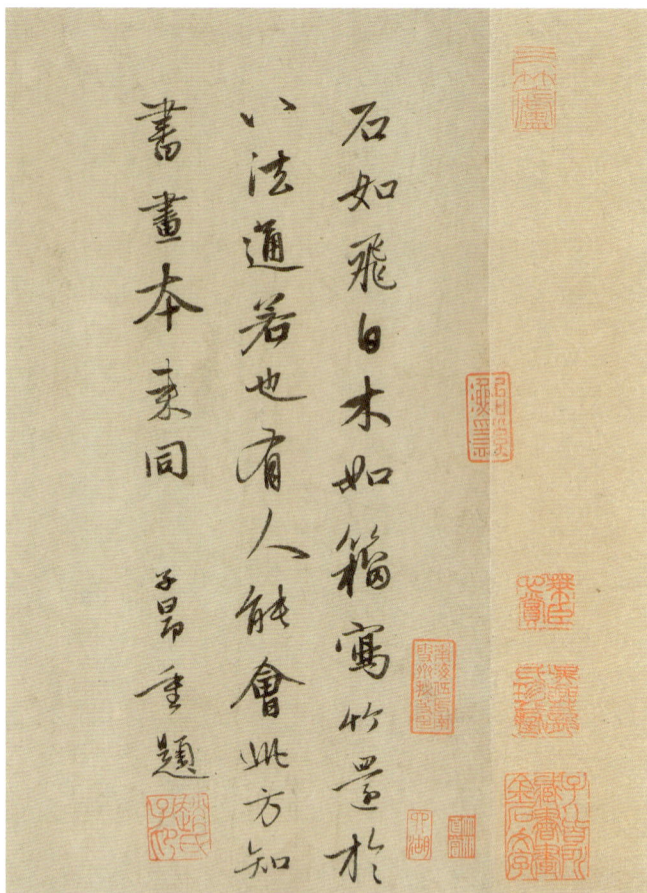

石如飛白木如籀，寫竹還於八法通。若也有人能會此，方知書畫本來同。子昂重題

作也会缺少一种风骨，水准也大打折扣。

　　不过，那些不喜欢赵孟頫书法的人，也都是从人品、风格上对他进行否定，但对他的书法技巧还是持一个肯定态度的。确实，赵孟頫书法在笔法的运用上十分纯熟，也琢磨得非常仔细。而更重要的，是他将对书法笔法的思考，也运用到绘画中去了。《秀石疏林图》就是他将书法笔法运用到绘画中的一幅典型名作。

　　这幅画画的是几棵古树生长在巨石之间，中间又夹杂着几丛新竹嫩草。画作运笔的笔法灵活多样，石头苍劲古朴，古木枝干强硬曲折，新竹则是枝叶纷披，摇曳生姿。画作的左边，题着赵孟頫的一首诗："石如飞白木如籀，写竹还应八法通，若也有人能会此，方知书画本来同。"这首诗明确提示了，这幅画作的运笔技巧，全从书法中来：秀石用了"飞白书"的方法，显得空灵而有立体感。古木则用篆籀之法，点画凝重有力，看上去顿挫有致。新竹小草笔势变化多样，摇曳生姿，又很像"永字八法"。这幅画作，融汇各体书法的笔法进行创作，这不仅展现了赵孟頫熟练的书法技巧，也体现了他主张书法与绘画这两种艺术形式在技法上的打通。正如题诗的最后一句：方知书画本来同。这正是对他"书画相通"理论最好的诠释。也许，正是赵孟頫这种敢于打破各种艺术形式之间的壁垒，寻求它们之间共通之处的观念，才使得他成为一个"诗书画"三绝的艺术家吧！

乱世奇才倪瓒

《紫芝山房图》
元·倪瓒
纸本墨笔 80.5cm×34.8cm
台北故宫博物院藏

倪瓒是元朝末年的著名画家，也是"元代四大家"之一。他生活的年代，正是元蒙贵族统治中国的时期。当时，文人和南宋遗民的地位都很低下，而倪瓒恰好就兼具了这两种身份，再加上元朝末年社会动荡，可想而知他的内心是多么抑郁苦闷。在这首散曲《折桂令·拟张鸣善》中，倪瓒就抒发了这样的心情。

折桂令·拟张鸣善

元·倪瓒

草茫茫秦汉陵阙，世代兴亡，却便似月影圆缺。

山人家堆案图书，当窗松桂，满地薇蕨。

侯门深何须刺谒？白云自可怡悦。

到如何世事难说，天地间不见一个英雄，不见一个豪杰！

　　《折桂令》是元曲的曲牌名，"拟张鸣善"就是说这首散曲模拟了元代散曲家张鸣善的曲风，张鸣善的散曲多以讥讽时事为主，这首散曲也有讥讽时事的意思。元曲，与唐诗、宋词、明清小说并立，是我国文学史上一种重要的艺术形式，它是杂剧和散曲的合称。杂剧，是集文学创作和多种表演成分于一体的综合性艺术，比如大家比较熟知的元曲四大家之一的关汉卿，他创作的《窦娥冤》就是杂剧。而散曲体式与宋词相似，可以视作一种新诗体，比如这首《折桂令·拟张鸣善》。

　　我们来看这首散曲。"草茫茫秦汉陵阙，世代兴亡，却便似月影圆缺。"开头作者说，秦汉的帝王陵墓已经埋在了茫茫野草之下，这世世代代的兴亡，就好像月亮的圆缺变换一样。"山人家堆案图书，当窗松桂，满地薇蕨。""山人家"在这里是指作者自己，就是说我家的桌子上堆的都是书画，窗前栽的是松树和桂树，满地都是薇蕨。这里的"薇蕨"，本来指的是一种可以食用的野菜。相传商朝灭亡后，伯夷和叔齐坚决不吃周朝土地上长出来的粮食，以薇菜为食，最后饿死在首阳山。所以后世也用"薇蕨"来指隐居者的粮食，同时也象征着一种气节。

"侯门深何须刺谒？白云自可怡悦。"意思就是说那侯门深似海，我何必去拜访呢？天上的白云也有属于自己的快乐。想到这一切后，倪瓒不禁感慨："到如何世事难说，天地间不见一个英雄，不见一个豪杰！"现如今，更是世事难说啊！这莽莽天地间，不见一个英雄，不见一个豪杰！他对于现实的不满和痛心在字里行间毫不掩饰地流露出来。

但其实早年间的倪瓒并没有太多体会到这种感觉。他出生在富贵人家，生活的富足让他不问生产，也不理政治。很有意思的是，他还很自知，给自己取了个外号叫"懒瓒"。但是后来，家道日渐中落，他的心境也渐渐由闲适转向忧郁。他的创作风格趋于成熟。晚年时，他变卖了家产，带着书画，隐居在太湖，成为一名"太湖隐士"。

每每提起倪瓒，后人还总是把他和一个词联系在一起，那就是"洁癖"，关于他这方面的故事，也是数不胜数。据说倪瓒家里种有梧桐树，梧桐树本身已经是很干净的树了，但是倪瓒还是觉得不够，他让自己的仆人天天去擦洗院里的梧桐树，最后竟然把这梧桐树生生地给洗死了。更有意思的是有一次，一位朋友在倪瓒家里留宿，倪瓒很担心他把家里弄脏，于是就派一位仆人在门口蹲守，听听里边的动静。偏偏这位朋友就咳嗽了一下，还吐了一口痰。这可不得了，据说倪瓒一晚上没睡好。第二天等朋友一走，他就立马派

仆人四处寻找，朋友到底把痰吐在哪儿了。仆人找了好久都没找到，又怕被他责怪，只好找了一片被露水打湿的叶子顶替，倪瓒就赶紧命令仆人把叶子扔到很远的地方去了。

或许是受"洁癖"的影响，倪瓒的画总是显得格外洁净，把元代山水画那种"淡薄清逸"的气质体现得淋漓尽致。

看倪瓒的这幅《紫芝山房图》首先映入眼帘的就是近景处的缓坡，在几棵高低错落的树下有一座亭子，旁边还挺立着一块巨石。再往远处看，经过一片水域后，可以看到远处平缓起伏的山峦。整幅画构图非常简洁，用墨也很清淡。倪瓒的主要绘画特点在这幅图中我们都可以看出来。首先是他最有特色的"一河两岸"的构图，就是用一条河将远处的山和近处的树隔开。再就是树下的"亭子"。这都是倪瓒绘画作品中极具标志性的特点。

　　在中国的山水画中，一般都有点景的人物，但倪瓒的画中却很少有人。有人问他原因，他的回答是："天下无人也"，意思就是没有一个人能入得了我倪瓒的眼。就如同他在《折桂令》中感慨的那样："天地间不见一个英雄，不见一个豪杰！"这种孤高，或许也是他精神洁癖的一种表现吧。倪瓒这种"清逸"的绘画精神，在后世明清的文人画中也得到了很好的继承，比如在董其昌和沈周的画作中，都能看到受倪瓒影响的影子。

　　对于倪瓒来说，时代的牢笼困不住他超然的追求。他鲜明的个性和孤高的气质，已全数挥洒在他的作品中。今天，当我们走进这位乱世奇才的艺术世界时，我们仿佛也走进了那个独特时代下，文人们心中所向往的自由世界。

董其昌

董其昌是中国历史上极负盛名的书画家、鉴赏家和收藏家。在绘画上，他擅长山水，开创了"华亭画派"，并且在绘画理论上第一次提出了"南北分宗"的说法，对后世画坛有着深远的影响。在书法上，他以晋代和唐代书家为宗，又自成一格，尤其以行草著称。除此之外呢，他曾经官至礼部尚书，官当得大，诗也写得好。下面我们就通过他的作品去探索他丰富的精神世界和精彩人生。

东林寺夜宿

明·董其昌

偃息东林下，悠然澹旅情。

泉归虎溪静，云度雁天轻。

苍藓封碑古，优昙应记生。

预悉钟鼓动，扰扰又晨征。

这是明代大文人董其昌的《东林寺夜宿》。东林寺是庐山历史最悠久的佛教寺院之一。我们所熟知的大诗人李白、杜甫和白居易都曾在这里创作过优美的诗篇。那董其昌在东林寺度过的这个夜晚，又会是怎样一番景致呢？

"偃息东林下，悠然澹旅情。"在东林寺旁稍微休息一下吧，静静地享受我这段悠然的旅程。"泉归虎溪静，云度雁天轻。"清澈的泉水流淌到虎溪中才归于平静，在云朵下飞翔的大雁显得是那么的轻盈。这两句诗兼具听觉和视觉的动态感，仿佛都可以脑补出那个声音和画面来。

"苍藓封碑古，优昙应记生。"厚厚的苔藓爬满了古老的石碑，高贵的昙花虽然短暂开放，应该也记得自己生命的意义所在。"预悉钟鼓动，扰扰又晨征。"我已经感知到了那即将敲响的钟鼓声，这新的一天又要开始了。

读完这首诗，一幅黎明将至的东林寺图景在我们眼前徐徐展开。然而比起写诗，拿起画笔的董其昌，才更是风华绝代。让我们通过他的重要代表作《舟泊升山图》，来走进董其昌的水墨世界。

创作这幅《舟泊升山图》时，董其昌五十八岁。这段时间，他正好在松江闲居，埋头进行书画创作。董其昌的绘画艺术在他五十岁以后更加炉火纯青，所以在这幅《舟泊升山图》中，董其昌也将他用笔的精微、意境的灵秀推到了新的高度。

画面的前景部分，是由多块山石组成的缓坡，上面有几棵枝条稀疏的树木高低错落着。后面是一片层叠的树林，轮廓参差起伏，感觉还有朦胧的雾气浅浅地笼罩，一间小亭子点缀在中间。视线再往前，就是一大片开阔的水域，用大量的留白来突出湖面的广阔，远处层层山峦起伏，山林重叠。

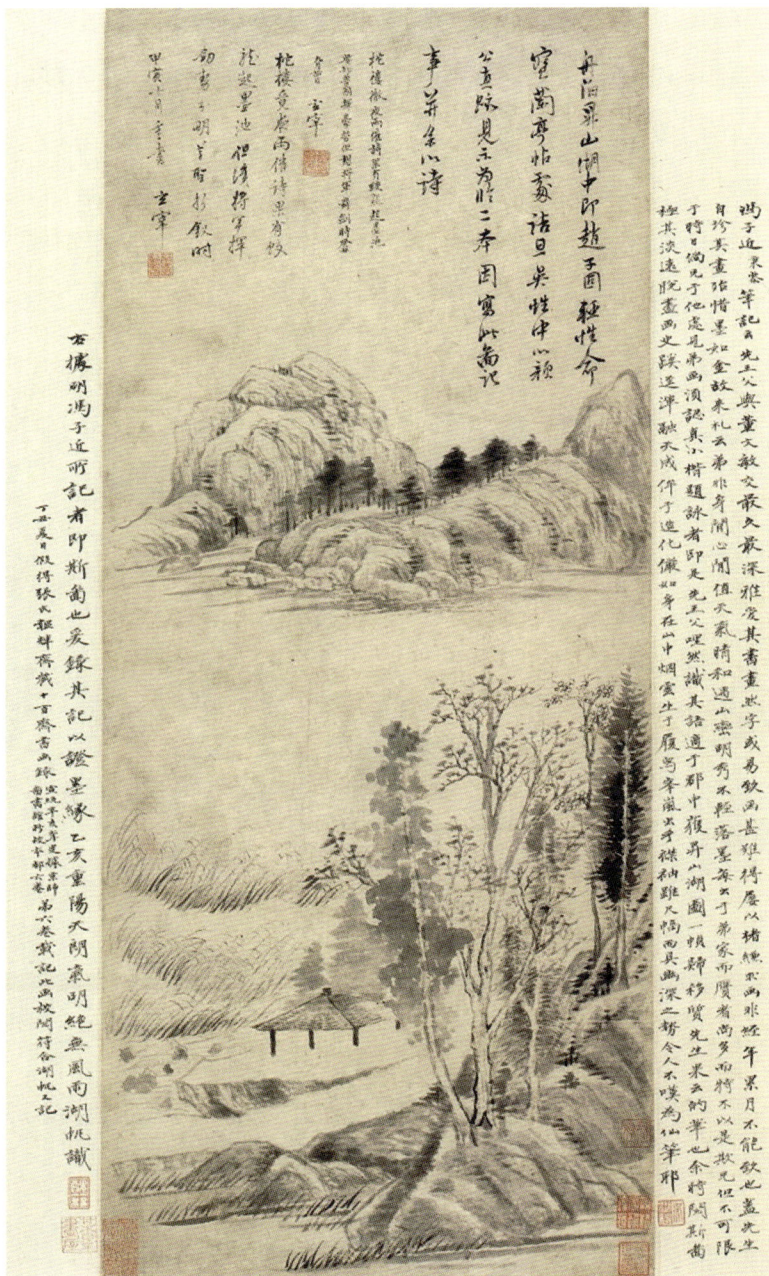

《舟泊升山图》
明·董其昌
纸本水墨 61cm×28cm

从这幅画"一河两岸"的构图，明净淡然的画风和山间亭子的样式，都可以看出董其昌深受前代画家倪瓒的影响，也可以看出中国文人画的传承精神。

其实这"升山"并不是一座普通的山。根据《太平寰宇记》记载，升山原名欧余山。东晋时期，"书圣"王羲之在湖州担任太守，他喜欢四处游历，也曾经登上这座山。

说来也是合该王羲之与升山这样一座小山有缘。北宋时期，定武军，也就是今天的河北省定州，发现三帖《兰亭集序》摹本，被称为《定武兰亭序》，后来被书画家赵子固收藏。有一天他乘船路过升山，忽然遇到狂风，船翻了，人也几乎丧命。幸好有船只经过，将赵子固打捞上来。当他苏醒过来，发现怀中抱着的《定武兰亭序》居然完好无损。

　　所以在这幅画的题跋中，董其昌在交代创作这幅画的原因时也谈到了发生在升山的这个故事。而且他还在这里见到了同样曾经担任湖州刺史的书法家颜真卿的书法真迹，内心十分激动，所以创作了这一幅具有记事意义的《舟泊升山图》。

　　从这题跋中，也可以看出董其昌的书法造诣。据说在董其昌的绘画作品中，如果用小楷题款，那这一定是他的精心之作了。所以通过这一点，也足以看出这幅《舟泊升山图》的珍贵之处。

　　现在大家都知道，董其昌是著名的书法家。其实他年轻时候写字并不好看。他十七岁的时候，参加了松江府会考，写了一篇很是得意的文章，以为这次一定是名列榜首了。结果在发榜的时候他只得了第二，原因是主考官觉得，他虽然文章写得好，但是字太差劲了，只能得第二名。董其昌知道后，受到刺激，从此发奋学习书法。经过几十年不懈的努力，最终成为一代书法名家。

　　董其昌三十五岁走上仕途，八十岁告老还乡，一生在官场三进三退。就在这样亦官亦隐的四十五年中，他既是一位谦逊超脱的文人，又攀上了世俗权势的巅峰。既为后世留下宝贵的艺术作品，又以其卓越的艺术见解影响了后世数百年的中国书画史。这在中国的文人当中，也是不多见的。

徐
渭

《墨葡萄图》
明·徐渭
纸本水墨　165.4cm×64.5cm
北京故宫博物院藏

对于历史上那些诗书画中的通才大家，我们总是能够轻而易举地用一些华丽词藻进行概括，比如说：才华横溢、锦心绣口、技艺精湛，等等。但是如果推开通往他们真实生活的大门，我们就会看到，他们之所以有如此广阔的艺术世界，是因为生活的艰难在逼迫着他们延展心灵的边界，同时也催促着他们在艺术上的涅槃。

如果你听说了徐渭的一生，你会质疑，他为了坚守自我所付出的代价是不是值得？你也会怀疑，即便是获得了如此高的艺术成就，却依然过不好这一生的徐渭，是不是真的在心甘情愿地承受着这一切？我们就用作品来走近徐渭，试着去触摸生活在他身上所残留的疤痕。先来读他的一首诗作：《题〈墨葡萄图〉》。

题《墨葡萄图》

明·徐渭

半生落魄已成翁，独立书斋啸晚风。

笔底明珠无处卖，闲抛闲掷野藤中。

徐渭的这首《题〈墨葡萄图〉》是他在晚年的时候写的。那时候，他刚刚结束了七年的牢狱生涯。一介文人，为什么会坐牢呢？又是什么样的人生经历，让徐渭发出"半生落魄已成翁"的感慨呢？

徐渭从小命运不济，他生在大户人家，但父母早逝，受尽白眼。他虽然才华横溢，但在科举上却非常不顺，考了几次，连个举人也没考中。世态炎凉，让他形成了郁郁寡欢却孤芳自赏的性格。嘉靖年间，倭寇进犯东南沿海。徐渭因为熟读兵法，受到了闽浙总督胡宗宪的赏识。徐渭向来都是冷眼事权贵的，要不是因为倭寇进犯，他也不会答应成为胡宗宪的幕僚。所以徐渭提了几个条件，要以宾客之礼相待，还不能限制自己的自由。这些胡宗宪都一口答应了。那段日子，徐渭时常头戴破烂的头巾，身穿泛白的布衣，放浪形骸，饮酒吟诗，完全无视军中的虚礼，但他又常常能提出一些妙策来帮助大军克敌制胜。过了一段时间，胡宗宪因事被弹劾治罪，徐渭为了不被连累，选择以装疯卖傻的方式进行自我保护。但起初他是在靠装疯自保，后来在不断恐吓下，他却真的精神失常了。在半疯的状态下，徐渭错手杀死了自己的妻子，等待他的，是七年的大牢。

翻开徐渭的生命履历，我们简直要倒吸一口凉气：他一生坎坷，双亲早亡，三次结婚，四处帮闲，五车学富，六亲解散，七年冤狱，八次不第，九番自杀，可以说受尽了人生的磨难。在狱中七年之后，刑满释放的徐渭已经是一位衰朽的老翁。人生已到暮年，面对这肃杀的晚风，他觉得自己的才华也好，仕途也罢，都不会再有新的转机了，就像他笔下所画的葡萄一样无处可卖，不如抛在野藤当中算了。然而，他心灰意冷之际决定抛在野藤当中的这些创作，却在后世被许许多多的文人画家视作珍宝。

人生就像一盒糖，你永远也不知道下一颗会是什么味道。徐渭不凑巧，打开的是一颗又一颗泣血的、带着丝丝苦涩的糖，但是他却把这苦涩化为艺术上的甘甜，反哺了后世一大批文人画家。

这幅《墨葡萄图》，就是最能代表徐渭艺术造诣的一幅作品。徐渭的画是写意的，直抒胸臆，不计工拙，更不用细笔反复勾描。所以我们看徐渭笔下的葡萄多为点染而成，达到了一种神似而非形似的境界。画面中，葡萄藤蔓远近交错，随风起舞。藤蔓掩映下的葡萄好像一粒粒明珠，虽然是由泼墨笔法点染出来的，但是却因为淡墨和浓墨的交错使用而显得异常灵动。葡萄的叶子和枝条，以及葡萄之间的排布关系看似散乱，实际上却很有章法。密密麻麻的枝

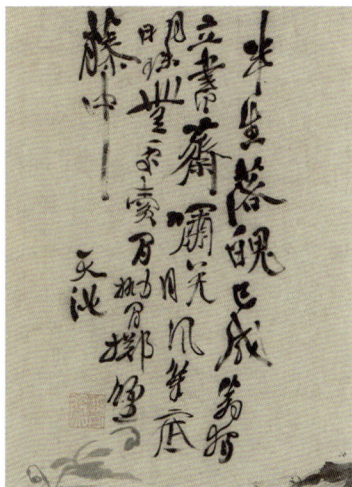

叶之间留着许多小小的空白，这不经意的留白让画面灵气十足。整体来看，这幅画有一种虚实相交的缥缈感，正像是徐渭那迷茫的人生和飘忽的命运。

《题〈墨葡萄图〉》作为题跋写在整幅画的上侧。他的字，是真正的字如其人，苍劲中见柔媚，寓劲挺于奔放。而布局呢，又是肆意倾斜，似乎表达了他一生怀才不遇的不平之气。徐渭还有个别号叫"青藤居士"，因此，清代画家郑板桥称自己是"青藤门下牛马走"，而齐白石也恨不得早生三百年，为他磨墨理纸，他还为此写了一首诗："青藤雪个远凡胎，缶老衰年别有才，我欲九泉为走狗，三家门下转轮来"，可见后世的画家对徐渭的崇敬之意有多深了。

晚年的徐渭，常常自残，因为这些特殊经历，徐渭也被看作是"东方的梵高"，或者可以说梵高是"西方的徐渭"更为贴切。一开始我们翻开徐渭生命履历的时候，为他的悲惨经历唏嘘感慨，却没发现履历的背面放射出了灿烂的艺术光辉。徐渭的一生可以说是用血和泪交织写就，但这些血泪最终都化作了文学艺术史上的颗颗明珠，光彩照人，长留人间。

文
徵
明

《云壑观泉图》
明·文徵明
绢本设色 153.5cm×63.8cm
台北故宫博物院藏

文徵明这个人，如果要用一个词来概括他，除了"德艺双馨"这四个字，恐怕没有更好的描述了。他才华横溢，集诗、文、书、画"四绝"于一身。他人品贵重，一生爱好交游，对待知己好友满腔热情，但是对待达官贵人，却从不屑于攀龙附凤。正是因为他的"德艺双馨"，让他获得了同时代文人的仰慕和推崇。当时，吴门画坛的领袖沈周、唐寅已经先后辞世，文坛上，吴宽等人也已经仙去，文徵明事实上成为了吴门整个文坛的盟主，主领风雅数十年。

先来欣赏一首文徵明闲居时写的诗歌，感受一下这位"德艺双馨"的文人的日常生活：

夏日睡起

明·文徵明

绿阴如水夏堂凉，翠簟含风午梦长。
老去自于闲有得，困来每与客相忘。
松窗试笔端溪滑，石鼎烹云顾渚香。
一鸟不鸣心境寂，此身真不愧羲皇。

诗题为"夏日睡起"。夏日睡起，睡在哪里呢？"绿阴如水夏堂凉"，点明了是在夏堂。那么，环境如何呢？前面说"绿阴如水"，后一个"凉"字，于是就有了着落。这是一句之中照应的方法：正因为在如此凉爽宜人的地方，所以才能安然入梦，何况还有"翠簟含风"呢！簟，就是席子。翠绿色的凉席，躺在上面，如沐清风，自然会消暑解乏，午梦悠长了。

睡醒之后，有些心得体会。"老去自于闲有得，困来每与客相忘。"觉得虽然老了，却懂得"闲"的妙处。累了的时候，就顾不得客人了，什么都忘却了，不记挂了。这种悠游自得，就像庄子说的，"相忘于江湖"，是因为各得其所，都无需牵挂了。

"松窗试笔端溪滑，石鼎烹云顾渚香。"对仗工整，将文人雅士的生活情景描写得非常生动。"松窗试笔"，就是写字。端溪，是出产端砚的地方，这里借指砚台。"石鼎烹云"，就是煮茶。顾渚是苏州产名茶的地方，显然这里是借指好茶了。砚滑茶香，文人睡起后的活动，在这一联就写完了。不过诗怎么结束，才是最见功力的。

"一鸟不鸣心境寂，此身真不愧羲皇。"最后一句，化用宋代王安石的诗句"一鸟不鸣山更幽"。一个"寂"字，透露出诗人恬淡闲适之余，还有一点点物我两忘的境界。这样，自称是上古"羲皇"时淳朴的先民，也就毫不突兀了。

全诗渲染出一种闲适的情调和豁达的人生态度，恬静冲淡，不急不躁，不板不滞，正与儒家的中庸之道相契合。文徵明的诗里遣词造句收放自如，呈现出活泼的生机和端正的气象，二者相得益彰，这是一种理性控制的艺术人生，恰恰流露出了他内心的祥和安宁和洒脱自信。

文徵明的一生，屡试不第，但是他心态平和，通过孜孜不倦的努力，终于大器晚成。在人均寿命并不高的古代，文徵明活到了89岁，这样难得的高寿，或许与他豁达、恬静、淡然的性格有很大关系吧。

文徵明性情温和儒雅，他推崇秀丽、细润、含蓄的画风，作品以细笔山水为主。这与沈周的雄强刚健、粗犷张扬的画风明显不同。所以书画界历来有"粗沈细文"之说。这幅《云壑观泉图》正是文徵明"细文"青绿山水的代表作。

我们由近及远来欣赏这幅画。先看近景，湍急的小溪奔涌在两条弯曲的小径之间，高高的松柏，树干用深赭色来染就；嶙峋的山

石用浅绛色平涂，突出的地方再用石青来提醒。松林下的茅亭里，三人静静端坐，神情若有所思。亭边的石桥上，还有两个人在交谈。

中景描绘的是云雾缥缈的山间，奇峰林立，悬崖横断，草木丰茂。一条瀑布如同白练，从高处倾注而下。右侧山谷里流云缭绕，一座楼阁掩映在树林中间。中景部分只是用石青稍微突出一个山头，整体染色都是浅绛色，看上去古意盎然，非常协调。画面远景处的山影只是简单地进行渲染，浓淡有致，表现出山外有山的丰富层次。

古代的山水画家有"五日成一山，十日成一水"的说法，不紧不慢，仔细描摹，非常从容。文徵明的这幅画也一样，最有代表性的就是他对山石的处理，这些山石大小相间、攒三聚五、繁密有序，被画家安排得很有章法。同时，将山石细致地勾勒、皴擦、点染。繁复的构图、精细的笔触、精微的着色，无不体现了文徵明的笔墨功夫。同时，这也是一种外化的人格呈现，文徵明奉行的中庸平和之道，以及内心井然的秩序感，也在这种大小呼应的关系里，得到了很好的体现。松荫茅亭，高士观瀑，聆听云壑松涛，感受山水长林之间逍遥自得的乐趣，这正是儒家追求的，遵从内心生活的境界。

智者乐水，仁者乐山；智者乐，仁者寿。胸怀山水，既乐且寿，文徵明无疑可以说是一个充满智慧的仁者了。

唐伯虎

　　唐伯虎的一生坎坷不平。在经历了人生的大起大落之后，他不再那么显山露水、在乎得失，波澜翻滚的心情也渴望逐渐安静下来，变得平和、宁静、超脱。这首《言怀》，正透露了他的这种心声：

言怀（二首其一）

明·唐寅

田衣稻衲了终身，弹指流年已四旬。

善亦懒为何况恶，富非所望莫忧贫。

山房一局金縢着，野店三杯石冻春。

但愿今生只如此，无荣无辱太平人。

　　"田衣稻衲"，指的是袈裟。在这里，唐伯虎再也不是那个"不炼金丹不坐禅"的唐伯虎了。他已经看透了世间的纷扰，觉得如同僧人一样，青灯古佛了此终身，也没有什么不好。需要提到的是，唐伯虎还有一个别号，叫"六如居士"，这个号取自《金刚经》，"如梦幻泡影，如露亦如电"，也可以看出他思想的变化。他似乎已经不再年轻，对世间万事已经没有更多的幻想，甚至开始感受到生命近乎悲凉的本质。

"弹指流年已四旬"，这一句表达的是对年华消逝的惋惜和吃惊。虽然只有四十岁，但他的人生似乎已经接近暮年。再过十四年，他就离开人世了。少年梦想都已烟消云散，那么，他生存的境遇又变得如何了呢？据他自己给文徵明的信里说，他很不开心。"海内以寅为不齿之士，握拳张胆，若赴仇敌。知与不知，皆指而唾，辱亦甚矣！"认识不认识的人，都指着他唾骂，甚至张牙舞爪，想要打他。从中可见他内心的凄苦和无奈。

"善亦懒为何况恶，富非所望莫忧贫。"什么意思呢？善事我都懒得去做了，更何况还会去作恶吗？富贵不是我的理想，所以我也不会为贫穷而担忧。语言浅近平淡，将万事不关心的心理准确地表达了出来。在这种精神状态下，他究竟是如何消磨那些日常时光的呢？他不可能还是像青少年时代那样，放浪形骸、张狂高调了。

接下来一联，就以典型的文人生活，展现了唐伯虎不俗的精神情操："山房一局金滕着，野店三杯石冻春。"山房下棋，野店喝酒。这句对仗非常工整，"金滕着"和"石冻春"这两个词语比较生僻，其实指的就是棋和酒的意思。

在闲散的生活里，我们似乎无从看见唐伯虎还有什么执着和悲欢，所以最后，他自然就发出了"但愿今生只如此，无荣无辱太平人"的心声。

唐伯虎的诗歌，越到后期越接近民歌，学着像白居易的诗歌一样，通俗易懂。他也确实做到了这点，虽然他因此受到了后来一些诗人的轻视。

　　他终身卖画卖文为生，对于功名利禄失望后，反而表现出了文人风骨中接近道家豁达超脱的一面，和佛教里与世无争的态度。他在诗中表达出来的接受现实、并洒脱生活下去的态度，说明他已经找到了自己的天地。

　　这一首七律，初看起来，若不经心，最后一联甚至有点白话的嫌疑。但全诗格律谨严，对仗工整，语言流畅，实际上做到了风行水流一般的自然，这是极其难得的文字功夫。

　　再来欣赏一幅唐伯虎的画作：《悟阳子养性图》。

　　悟阳子这个人大家不太熟悉。他本名叫顾谧，是上海崇明人，"悟阳子"是他的别号。据说他跟唐伯虎、文徵明这些文人墨客性情非常投契，所以成为了非常好的朋友。这幅画应该是唐伯虎晚年

《悟阳子养性图》　明·唐寅　纸本水墨　29.5cm×103.5cm　辽宁省博物馆藏

的时候精心创作的，也是当时吴门画派盛行的"别号图"中的代表作。所谓"别号图"，就是用当时人的名号作为画题，画面内容大多以庄园、别墅、庭院等景色为主。

我们来看这幅《悟阳子养性图》。画面的重心，是一座茅庵。茅庵里有一老者坐在蒲团上，双手抱膝，凝神眺望室外，如有所闻，如有所思。他身边有一张桌子，摆着香炉书籍等等物品。茅庵四周，树木环绕，碧水长流，一直延伸到烟云朦胧的远方。左边溪流上面有一个石板桥，连通着近景的山石和平台。

值得一提的是，在中国历代文人心目中，有着深深的茅舍、草庐情结，也就是强调一种"山不在高，有仙则名；水不在深，有龙则灵"的境界。这个草庐实际上是画家的心灵栖息之所，我们可以看到，就像这幅画中，茅舍有溪水环绕，不出门户就可以背靠青山，坐看云起，这就是一种典型的文人精神世界的追求。

唐伯虎的画作，往往很在意题跋。但在这幅作品中，他却仅仅只在画卷的末尾——也就是画面的左上角——题了"苏台唐寅"四个字，落了个穷款，很有一种"一切尽在不言中"的意味。

山水之间，孤独的隐士，聆听溪流潺潺、风树萧萧。这种意境与晚年唐伯虎的心情大约十分相似吧。自然山水成了他最后的精神慰藉，他的精神也因为他建立在纸上的天地：那些瑰丽的河山，那些娟秀的人物所焕发出来的超越时空的文化和艺术价值，而得以在世间永存。

祝枝山

明代著名书法家、"吴中四才子"之一的祝允明，出生在一个官宦之家，他一生下来，就跟别人不太一样。怎么回事呢？他的右手比别人多一根手指，也就是常说的"六指儿"。他有个别号，叫枝山，又叫枝指生，就是从这儿来的。

祝枝山从小聪明过人，据说五岁就能写大字，九岁就能作诗。只可惜在科举路上很不顺利，举人考了五次才考中，进士考了七次也没成功。他在仕途上也很坎坷。起初，他当广东兴宁县知县时，还是打算大展宏图的。但长期得不到重用，他就心灰意冷，借口生病辞职回家了。也许是多年的官场生涯，让他看透了世事，觉得还不如像孔子说的那样，富贵如果没有办法求得，那就跟随自己的爱好，遵从自己的内心而生活。这一首诗歌，就是他在人生转折点上所写的。

危机

明·祝枝山

世途开步即危机，鱼解深潜鸟解飞。

欲免虞罗惟一字，灵方千首不如归。

这首《危机》开篇第一句就让人心中一紧。"世途开步即危机"，世间路途，为什么一开步就是危机呢？会不会有点耸人听闻呢？这样的句子，要说是一位超然世外的老僧写的，那不足为奇。但祝枝山恰恰是一个留恋红尘的文人，他为什么这么说呢？

接下来，他就以自然中常见的现象来进行说明。"鱼解深潜鸟解飞"，鱼知道深潜水底可以隐藏自己，鸟也知道飞到高空会更安全。这是它的字面意思，很显然，作者有更深层的含义。鱼和鸟不过都是象征，象征的是不同的人如何去化解危机。鱼在水，鸟在天，各归其所，才能自由自在。

"欲免虞罗惟一字"，"虞罗"这个词比较生僻。虞，就是管理山川河流的人。虞罗，可以理解为打鱼捕猎的人布下的罗网。这句翻译过来就是：要想不被罗网困住，那只有一个字的秘诀。这个秘诀是什么呢？

最后一句，诗人点出了自己的阅世心得："灵方千首不如归。"灵验的方法千千万，但都不抵一个字：归！归去，就是保全自身最好的方法。这不由得使我们想起诗人陶渊明的《归去来兮辞》。在精神层面，祝枝山回归了中国文人失意时向往隐居的传统。

但实际情况是，祝枝山并没有与世隔绝。他只是回归到普通人的生活中，不再做一个"劳心者"去参与政务。据记载：祝枝山长得很丑，爱好声色，喜欢赌博，有钱就招朋友痛饮，或者分钱给人，

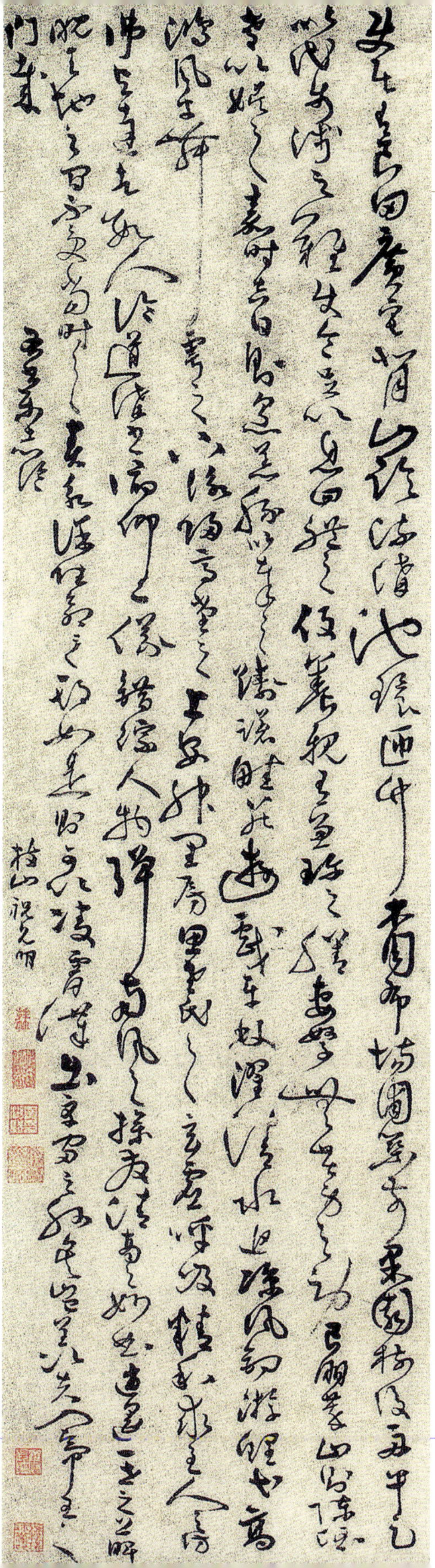

《乐志论》
明·祝枝山
草书书法立轴　111.2cm×29.3cm
苏州博物馆藏

自己不留一文。他晚年贫穷潦倒，只要一出门，身后讨账的人就会跟一大串。但是他的书法名气很大，找他写字的人也会跟一大堆。在这种冷热交替的人生际遇里，他并没有所谓的"醒悟"，反而是很高兴自己能活成这样。"风骨烂漫"四个字，可能才是真正切合他的人生的吧。

《乐志论》是东汉哲学家仲长统写的一篇辞赋，表达了生于乱世，渴求山水田园净土的隐逸情怀，这与祝枝山的想法在一定程度上不谋而合。

这幅书法作品是一幅草书，酣畅淋漓、激越奔放，却又不失法度。这"法度"体现在哪里呢？大家看：字的行距清晰疏朗，字的间距节奏多变。可以说：疏可走马，密不透风。在运笔上，笔画的干湿浓淡相间，流畅自然，精彩纷呈。俗话说：字如其人，在祝枝山的书法里，我们也可以看出祝枝山的鲜明个性、人生经历和跌宕不凡的想象力。

祝枝山的书法特别在意笔下功夫和内心修养双重结合。他的草书上接怀素、张旭，中得黄庭坚的笔意，又下启徐渭、王铎等人。他遍学名家，但不是机械地去模仿，而是将别人的优点熔为一炉，以真性情导引自己的方向，从而形成自己的风貌。尽管有人觉得他的草书线条不像怀素和张旭那样骨力强劲，但是也有人认为他的风格如同"绵里裹铁"，外似松软，实际上内里劲健，别有一番特色。因此他的书法也得到了同时代书法家和后人的大力尊崇，被认为：明代草书首推祝枝山。

在诗文翰墨的艺术时空里，祝枝山尽情地遨游，烂漫风骨所蜕化的人间遗迹，就是这些信笔挥洒的、线条如同万古枯藤一般的墨宝，经历了岁月变迁，依然留给世人无限的遐思。

肆

诗书画中的才女美女

贤女罗敷

《采桑图轴》
清·闵贞
纸本水墨 123.8cm×52cm
北京故宫博物院藏

每个时代对于女性都有着不同的审美。除了外在的审美之外，也有一些品行美好、品质高洁的女性，承载着当时人们的美好期待。

其中就有一位名叫秦罗敷的女子颇为引人注目。在汉代诗歌《陌上桑》中，就讲述了她的故事。

陌上桑（节选）

汉·佚名

日出东南隅，照我秦氏楼。

秦氏有好女，自名为罗敷。

罗敷喜蚕桑，采桑城南隅。

青丝为笼系，桂枝为笼钩。

头上倭堕髻，耳中明月珠。

缃绮为下裙，紫绮为上襦。

行者见罗敷，下担捋髭须。

少年见罗敷，脱帽着帩头。

耕者忘其犁，锄者忘其锄。

来归相怨怒，但坐观罗敷。

这首《陌上桑》，是汉乐府诗的名篇。这首诗具有很强的画面感和故事性。

故事从这里展开："日出东南隅，照我秦氏楼"，这是一个太阳刚刚升起的早晨，阳光下的秦氏楼熠熠生辉。

秦氏小楼里面住着一位美丽的姑娘，也就是这个故事的主人公秦罗敷。

罗敷是一个采桑女，她采桑的竹篮用黑色带子系着，笼钩则用的是桂枝。连采桑的工具都被她打理得如此精致，可见罗敷的细心美好。

写诗的人此刻已经吊足了我们的胃口，这么美好的罗敷究竟长什么样子呢？

紧接着的一组特写，充分衬托了罗敷的美丽。先从她梳的发型入手，罗敷的发型是当时非常流行的"倭堕髻"。

再来看罗敷的耳饰，"耳中明月珠"。明月珠也叫夜明珠，是一种非常珍贵的珠宝。

罗敷的衣饰就更为讲究了，她身上穿的"绮"，是一种有花纹图案的丝织品，"缃绮"就是要有花纹的黄色衣服，她的下衣是浅黄色的，上衣是紫色的，颜色的搭配既清丽又典雅。

前面对于罗敷美貌的描写，有点类似于《诗经》中的《硕人》，诗人用了非常多的细节来描述罗敷的美貌。

但是与《硕人》不同的是，《硕人》都是对美人相貌的直接描写，而这首诗中却在描写她的衣饰、打扮，通过这些来烘托她的美貌。

罗敷究竟美到什么程度呢？路上的行者、少年、耕者、锄者，本来都在平静地各司其职，当罗敷从秦氏楼出来的时候，行者放下了扁担，少年脱下了帽子，耕田的人也都放下了工具，纷纷抬头来看罗敷。

浑篇不见一个"美"字，但罗敷的美自在心中。

《陌上桑》后面的部分，通过写罗敷拒绝他人的求爱，来烘托她品行的高洁。

她是一位平凡的采桑女，却衣着不凡，秉性美好。事实上，罗敷也只是一个虚构的形象，在这首诗中，她却几乎是一个完美的人物。她似乎不是一位劳动妇女，也不是一位贵族女子，而是汉代百姓心中理想女性的化身，寄托了他们的审美理想。

清代画家闵贞笔下的《采桑图轴》中，也有一位采桑女，或许也能够展现这种美好的期许和理想。

这是一幅水墨写意仕女画，画面中的背景是水墨小写意，而人物近乎于白描。

图中高大的桑树下，一位女子一边仰着头注视着树叶，一边准备用竿子击打。

这幅画就像一张照片，定格在采桑女踮起脚尖、高举篮筐、挑竿摘桑的那一瞬间。人物手持细长竿，另外一只手拿着竹篮，整体的人物造型是现代审美中的 S 型，这完全是一种最美的人体弧度。而且画家生动表现出了人物的动态，眼到手到，而且双手的配合非常精准，这点足可以看到画家写实的功力。画面的构图为了突出主体而省略了后面的背景。采桑女脚下的巨石，使得整幅画面没有因为上半部分高大的桑树而显得头重脚轻。人物的动态和右侧的树枝，以及下半部分的土坡贯通，使画面看起来有一种流动的感觉。

清代女性审美侧重的是杨柳细腰的羸弱之感，而在这幅画中，采桑女显现出的那种活力感，与常见的清代女性是完全不同的。可能这位采桑女，是画家闵贞心中理想的"美女"。

《陌上桑》中的采桑女罗敷，寄托的是汉代人对于品质和外形的双重想象，而这幅画中采桑女似乎也蕴含着画家对于女性审美的拓展和思考，也寄托着画家的审美理想。所以罗敷身上所衍生出的，不是单一的人物，而是具备她这种优良品质的女性形象。她们热爱生活，勤劳质朴，欣赏自己的丈夫，同时洁身自好。这种人对于百姓来说，不是高高在上的，而是亲和力十足。

如此看来，秦罗敷所带来的美的感受，是高于美女本身的；而美的延续，则是超越时代的。

浣纱西施

　　人们经常会用"沉鱼落雁、闭月羞花"来夸赞一个女子长得漂亮，其实这里面是四个典故，分别对应中国历史上的四位美人。

　　其中"沉鱼"这个故事就发生在今天的主人公——西施身上。

　　据说她在溪边浣纱，水中的鱼儿看到她的美貌之后，竟然忘记了游泳而沉到了水底。这个故事虽然很夸张，但西施却是历史上真实存在过的美人。

　　西施本来是春秋时期越国人。据说越国被吴国击败后，她被统治者进献给吴王，希望她以美色迷住吴王夫差，从而达到祸乱朝政、使吴国灭亡的目的。吴王夫差还真的中了这个"美人计"，他整日沉溺于美色之中，不理朝政，最终导致吴国被越国吞并。

　　关于吴国的灭亡，历史上有很多说法，但这种说法是最被后世接受的一种。然而唐代诗人罗隐却不这么认为。

《西子浣纱图》
五代·周文矩
绢本设色 64cm×64cm
北京故宫博物院藏

西施

唐·罗隐

家国兴亡自有时，吴人何苦怨西施。

西施若解倾吴国，越国亡来又是谁？

在这首《西施》中，罗隐发表了对于吴国灭亡原因的不同见解。他说，家国兴亡有自己的规律，你们吴国人何苦去怨恨西施呢？那按照你们的说法，西施要是能使吴国灭亡，那越国灭亡这事儿又是谁干的呢？罗隐的言外之意就是说，你们不要老说"红颜祸水""女色亡国"，这种说法逻辑上就不通。所以，你们说西施导致了吴国的灭亡，那真的是太冤枉她了。

他的这种说法，一反关于西施的传统论调，可以说，是一篇为西施所写的"翻案"之作。罗隐的这种态度并不是心血来潮，而是他一贯坚持的想法。据记载，他不光为西施鸣不平，也为杨贵妃"喊过冤"。杨贵妃我们都知道，大家普遍都认为，当年就是因为唐玄宗沉迷于她的美色，所以才荒废了朝政。所以"安史之乱"时，唐玄宗也不得不赐死杨贵妃来稳定军心。然而，唐朝末年爆发了黄巢起义，皇帝也像当年的唐玄宗一样仓皇出逃，但这次可不是杨贵妃惹的祸。罗隐这个时候又站出来了，他说："泉下阿蛮应有语，这回休更怨杨妃。""阿蛮"也可以写作"阿瞒"，是唐玄宗的小名，这意思就是说：玄宗皇帝，你要是泉下有知，这回可没法怪罪杨贵妃了吧！

这和《西施》这首诗中所要表达的情感，可以说是异曲同工了。

从这儿也能看出来，罗隐可真是个"愤青"。

事实上，他不但擅长写讽刺诗，讽刺散文成就也很高，他讽刺作品的合辑《谗书》，就被鲁迅先生评价为"正是一塌糊涂的泥塘里的光彩和锋芒"。或许也正是这"光彩"和"锋芒"，让他能够洞察事态，为千百年前背上政治枷锁的西施洗刷了冤屈。

抛开与吴越两国的纠葛，西施身上最大的标签应该就是"大美女"了。连苏轼都曾说"欲把西湖比西子，淡妆浓抹总相宜"，这里的"西子"指的就是西施。虽然他是在写西湖，但是对西施的认可也是显而易见的。让苏轼都如此赞叹的女子，究竟长着一副怎样的绝世容颜呢？

让我们在五代画家周文矩的《西子浣纱图》中来一探究竟。

这幅作品画的正是著名的"西施浣纱"的场景。画中的女子身体微微倾斜，身旁的竹篮里堆放着纱线。作者在这幅画中并没有画出明显的"溪水"，而是用了大片的留白，全靠我们凭借"浣纱"一词来脑补旁边的潺潺流水。

初看这幅画，可能有些人就按捺不住了。这画中的女子真的是西施吗？好像看起来并不符合我们想象中美女的样子。况且，西施可不是普通的美女，而是旷世美女。先不要着急，接下来我们慢慢解读。

画面中的西施看起来很素雅，全身上下没有一件首饰，色彩运用也很清淡。再来仔细观察画面中西施的长相。鹅蛋脸，樱桃小嘴，小巧而秀美的鼻子，细长而弯曲的眉毛下面是一双丹凤眼。其实眼睛是人物绘画中一个很重要的细节。而且如果留心观察的话，就会发现中国古画中绝大多数人物都是单眼皮，这和我们现在好像很崇尚双眼皮的审美很不一样。

这画面中可能让很多人觉得最影响美感的，就是西施那宽广的额头。这是因为在中国古代传统文化中，额头饱满是一种福相，而

且早在《诗经》的《硕人》篇中，就明确提出了"螓首"这种说法，说的就是像蝉一样宽广方正的额头。所以一直以来，拥有宽广的额头就是美女的标配，到了五代也不例外。

这个时候的仕女形象，也正好处于从唐朝的丰腴，向宋朝的清瘦过渡的时期，这幅画中西施的形象也体现了这个转型期的特征。

正因为审美标准是一直在发生变化的，在我们现代人看来可能不那么美的长相，放在那个时候，画中西施的样子，她就是个标致的美人儿。

然而，随着吴国的灭亡，曾经吴王夫差的挚爱西施仿佛也销声匿迹了。此后，再也没有可靠的史料证明西施的去向。她婉丽的一生，也终归寂静。

或许，在西施看来，管它功过，任它美丑，一切都是后人的闲谈吧。

木兰从军

《木兰从军图》
清·任伯年
纸本设色 137.5cm×51.5cm

1998年，美国的迪士尼电影公司推出了一部划时代的动画片《花木兰》，这是迪士尼电影题材中首次正式采用中国元素。电影的大热，也让花木兰这位中国人熟知的女英雄"跨"出了国门，开始让国外观众熟知。而这部电影就是改编自中国古代长篇叙事诗《木兰辞》。

木兰辞（节选）

南北朝·佚名

东市买骏马，西市买鞍鞯，

南市买辔头，北市买长鞭。

旦辞爷娘去，暮宿黄河边，

不闻爷娘唤女声，

但闻黄河流水鸣溅溅。

旦辞黄河去，暮至黑山头，

不闻爷娘唤女声，

但闻燕山胡骑鸣啾啾。

这首长篇叙事诗讲述的就是女英雄花木兰的传奇经历。她原本只是一位普通的农家女孩，但是无奈战争爆发，父亲要应诏入伍。他这么大的岁数，怎么能经得起战场的腥风血雨呢？而且木兰也没有兄长能替父亲出征，在孝心的驱使下，她决定掩饰性别，女扮男装，替父从军。

于是就有了我们今天要来重点解读的这段内容。开头四句就是她从军前的准备工作。这里用的是互文的手法，并不是说真的分别到东西南北四个集市去采购四样不同的东西，而是为了烘托在集市上奔波采购马具的繁忙，这也从侧面表现出了木兰内心替父从军的急切和坚决。

一切准备就绪后，她就辞别父母，开始了征程。"旦辞爷娘去，暮宿黄河边，不闻爷娘唤女声，但闻黄河流水鸣溅溅。"早晨辞别了父母，晚上就抵达了黄河边。

这里的"不闻"表面上指的是"听不到"，其实更多的是"不忍听"，害怕听到那饱含着不舍和牵挂的呼唤。"旦辞黄河去，暮至黑山头，不闻爷娘唤女声，但闻燕山胡骑鸣啾啾。"作者这一系列略带夸张的描写，仿佛让我们看到了一段急速快进的视频。从家，到黄河边，再到黑山头，木兰渐行渐远，家山不见。这样精练又很有画面感的描述，也使木兰的形象显得更加飒爽和意气风发。

后来的故事，我们也都知道了。"将军百战死，壮士十年归。"木兰胜利而归，从一位在疆场上厮杀的战士，摇身一变成为了"对镜帖花黄"的妙龄女子，这是一个很有戏剧性的场景。试想一下，和你相处了十多年的好兄弟，一起并肩作战的好战友，竟然是个女孩子。

人们想不到，原来为国效力不只是男人的事儿，女人也可以，而且照样做得很好。这也就是木兰最迷人的地方，这就是在那样一个时代，她为女性增添的独特的、罕见的、耀眼的光环。

相比较于文学作品，后世关于花木兰的画作就比较少了。因为客观来讲，她不但不符合后世对于女性的审美评判标准，甚至好像还触及了男权社会的"红线"。直到清代晚期，随着封建社会的逐步衰落和瓦解，"花木兰"才正式有据可考地出现在文人的画作中。

我们要欣赏的就是清末著名画家任伯年的《木兰从军图》。

这幅作品描绘的应该是木兰从军途中的一幕。在路边几棵枝叶繁茂的小树旁，画面主人公一身戎装，正一手叉腰，一手搭在马背上休息。

　　有意思的一点是，画家是如何暗示画面中的人物是女扮男装的呢？他正是通过那个不同于一般男性的俊美的侧脸，告诉我们这是一位戎装女子。还有一个更有意思的细节，木兰右脚的鞋底完全露了出来，画家之所以这么处理，目的或许就是为了告诉我们，木兰有一双大脚。在画家任伯年所处的清朝，女子——尤其是汉族女子，盛行"缠足"，追求"三寸金莲"之美。而作者正是想通过木兰的这双大脚告诉人们，木兰她不是一位普通的女子。当然，木兰所生活的南北朝时期，女子其实也并没有"缠足"的习俗。因此，木兰的大脚也是符合实际情况的。

　　如果我们再留心的话，就会发现画中的木兰正表情凝重地望向远方。这可能蕴含了作者对于木兰心境的独特见解。他笔下的木兰，不再是那个意气风发奔赴疆场的飒爽女战士，而是一位怀着愁绪、心事重重的女子。就算是再坚强的内心，也会在不经意间流露出些许哀愁，远离父母的愁，只身奔波的愁，战争惨烈的愁，生命脆弱的愁。这是一个有着真实情感的木兰形象。

　　多重身份的交融，为"花木兰"这三个字增添了多层次的精神内涵。当我们再次谈论起她时，我们仿佛也是在谈论一场千百年前以喜剧结尾的平民女英雄的胜利。

出塞昭君

　　说起王昭君，除了她中国古代四大美女之一的身份，更为人们所熟悉的，就是"昭君出塞"的故事了。

　　她与匈奴和亲，牺牲一己之身换来了边境的和平，在中国历史上被传为佳话。后世文人也被这个故事感动，创作了数百首诗词，来咏叹王昭君的形象。而其中影响最大的，应该就是唐代大诗人杜甫创作的《咏怀古迹》了。

咏怀古迹（其三）

唐·杜甫

群山万壑赴荆门，生长明妃尚有村。

一去紫台连朔漠，独留青冢向黄昏。

画图省识春风面，环珮空归夜月魂。

千载琵琶作胡语，分明怨恨曲中论。

全诗首联便以浩荡声势开场。群山万壑仿佛随着江水奔流至荆门，也就是王昭君故里所在地。在晋朝的时候，为避讳"司马昭"的名字，于是将"王昭君"改为"王明君"，也称"明妃"。

"一去紫台连朔漠，独留青冢向黄昏。"仅仅两句诗，就概括了王昭君的一生。她自请与匈奴和亲，离开汉宫远赴塞外，等待着她的是那无垠的荒漠。她去世后，也葬在了塞外，一生仿佛只留下长满了青草的墓冢，孤独地守护在被黄昏笼罩的大漠之上。

然而在作者看来，昭君她原本不必自请出塞，可无奈"画图省识春风面"，当时汉元帝选拔后妃时完全凭借画工们画的画像，而王昭君拒绝贿赂画师，所以她的美貌并没有被真实地展现给皇帝。后来她请命出塞嫁给单于时，皇帝看到她之后特别后悔。但是这一切已经来不及了。昭君远去塞外，但是和亲后没多久，单于就去世了，王昭君请命归汉，但是并没有获得皇帝的准许，于是也就有了"环珮空归夜月魂"的诗句。她去世后，每当到了夜晚，皓月当空，她的魂魄还是会回到她魂牵梦萦的故土。一个"空"字，显得悲凉无比。

"千载琵琶作胡语，分明怨恨曲中论。"千百年来，琵琶弹奏的胡地曲调无数次地响起，这曲子抒发的分明就是那心中的怨恨。

相比于其他同类型作品，在杜甫这首《咏怀古迹》中，王昭君身上更多是悲剧的色彩。或许，在后世赋予的深明大义的光环下，掩盖的是她作为一个普通人的辛酸悲苦。她也不想在异乡塞外度过自己的一生，但是相比终老宫中，那又何尝不是一种出路呢？

心中的悲情，酿就笔下的悲意。此时的杜甫也是漂泊在外，远离故乡。他途经昭君故里，感慨她身世和遭遇的同时，或许也是在感慨自己这颠沛流离、怀才不遇的一生吧。

"昭君出塞"的故事不仅被文学作品铭记，还频频走进了画家

《明妃出塞图》　金·宫素然　纸本水墨　160.2cm×30.2cm　日本大阪市立美术馆藏

的笔下。今天我们要一起来欣赏的，就是金代女画家宫素然的《明妃出塞图》。

　　这幅作品画的就是昭君出塞途中的一幕。全画一共分四组进行描绘，位于从右往左数第二组，就是主人公王昭君和她的侍女。这一组人物显然是全画的描绘重点。前后都有侍卫随从，王昭君头戴貂帽，身着胡服，右手牵着马，左手用袖子挡在下巴的地方，好像是在挡着那阵阵风沙。旁边侍女怀抱的琵琶，正呼应了杜甫诗中那句"千载琵琶作胡语，分明怨恨曲中论"。这既是王昭君身份的暗示，又是她远在异乡那幽怨、孤寂的情感寄托。

　　这幅画的细节也是很考究的。就拿王昭君身后这一组比较密集的随从来看，从他们所穿的胡服和汉服的细节刻画，就可以判断出人员的身份。而且在描绘人物服装时，画家先是把衣纹给勾勒出来，然后再用淡墨稍加晕染，使得衣物看上去蓬松又柔软，特别有质感。

　　这幅画无论是构图还是人物造型，都和稍早数十年的一幅《文

姬归汉图》非常像，但是这两幅作品所要表达的内涵却大相径庭。

《文姬归汉图》重点在"归"，是从少数民族部落回归中原，而《明妃出塞图》重点在"出"，是从中原前往边疆部落。据说画家宫素然创作这幅画的原型，是金宣宗时期岐国公主远嫁蒙古和亲这一事件。金朝相对于蒙古部落来说，那也是处于中原的大国，然而却仍免不了远嫁公主和亲的命运。

所以画家在创作这幅《明妃出塞图》时，大概也寄托了这样的情愫在里边吧。

裹挟在政治中的女子王昭君，她的一生必然是一个复杂的多面体。既有促进两邦交好的功绩，也有只身远嫁他乡的悲苦。既有个人命运的颠沛流离，也有江山社稷的稳定大业。然而，从她自请出塞的那一刻起，无论之后的人生是喜是悲，无论之后的境遇是顺是逆，她都将成为历史中一抹不可磨灭的倩影。

巾帼宰相上官昭容

《宣文君授经图》
明末清初·陈洪绶
绢本设色　55.6cm×173.7cm
美国克利夫兰艺术博物馆藏

说到职场女性，对于我们现代人来说，再熟悉不过了。那古代男权社会中的"职场女性"又是什么样的呢？

　　我们就先从一首诗入手，了解一下古代"职场佳人"的卓越代表，被称为"巾帼宰相"的传奇女子——上官昭容的风采。

九月九日上幸慈恩寺登浮图
群臣上菊花寿酒

唐·上官昭容

帝里重阳节，香园万乘来。

却邪萸入佩，献寿菊传杯。

塔类承天涌，门疑待佛开。

睿词悬日月，长得仰昭回。

　　这首诗记录的是九月九日重阳节这天，皇帝带领群臣来到慈恩寺，登上大雁塔、共饮菊花酒的场景。这一天，达官贵人们乘坐车辇而来，他们身上佩戴茱萸，一边祝寿一边饮下菊花酒。佛塔巍然高耸，仿佛能承接到浩荡的皇恩，寺院大门似乎是为了迎接佛主而敞开。能参与到这样一场盛大仪式中的人，自然是身份不凡。

　　关于这首诗的作者，尽管学术界还有一些争议，但普遍认为是上官昭容所作。

　　这"上官昭容"究竟是谁呢？她就是一代女皇武则天的得力助手，伴驾御前的"职场佳人"——上官婉儿。

　　上官婉儿本是罪臣之后。他的祖父上官仪曾经是一代名相，但是因为参与起草了废武则天皇后之位的诏书，被武则天杀了。上官婉儿的父亲也没能幸免，所以她从小就跟着母亲入宫为奴。难得的是，母亲并没有放弃对这位天赋聪颖的女儿的培养。据说在她十四岁那年，武则天召见并出题考核她，多年来的才学积淀，让她一鸣惊人，当即被武则天封为女官，掌管宫中诏令。

本是"罪臣之后"的上官婉儿，一跃成为武则天的"私人秘书"。为后世人所津津乐道的，是上官婉儿给"杀父仇人"当了得力助手。或许一方面，是因为武则天对于同是女性、才智不凡的上官婉儿惺惺相惜，另一方面，上官婉儿可能本身也有"识时务者为俊杰"的开阔胸襟。

后来唐中宗李显登基后，上官婉儿又被封为"昭容"，成为了中宗的妃嫔。在唐代，妃嫔等级有"四妃九嫔"之说，"昭容"就是"九嫔"之一。但是，上官婉儿虽然名义上是"昭容"，但实际上相当于皇帝的"顾问"和"秘书"，专门掌管起草宫中诏令，并且大力选拔人才，促进了当时文坛的繁荣。尽管上官婉儿位列妃嫔，但是她的实际作用绝不亚于当朝权臣，所以也被后世称为"巾帼宰相"。

如果说在古代职场中，上官婉儿挑战的是"女性不能从政"的迂腐规则的话，那么前秦的女经学家宣文君，则开启了女性治学的先河。前秦的国君苻坚，曾经请她为太学一百二十位学生讲授《周官》。于是她就成了中国历史上第一位"女博士"。

明末清初著名画家陈洪绶的《宣文君授经图》，就描绘了她讲学这一幕。

画面中，山水掩映，云雾缭绕，宣文君在华丽的帷幔下授课，前面的案几上摆放着灵芝、熏炉和竹简，侍女们分立两旁，弟子们在台阶下依次而坐。人物布局的规整和环境陈设的华丽，都可以衬托出宣文君备受尊崇的地位。

这幅图，也体现出了陈洪绶一贯的人物绘画风格。他笔下的人

物造型都会有一些适度的夸张变形，而且他还擅长以精准洗练的线条来造型，然后再填上柔美亮丽的颜色，从而使得他笔下的人物看起来特别挺括，也很饱满飘逸。仔细观察这幅画中的人物，尤其是坐在两侧的弟子们，是不是就有这样的感觉呢？

据考证，这幅画是陈洪绶为姑母的六十大寿祝寿所作，仔细品味，这里边也是藏了一些"小心思"的。首先是将姑母比作才学兼备的宣文君。其次，整个环境云雾缭绕，如同仙境，这也寄托了作者对姑母长寿的吉祥祝福。而且这幅画的主人公宣文君也很长寿。据说她在太学授课时，也已经是八十岁的高龄了。

一位八十岁的老妇人，是如何成为太学老师的呢？这得从她的儿子韦逞说起。韦逞是当时的太常，也就是负责掌管朝廷宗庙礼仪的官员，地位很高。正是因为儿子的优秀，让当时的国君苻坚注意到这位培养出如此优秀儿子的母亲。

无论是在朝堂纵横捭阖的上官婉儿，还是在讲堂传道授业的宣文君，她们代表的已经不只是古代卓越的职场女性，而更代表了男权社会下，女性对于自身身份可能性的不断探索和追求。

说到古代女子，大家最容易联想到的就是四大美女，她们那沉鱼落雁之貌，闭月羞花之容，在古典诗歌中被反复吟唱。

《清平调》就是李白为具有羞花之姿的杨贵妃所作的千古名篇。

清平调（其一）

唐·李白

云想衣裳花想容，春风拂槛露华浓。

若非群玉山头见，会向瑶台月下逢。

唐代写杨贵妃的诗歌数不胜数，李白这首诗的角度却非常纯粹，就是对杨贵妃的至高赞美，当然这也跟李白写首诗的动机有关。

这首诗是李白在长安供奉翰林时所作，那时他正担任唐玄宗的文学侍从，也就是随时随地为皇帝写诗的官职。这天，玄宗和杨贵

妃正在宫中欣赏牡丹花，顺便也把李白叫来了，让他作诗。李白当即写下了《清平调》这组诗，此诗一出，广为传唱。

"云想衣裳花想容"，诗刚开头，美人的氛围就来了。意思是说杨贵妃那华丽雍容的衣服簇拥着她那丰满姣好的面容。这里用的这个"想"字，非常不一般，可以从正反两个方面理解：一是说，见云而想到衣裳，见花而想到容貌，也可以说把衣裳想象为云，把容貌想象为花。总之就是两相参照，七个字就给人一种花团锦簇的感觉。

紧接着这句"春风拂槛露华浓"，可能就是所谓的娇艳欲滴吧。美丽的花朵有了露水之后才能显得生机勃勃，杨贵妃似乎一下子从李白的笔下走出来了。这里的"风露"同时也在暗喻君王的恩泽，所以独得恩宠的杨贵妃才会娇艳地盛开。

李白是一个在天上写诗的人。他写诗所用的意象都是天空之上，海洋之中，壮丽和宏大是李白诗作的主要风格。这首《清平调》也是这样："若非群玉山头见，会向瑶台月下逢。"杨贵妃在李白的笔下就幻化成了天空中的仙子，玉山、瑶台、月色，这些都是主角的背景，映衬着花容人面。正是此等想象力和才华，杨贵妃的美艳和传奇才更加耀眼炫目。

杨贵妃的美貌经李白这么一写，已经美到极致了。到底该怎么画才能把这种气质画出来呢？后世的画家也不乏一些知难而上的人，他们画了不少关于杨贵妃的作品。有的画风香艳，有的画风典雅，接下来我们要欣赏的这幅关于杨贵妃的画，是清代画家康涛所画的《华清出浴图》。画中的杨贵妃只露出少许领口和胳膊的皮肤，薄纱裁成的红袍映衬得她皮肤红润，气色甚佳。刚刚出浴的贵妃看起来十分慵懒，微微挽起的发髻显得雍容华贵。总体来说，体态样貌上跟我们所想象的并无二致，丰腴的身材，秀丽的相貌，以及高贵的气质。

之前我们也欣赏过明清时期的女性审美，通常都是比较清瘦削肩的，而康涛为了更接近杨贵妃的真实形象，已经尽力将人物画得丰满了许多。虽然画中的杨贵妃还是削肩，但是康涛特意为杨贵妃画上了双下巴，这一点也是十分有趣。

在历代表现贵妃出浴这一题材的作品当中，这幅画的色彩属于相当艳丽的，是朱砂色，衣纹也相当密集，但是薄纱中又透出了鞋履的颜色，视觉上来看起来是娇艳柔美的。

画中人物的神态也刻画得非常到位，杨贵妃的神态是慵懒优雅的，她旁边的侍女，则是恭敬而用心的。

除此之外，这幅画的线条也是流畅自如，无论是贵妃身上薄纱的衣纹，还是侍女肩上的长巾，线条都是流畅宛转的。而衣物褶皱处的图案，也按照褶皱的走向刻画出来了，整幅画看起来非常精致用心。

杨贵妃在唐朝应该有着很高的知名度和国民关注度，一举一动都会被捕捉和书写。比如说，我们比较熟悉的贵妃醉酒，还有贵妃上马，贵妃出行。而说到贵妃出浴，当推康涛的这幅《华清出浴图》，此画显得含蓄而高雅，可以看出画家本身的君子品质。

杨贵妃的结局在某种程度上说明了女性在古代社会中所处的地位。但是真正造成王朝覆灭的原因是很复杂的，绝不是杨贵妃可一力承担的。唐玄宗选择了她，历史选择了她，而她的不甘却不为我们所知。或许这些不为人知的心事，已经化成了我们长久以来对她的书写和追忆。

杨贵妃是注定要被写在唐朝历史中最"罗曼蒂克"的那一页的，她的美貌摄人心魄，她的爱情缠绵悱恻，她用一生，为一代盛世赋予了专属的华彩。

《华清出浴图》　清·康涛　绢本设色　120cm×66cm　天津博物馆藏

杜秋娘

　　提起杜秋娘，我们总是会想到那首脍炙人口的《金缕衣》，关于她的人生，好像并不太了解。所幸，当年诗人杜牧曾经在金陵偶遇晚年的她，有感而发写下了《杜秋娘诗》，记录了她那始于繁华、却又归于落寞的一生。

　　杜秋娘，本名叫"杜秋"，唐朝时，在女性的名字后面加一个"娘"字，是一种常见的昵称方式，所以杜牧称她为"杜秋娘"。

　　当时，在繁华的金陵城，出落得亭亭玉立的歌妓杜秋娘，成为了镇海节度使李锜的侍妾，李锜最喜欢她唱的《金缕衣》。但是后来李锜因为叛乱被杀，杜秋娘也被押进宫里当了歌妓。然而，还是那曲《金缕衣》，让她得到了皇帝的宠爱，被封为皇妃。

　　当然，关于《金缕衣》究竟是不是杜秋娘所作，在学术界还存在争议。但是在了解了杜秋娘的人生经历后，我们可以说，这首《金缕衣》与她的命运息息相关。

金缕衣

唐·佚名

劝君莫惜金缕衣，劝君惜取少年时。
花开堪折直须折，莫待无花空折枝。

　　这首诗的曲调，曾经回荡在镇海节度使李锜的住宅中。歌声婉转、身姿曼妙的杜秋娘，在劝说李锜不要辜负好时光。她唱道：比起那些用金线钩织的华美衣服，以及荣华富贵的生活，您更应该珍惜那美好的少年时光啊。枝头盛开的美丽花朵，您一定要及时摘取啊，否则过了花期，就只能折取花枝了。

　　当然了，"金缕衣"也用来指代荣华富贵的生活，劝诫人们不要贪恋浮华，而要珍惜光阴。然而也有人说，这首诗表面上看起来是说要及时行乐，但其实是一首"隐谏"诗。为什么呢？这切入点，还是"金缕衣"三个字。我们一般把"金缕衣"解释为用金线钩织的华美的衣服，但还有一种说法，叫作"金缕玉衣"。这"金缕玉衣"不简单，它盛行于汉代，一般皇帝和皇后去世后，会穿这种用金丝连缀的玉衣入殓，它象征着至高无上的地位。再联想一下后来李锜的叛乱，我们可以推测，或许杜秋娘早就感觉到了其中的端倪，于是便用这首诗来劝诫夫君李锜，借"金缕衣"来隐喻皇帝的身份，也劝自己的夫君放弃谋反的念头，比起帝王的荣耀，更应该珍惜的是美好的年少时光。

　　后来，杜秋娘从李锜的宠妾变成了尊贵的皇妃，以自己独特的女性智慧和温柔宽容的心，陪伴着皇帝唐宪宗度过了十几年的岁月。然而，政治风云变换莫测，宪宗暴毙宫中，穆宗李恒继位。杜秋娘从一名皇妃，变成了皇子李凑的"傅姆"，就是负责辅导和保育皇子。

要知道，这就相当于皇子的"保姆"兼"老师"。首先，这说明皇帝很信任她，其次，说明她有着良好的学识修养。然而没过多久，穆宗也猝然离世。敬宗李湛登基后，不久也身亡了。此时，被封为漳王的李凑在朝廷斗争中也失利了，杜秋娘于是被放归故乡金陵。

杜秋娘的人生仿佛兜了一个圈子。从金陵城的歌妓，到李锜王府的宠妾，再到唐宪宗的爱妃，再到年轻皇子的"傅姆"，再到被放归金陵城的老妇人。在这几十年间，她经历了人世间最动荡的变迁，两度经历爱人的离去，目睹三代皇帝的更迭。这样跌宕起伏的一生，谁能想到，就发生在金陵城这位穷困潦倒的老妇人身上呢？

相信大家之前都会在脑子里幻想，这杜秋娘究竟是怎样的一副容颜呢？直到看到这幅元代画家创作的《杜秋娘图》，这位充满传奇色彩的奇女子的形象才变得清晰了起来。

画面中的杜秋娘神情坚定，身姿绰约，穿着淡色的长裙，搭着长长的披肩。她手中拿着的，是一种叫做"排箫"的乐器。这是一种非常古老的吹奏乐器，演奏时，向长短有序的管口吹气，就可以产生高低不同的音调，非常婉转动听。这个乐器，也点明了杜秋娘曾经是歌妓的身份。整幅画设色淡雅，近乎白描。画面最浓重的地方是杜秋娘的头发，虽然是深黑色的，但仔细看，会看到这黑色中层次丰富有变化，画家当时一定是用细笔勾出了发丝，从这儿也能看出画家严谨的画风。

中国仕女画人物的开脸，从唐宋发展到明清，总体上呈现出从丰腴到消瘦逐渐过渡的趋势，元代正处于这个漫长过渡期的中间，所以通过当时的人物画，可以明显感受到这种嬗变。从这幅画中杜秋娘的圆形脸，丹凤眼，樱桃小嘴和丰腴的身材，都能看出周朗对于唐代张萱和周昉仕女画风格的继承。画面不设背景，这使得人物

诗书画中的才女美女

《杜秋娘图》
元·周朗
设色纸本　32cm×285.5cm
北京故宫博物院藏

形象更加醒目突出，而且这种"不设背景"的人物肖像画法，也是继承了唐朝的遗风，并在元代开始流行，后世明清人物画也深受这种画法的影响。

杜秋娘的一生，仿佛是一场始于绚烂，终于寂静的烟花。千百年后，当我们以"劝君莫惜金缕衣，劝君惜取少年时"来勉励朋友时，仿佛也能听到那曾回荡千年的袅袅余音。

鱼玄机

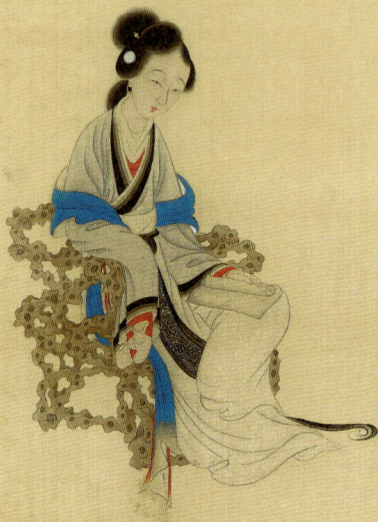

《元机诗意图》
清·改琦
绢本设色 99.3cm×32cm
北京故宫博物院藏

提起鱼玄机，人们总是会对她短暂一生的传奇经历津津乐道，却很容易忽略了她是位列"唐代四大女诗人"之一的才女。

鱼玄机本名鱼幼微，她出身寒门，才貌不凡，曾与晚唐大诗人温庭筠有过交往，后来嫁给了新科状元李亿做侍妾。但李亿的正妻却容不下她，迫不得已，李亿只能一纸休书将她逐出了家门。那个曾经向往美好爱情的少女，此刻抵达了失落的边缘。她来到长安的咸宜观，做了一名女道士。也正是在这里，她把名字改为鱼玄机，仿佛也是为了和过往的时光做出诀别。在孤寂的道观里，她写下了这首流传千古的名作《赠邻女》。

赠邻女

唐·鱼玄机

羞日遮罗袖，愁春懒起妆。
易求无价宝，难得有心郎。
枕上潜垂泪，花间暗断肠。
自能窥宋玉，何必恨王昌。

这首《赠邻女》据说是鱼玄机写给在道观里偶遇的一位少女的。还有人说这是写给曾经对她许下海誓山盟，却又背弃誓言的前夫李亿的。虽然我们已经无法考证她创作这首诗的初衷，但这首诗字里行间传递的情感，却让我们现在读来都不禁感慨万千。

诗中说，"羞日遮罗袖，愁春懒起妆"。春日的早晨，女子懒得起床梳妆，日头已经高高升起，她用衣袖来挡一挡那刺眼的阳光。为什么不想起床梳妆打扮？因为内心愁绪万千。那又是为什么而愁呢？

"易求无价宝，难得有心郎。"这人世间，无价之宝容易得到，但想找一位有情有义的郎君，太难了！想到这一切，她不禁"枕上潜垂泪，花间暗断肠"，在枕边暗自流泪，即使看到娇美的花朵，也会联想到自己的命运跟这花儿一样，空有美丽，却无人观赏，然后也不由得悲伤起来。

　　"自能窥宋玉，何必恨王昌"，"宋玉"和"王昌"是历史上两位相貌俊美的才子。这两句诗的意思是，这位女子她有着这样的才貌，即便是像"宋玉"这般的才子也是可以求得的，又何必去怨恨"王昌"呢？诗人在这里用"王昌"指那些不懂珍惜的人，又或者说，指的就是自己曾经的爱人李亿。

　　整首诗像是在劝告别人，又像是在倾诉自己的心事。尤其是那一句"易求无价宝，难得有心郎"，道尽了多少人心中对于爱情的感叹。

　　其实鱼玄机本来不是一位整日沉浸在儿女情长中的女子。在出嫁之前，她曾经游览崇贞观，在那里，她看到了发布科举考试排名的皇榜，不禁感慨"自恨罗衣掩诗句，举头空羡榜中名"，只因为自己是一介女流，即便再有才华，也与功名无缘了。

　　鱼玄机这样的女子，在封建社会注定是一个引人注目的存在。她的形象也走进了后世文人的作品中，其中，清代画家改琦的《元机诗意图》，可以称得上是这其中的佳作。

　　改琦生活在康熙年间，为避康熙皇帝的名讳"玄烨"，所以将"鱼玄机"称为"鱼元机"。在这幅《元机诗意图》中，不设任何背景，只是描绘了坐着的鱼玄机。她腿上放着经卷，眼睛却看向别的地方，一副无心读书的样子。

　　这幅画有三点值得和大家分享。

第一点，画家描绘人物的技法。这是一幅工笔人物画，画家用非常浅淡的线条勾勒轮廓，再用雅致的色彩进行晕染，使得画面看上去柔和恬淡，清新自然。

第二点，是色彩的应用。画面中，鱼玄机穿着淡青色的上衣和白色的裙子，发髻上也有淡青色装饰，领口、袖口和双臂上搭着的帔子也都是蓝色系，整体呈现出偏冷的色调。但是内搭的衣领、袖口以及腰间的配饰却是亮眼的红色，虽然只是点缀，但十分跳脱，好像在告诉我们鱼玄机爱美的本性，也仿佛要通过些许的暖色调的对比，来凸显整体画面的清冷。

第三点，就是鱼玄机坐的这把"藤椅"，严格意义上应该叫"奇木随形"椅。它取材于自然中的奇木，再稍微加工，就成了画面中的样子，就是咱们常说的"七分天成，三分雕琢"。而在文房家具陈设中，这种"奇木随形"椅，代表着一种很高的格调，在一些描绘高士的画作中可以经常看到它的身影，充满着世外高士之气。这幅画中它的出现，也表明了画家对鱼玄机的认同和赞赏。

改琦是清代著名的仕女画家，他和画家费丹旭在清代仕女画界合称"改费一派"。他笔下的仕女，少了些脂粉气息，多了些平淡秀美的韵味。而且他这种"削肩长颈"和"弱柳扶风"的绘画风格，也传递出了清代画家追求的那种女性"清淑静逸"的趣味。如果说唐代画家张萱和周昉笔下的仕女画，传递的是唐朝盛世的风情，那么以改琦为代表的清代画家笔下的仕女画，则隐约透露出封建王朝末期的衰颓之感。

作为封建时代的一名女子，鱼玄机是幸运的，也是不幸的。唐代是诗歌高度发展的黄金时代，也是女性相对自由开放的时代，生活在这个时代的才女有机会吟诗作赋，展示自己的才华。但不幸的是，她所托非人，断送了自己美好的青春，最终只能遁入空门。更不幸的是，她被卷入一场疑窦丛生的命案，最后被判刑处死，年仅二十岁。她短暂而富于传奇色彩的一生，留给后人五十首极有艺术价值的诗歌，不仅成为晚唐诗坛最有才华的女诗人，更是整个女性文学史上一颗耀眼的明星。

李清照

　　度过了无忧无虑的少女时代，李清照迎来了属于自己的爱情。那一年，18 岁的她与 21 岁的赵明诚在汴京成婚。当时他们的父亲都在朝廷做官，可以说两个人无论是家庭背景还是学识修养，都是非常般配的。而且两人还有着共同的爱好，那就是收集整理金石文物。

　　他们成婚后，赵明诚还在太学读书，两人的生活也比较简朴。所以每次和妻子团聚前，他就会先去当掉一些自己的衣服，然后买一些碑文拓片回家，和妻子共同赏玩。后来，赵明诚做了官，两人也有了独立的经济来源，于是更加投入到共同的爱好不能自拔。就这样，两个人安静地享受着婚后的生活，这段爱情真的可以说是志趣相投、琴瑟和鸣。

　　但好景不长，李清照的父亲在朝廷争斗中失利，她被迫随着父亲还乡，与丈夫也经常处于分离的状态。《一剪梅》就是她创作于这一时期的一阕词。

《桃花鸳鸯图》 宋·佚名 绢本设色 105.3cm×49cm 南京博物院藏

一剪梅

南宋·李清照

红藕香残玉簟秋。轻解罗裳，独上兰舟。

云中谁寄锦书来？雁字回时，月满西楼。

花自飘零水自流，一种相思，两处闲愁。

此情无计可消除，才下眉头，却上心头。

这阕《一剪梅》，就是李清照与丈夫赵明诚离别之后写的。

"红藕香残玉簟秋，轻解罗裳，独上兰舟。"这一句点明了这阕词创作的时间：粉红色的荷花已经凋谢，光滑如玉的竹席也因秋天的到来而有一些凉意。我轻轻地脱下罗裙，独自一人上了船。"云中谁寄锦书来，雁字回时，月满西楼。"抬头仰望天空，在那卷舒的云朵间，有谁给我寄来了书信呢？一行大雁从天空飞过，这时皎洁的月光已经洒满了西楼。

"花自飘零水自流。一种相思，两处闲愁。"任它这花自顾自地飘零，任它这水自顾自地流淌，我们两个人都在思念着对方，却无奈分割两地。"此情无计可消除，才下眉头，却上心头。"这相思的愁苦叫我如何排遣呢？才刚刚离开了我微微蹙着的眉头，却又悄悄地爬上了我的心头。一个"才下"，一个"却上"，愁绪从外露的"眉头"转向内在的"心头"，我们仿佛也可以想象作者那故作平静的脸庞下面，蕴藏着更为浓郁的哀愁，绵绵无尽的相思之苦和独守空房的落寞充满了字里行间，读了让人为之动容。

然而这样两地分居的生活并没有持续太久，因为不久之后，赵明诚的父亲也被罢官。李清照就随丈夫回到山东青州。不管怎样，夫妻俩也总算是团聚了。在这里，他们开始了远离朝野后的另一番

生活，虽不像过去那般无忧无虑，但也算是平静安宁。他们两人也相互支持，共同研究文学，共同收集和整理金石文物，度过了一段令人艳羡的和美岁月。

李清照和赵明诚这段门当户对、志趣相投的爱情，被后世传为佳话。中国人喜欢歌颂美好的爱情，更将这种企盼寄托在一些物象上。比如一种鸟——鸳鸯，就被看作是美好爱情的化身。

据说鸳鸯总是出双入对，而且它们一旦认定了自己的配偶，便会彼此陪伴一生。如果其中一方不幸死亡，另一只也决不再寻觅新的配偶，而是怀着对另一半的怀念孤独终老。鸳鸯的这种习性让我们的古人非常感动，于是就将美好的爱情寄托在它们身上。在一幅南宋画作《桃花鸳鸯图》中，就描绘了这么一对桃花树下的鸳鸯。

春天来了，桃花焕发出了勃勃的生机，如同《诗经》中描写的那样："桃之夭夭，灼灼其华。"桃花下栖息着一对鸳鸯，雌鸳鸯

卧在地上整理羽毛，雄鸳鸯则站立在它身旁，挺立着脖子观望着。

　　整个画面明丽宁静，在野趣中透露出几分雅致。整幅画大体采用的是"勾勒填彩法"，这是一种工笔画法，也就是用线条勾描出鸳鸯的轮廓，羽毛、嘴、眼睛和爪子等细节，然后再填色而成。这种画法线条纤细、敷色艳丽，也使得两只鸳鸯看起来栩栩如生。而且值得注意的是，雄鸳鸯的颈部用的是"丝毛"的画法，在画鸟类的羽毛时，画家经常会采用这种画法，来表现纤毫必现的逼真效果。

　　其实在中国传统文化中，但凡涉及"桃花"和"鸳鸯"这样的题材，大多都暗含着男女之间的情感。我们今天已经无法考证这幅画的作者究竟是谁，但我们透过画面中传达出的爱意，或许可以大胆想象一下，画家在创作这幅画时，会不会是沉浸在爱情当中，或是正向往着一场炽热的爱恋吧，所以才会把胸中的热烈情感表达得如此真切！

　　爱情的美好，总是让人沉醉，尽管有忧伤，也是甜蜜的忧伤，就像李清照笔下"才下眉头，却上心头"的离愁别绪。也许正是有了这"一种相思，两处闲愁"，才为爱情增添了更持久的生命力，也让这段时光成为李清照成年后最明媚的一段岁月。

弱柳扶风林黛玉

《金陵十二钗图册》之黛玉葬花
清·费丹旭
绢本设色 20.3cm×27.7cm
北京故宫博物院藏

大家不妨回想一下，历史上哪些女性形象是你脑海中一下子就能想起来的？杨贵妃，王昭君，还是林黛玉？

不得不说，曹雪芹笔下的林黛玉已经成了弱柳扶风这类女性的代名词，她的气质、形象可谓是深入人心，我们先来欣赏曹雪芹的《赞林黛玉》。

赞林黛玉

清·曹雪芹

两弯似蹙非蹙罥烟眉，

一双似喜非喜含露目。

态生两靥之愁，娇袭一身之病。

泪光点点，娇喘微微。

娴静时如姣花照水，

行动处似弱柳扶风。

心较比干多一窍，

病如西子胜三分。

这首骈文出自《红楼梦》的第三回，是贾宝玉第一次见到林黛玉的感受，曹雪芹也借贾宝玉之口，写出了对林黛玉这个人物的称赞。

在《红楼梦》中，贾宝玉与林黛玉之间有一段前世奇缘。林黛玉原本是西方灵河岸三生石畔的一株绛珠仙草，得到了神瑛侍者的甘露灌溉之后，寿命被延续了。绛珠仙草吸收天地日月之精华，幻化成了一位女子。后来听说这位神瑛侍者要下凡，她也决定要下凡。神瑛侍者给她一滴甘露，她就决定用一生所有的眼泪来偿还他。这个下凡的神瑛侍者，就是贾宝玉。

林黛玉出场的时候，贾府里雷厉风行的"泼皮破落户"王熙凤，极尽张扬地惊叹："天下竟然有这样标致的人物，我今儿才算见了！"一个"标致"，把林黛玉的整体形象概括出来了，没别的，就是标致。

而"千呼万唤始出来"的男主人公贾宝玉一见林黛玉，眼里就再也容不下别人，"这个妹妹我曾见过啊"，惹得周围人对他大加调笑。但是紧接着宝玉对黛玉的评价，就能看出宝玉对黛玉的一见倾心和前世情缘了，也就是那段《赞林黛玉》。

这林妹妹在贾宝玉眼中是什么样的呢？

如轻烟似的眉毛似蹙非蹙，眼波如水，似喜非喜，既超凡脱俗又多愁善感；脸上的酒窝，似乎含着淡淡的哀愁，别有一番妩媚，体弱多病更平添几多娇嗔；静如姣花照水，动似弱柳扶风。

除了这些，这位林妹妹，既有比干的聪慧，又有西施的容貌。当然，林黛玉的形象最为深入人心的还是她的那种病态羸弱的美感，弱柳扶风，惹人垂怜。试问，谁会不对她产生保护欲呢？

林黛玉的美带着前世的仙气和今生的悲剧，但是林黛玉所代表的审美取向，可以算是清代的一种风潮和主流。

清代画家费丹旭的《金陵十二钗图册》之《黛玉葬花》，整体的色彩和形象是很符合黛玉葬花这个情境的，在 1987 版《红楼梦》电视剧黛玉葬花的片段中，有一个镜头就跟这幅画非常像。

黛玉葬花葬的是自己的心，在这偌大的贾府，寄人篱下，生活中必须要谨言慎行。敏感多疑的性格，加上颠沛流离的命运，就决定了这一段经历是凄苦悲伤的。

费丹旭又是如何表现这种情绪的呢？首先，他笔下的黛玉形象，表现出一种清秀飘逸的感觉，这当然离不开画家的用笔。他的笔法

利落、顿挫有致，所以画面中黛玉的服饰画得非常精细。像清代改
琦和费丹旭这一类的仕女画画家，在画这些仕女时，笔法中透露着
一种悉心经营、反复玩味的感受。尤其是一些细节部位，比如说衣
物和面部，画得非常精致，就连头发丝儿都非常接近真实头发的细
腻程度。

　　而黛玉身后凄清的景色，则用淡墨渲染出一种空灵寥落的气氛。

从画面的布局来看，黛玉与整个背景的关系虚实相生，隐隐地有一种景深的感觉，景色看起来好像被虚化了，也更凸显了人物的主体地位。

为什么在这幅画里面，黛玉看起来更加孤独和寂寞呢？一方面是使用的颜色比较素淡，只用了青色和淡淡的黄色，薄薄地染上去，让情境产生了一种淡淡忧郁的感觉。另外一方面是因为画中的元素很少，只有几株树木点缀，跟黛玉此刻孤苦无依的心境十分相配。

清朝时期的绘画中，女性大多数都是瓜子脸、樱桃小嘴、纤巧柔婉、清瘦秀美、忧郁愁苦，呈现出弱不禁风的病态美。有人认为，这种病态美正是在迎合文人士大夫的审美心理。或许在他们眼里，弱柳扶风的女性形象，和他们喜欢的"病梅"有一样的美感吧。

从先秦汉魏的自然清新到魏晋南北朝的庄重典雅，再到唐代的大气自信，以及宋元明清的秀丽雅致。我们从女性形象的变迁中可以窥见的，是中国历史文化的不断嬗变，古典女性的面孔构筑了中国文化最明眸善睐，也最楚楚动人的那一面，她们流淌在历史的长河中，谱写着美的篇章。

诗书画中的古代百工谱

《耕获图》
宋·杨威
绢本设色 24.9cm×25.8cm
北京故宫博物院藏

众所周知，农耕文明是古代中国文明的重要典范。而农民，也是古代中国数量最多、分布范围最广的劳动者。他们的身影也频频走入古代文人的创作中。在后世流传最广的，莫过于唐代诗人李绅创作的《悯农》了。

悯农（其一）

唐·李绅

春种一粒粟，秋收万颗子。

四海无闲田，农夫犹饿死。

这首诗还有一首姊妹篇，它的内容我们也再熟悉不过了："锄禾日当午，汗滴禾下土。谁知盘中餐，粒粒皆辛苦。"毫不夸张地说，这两首《悯农》可以称得上是我们每一个中国人的古诗启蒙了。

先来看第一首，诗的开头就为我们描绘了由"一粒粟"到"万颗子"的粮食生产过程，看起来有点"得来全不费功夫"的意思。然而接下来，"四海无闲田，农夫犹饿死"，却让上面看似热闹喜庆的场景，一下子变得凄苦无比。为什么辛苦劳作的农民最后却落得食不果腹的下场呢？这是因为在中国古代封建社会，农业是整个社会的基础，也是税收的主要来源。所以繁重的税收自然就落在了农民头上。

《悯农》（其二）在主旨上承接《悯农》（其一），表达的是：农民的生活处境如此困苦，生产环境如此艰辛，低头看看我们盘子中的食物，它的得来实属不易，我们又有什么理由不珍惜呢？也正是这种永不过时的普世价值，使人们在千百年后依然不断提及这首诗。

看到这儿，我们可能会好奇，能写出这样的诗篇的李绅，究竟是一个怎样的人呢？其实啊，李绅官当得并不小，曾经做过宰相，但他并不是我们想象中的清正廉洁、心系百姓。据《云溪友议》记载，他在地方为官期间，非常残酷，甚至有点暴虐，当地的农民因为担惊受怕，经常逃往外地。下属向李绅禀报这件事情时，他却说，你没见过用水冲筛麦子吗？重的、好的麦子都沉在下面，轻浮的秕糠才浮在上面，被水冲走。那些逃跑的老百姓也像谷中的秕糠一样，不是人中的精英，以后这种事情就不必上报。"秕"是指没有成熟的谷子，"糠"是指谷子的外壳，相对于谷子来说自然不值一提。自己管理的地方有百姓逃跑，不反思自己的为政策略，却把逃跑的人比为"秕糠"，可见李绅在做地方官时，对百姓的事一点也不上心。连这样一位曾经写出《悯农》诗的官员，对待百姓都是这样一种态度，

可以想象，那个时代农民的处境又会好到哪里去呢？

  《悯农》诗中，提到了一种重要的农作物——粟，也就是小米。古代中国农耕文明的重要格局就是"南稻北粟"。北方多旱地，适宜种植"粟"这种作物；南方湿润多雨，特别适合"水稻"的生长。

  相传由宋朝画家杨威所作的《耕获图》，它所描绘的就是南方地区水稻从耕种到收获的全过程。这虽然是一幅扇面图，但是在如此小的尺幅上，画家却画出了"咫尺千里"的感觉。

  接下来我们来以逆时针的顺序，仔细欣赏这幅画作。首先来看画面的右上角，在一处茂密的丛林下，掩映着一处房舍。房舍门口站着的老者应该就是庄园的主人了。在他前面有一架翻车，有几位

农民正在引水灌溉农田。再往左上角看，人们有的牵牛犁地，有的正在收割。再往前走，是粮食加工和储存的场所。有人晾晒新稻，有人拿着连枷给水稻脱粒，而有人正在舂米，还有人在把经历了层层工序加工出来的米担到粮仓里去。沿着小桥来到水塘的这一侧，人们或割稻、或插秧，迎接着新一轮的收获。整幅画面构图巧妙，方寸之间，疏密得当，充满了浓浓的生活气息。

如果我们仔细观察的话，就会发现东南边的田埂上站着一个撑伞的人，他就是监工。也正是这个人点明了这场劳作的性质——这不是农民在自家田里劳作，他们其实是佃农，就是没有土地的农民，依靠出卖自己的劳动力，来获得微薄的报酬，他们的生活境况我们也就可想而知了。

宋代绘画非常讲究空间感，那怎样才能营造出这种空间感呢？在这幅图中，作者借助若隐若现的云雾，下接田野、上接远山，一

下子就使那种空间感建立起来了。近处还有一处水塘，将画面自然分为左右两部分，两侧的稻田也呈网格状整齐排列着。从构图的角度来看，也正是这个水塘，使画面有了生气。试想一下，如果整幅画都是整齐排列的稻田，是不是感觉瞬间就变得非常板滞了呢？

这幅《耕获图》最难能可贵的地方，一是拓宽了宋代山水画的题材，二是它的画面内容几乎还原了当时历史，就好像是当时的一张航拍照片似的。通过它，我们可以了解当时江南的农业生产状况，尤其是农业生产工具的使用，为后世提供了宝贵的研究资料。

以小农经济为基础的古代中国，农民是国家的主体，但却是处于社会最底层、生活最困苦的那群人。鸡犬桑麻，田园牧歌，这是我们想象中美好而恬静的村居生活。或许，也是那个时候的农民所向往而不得的一种奢望吧。

农人·颗粒归仓

我们通过一首白居易的诗作——《观刈麦》来走近古代农人的生活。

观刈麦

唐·白居易

田家少闲月，五月人倍忙。

夜来南风起，小麦覆陇黄。

妇姑荷箪食，童稚携壶浆，

相随饷田去，丁壮在南岗。

足蒸暑土气，背灼炎天光，

力尽不知热，但惜夏日长。

复有贫妇人，抱子在其傍，

右手秉遗穗，左臂悬弊筐。

听其相顾言，闻者为悲伤。

家田输税尽，拾此充饥肠。

今我何功德，曾不事农桑。

吏禄三百石，岁晏有余粮。

念此私自愧，尽日不能忘。

这首《观刈麦》是唐朝诗人白居易在担任盩厔县尉时写的。

细读这首诗可以发现，全诗从内容上可以分为四个层次。第一层是前四句，交代时间和背景。农民整年忙碌，少有空闲，五月麦收更是最繁忙的季节。夜里刮起了南风，农谚说"南风起，雨淋淋"，所以接下来必须要进入紧张的抢收阶段了。

第二层是接下来的八句，通过一户人家男女老幼齐上阵，来展现繁忙紧张的收麦情景。家里的女眷们用竹篮挑着饭食，孩子们用壶提着水，一起去给家里的壮劳力——在南冈收麦的男人们送饭。割麦人面朝黄土背朝天，双脚被热气熏蒸，烈日烤晒着脊梁，虽然已经精疲力竭，但仿佛不知炎热，只想珍惜夏日天长，能多干点活。这里的"惜"字，和《卖炭翁》中"可怜身上衣正单，心忧炭贱愿天寒"中的"愿"字有异曲同工之妙，深刻地揭示了劳动者在艰难处境中复杂的内心活动。

随后的八句是第三层次，将目光转向了一个贫苦妇人，她抱着孩子站在一旁，右手拿着捡的麦穗，左臂挂着一个破筐。她说家里因为捐税破了产，土地都变卖了，现在只能靠捡麦穗充饥，听到的人都为她感到悲伤。

以上的所见所闻，给白居易的内心以很大的触动。于是最后的六句，是诗人的自我反省。他说：现在我有什么功劳德行，可以不用从事农耕蚕桑呢？一年领薪俸三百石米，到了年底还有余粮。想

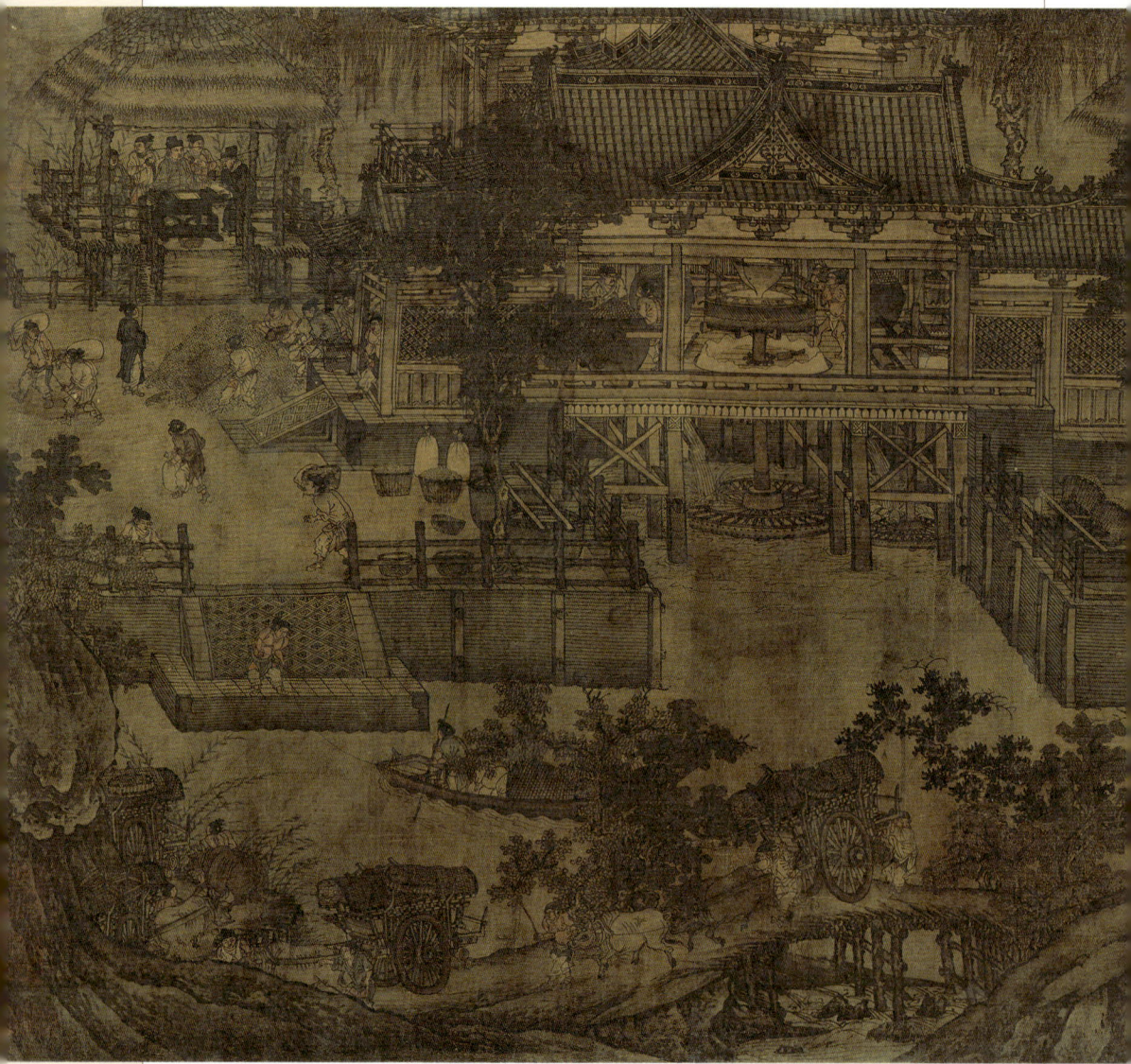

《闸口盘车图》
（传）五代·卫贤
绢本设色　53.3cm×119.2cm
上海博物馆藏

到这些，我就不禁暗自惭愧，日夜难忘。

　　这首诗是白居易著名的讽喻诗之一，他不仅在诗中如实地写下了农民生活之苦，还把农民和身为朝廷官员的自己作对比，这种真诚的剖析，体现了他作为一个"哀民生之多艰"的诗人、一个正直官员的道德良知。

　　之前我们通过《耕获图》了解了古代农业社会中，一种民间的、庄园式的水稻生产方式。而这幅《闸口盘车图》则为我们真实再现了官营磨坊的机械化生产场景。两相比较之下，令人不由地感慨，果然科技是第一生产力。

　　这幅《闸口盘车图》相传是由五代画家卫贤所画的，乍一看，整幅画面构图繁密，场景复杂，人物众多。

先从近处来看，一条河流将远处的建筑和近处的堤岸一分为二。岸上有许多载货的牛车，河面上还有船只往返于作坊和岸边，他们负责运进粮食、运出面粉，车来船往、忙而有序。过了河就是画面的主体——磨坊了，它是一座"凹"字型的二层建筑，建立在水面上，以方便借助水力来驱动磨面的设备。

那小麦制粉，要经过哪些工序呢？通过这幅画我们能够有一个大致的了解。首先，我们来看画作的右部，工人们正将小麦放入吊筛，初步筛去其中的麸皮和杂质。而在他的左边，有人正在挑水入缸，用清水洗去小麦表皮的灰尘，漂出不饱满的颗粒。

接下来再往画面的中部看，就是整幅画面的重头戏——磨面。

　　和大家脑子里想的古代纯手工的劳作可能不太一样，这里出现了一个非常复杂的机械装置。水磨被放置在二楼，底部的水轮受到水流的冲击，直接带动了上方的磨盘，一筐筐小麦转眼间就被磨成了面粉。我们可以发现，大水轮的右边还有一个较小的水轮，它驱动了上方的面箩，面箩可以将磨好的面粉与麦壳分离。在当时就已经发明了这样复杂而便利的机械，充分体现了我国古代劳动人民的智慧。

　　在画面左上角的望亭里，还有几个官吏模样的人正和侍从处理日常工作。在整幅画面之外，还有一个大家容易忽略的点睛之笔，在画作右下角的酒楼里，有几位身着红色官服的官员正在饮酒作乐。

官员们的悠闲和工人们的辛劳，形成了鲜明而深刻的对比。

　　这是一幅典型的界画作品，界画是中国画中很重要的一个门类，常常用于绘制工细楼台。画家在绘制长距离的平行线条时，通常需要借助界尺作画，来达到工整精致的效果。大家乍一听可能觉得不是很难，那是因为咱们平常拿尺子画画用的是硬笔，而古人用的是毛笔，非常不好掌握，稍有失误就会功亏一篑，所以优秀的界画作品绝对离不开画家的艺术天赋和长期练习。

　　农人用他们的辛勤劳作，在厚重的土地上孕育出五谷，换来粮仓的丰实和国家的富庶。风调雨顺、安居乐业，这是从古至今人们最质朴的愿望，历经千年未曾改变。

蚕农

《蚕织图》　南宋·楼璹　绢本设色　27.5cm×513cm　黑龙江省博物馆藏

小时候，春天刚来，路边就有一些商贩挑着扁担，沿途叫卖，吸引着孩子们的目光。他们叫卖的不是玩具，也不是零食，而是可爱的蚕宝宝。而现在我们很少能在街头看到这些卖蚕人，也很少养蚕了。在古代，有许多人都是养蚕为生，尤其是宋代，蚕桑业的发展可谓是繁荣兴盛，这在许多宋代诗歌当中都有所体现。我们将要从范成大的一首《夏日田园杂兴》中走进古代蚕农的真实生活。

夏日田园杂兴（其五）

南宋·范成大

小妇连宵上绢机，大者催税急于飞。

今年幸甚蚕桑熟，留得黄丝织夏衣。

　　这首诗选自范成大的田园组诗《四时田园杂兴》。这个大型组诗共有六十首，分为春日、晚春、夏日、秋日和冬日五组，各十二首，都是在他五十七岁"以疾请归"以后所写，记录了他在农村生活中的见闻和感触。我们选的这首诗，就是范成大在乡村游历时，看到的农家妇人忙着纺织的场景。

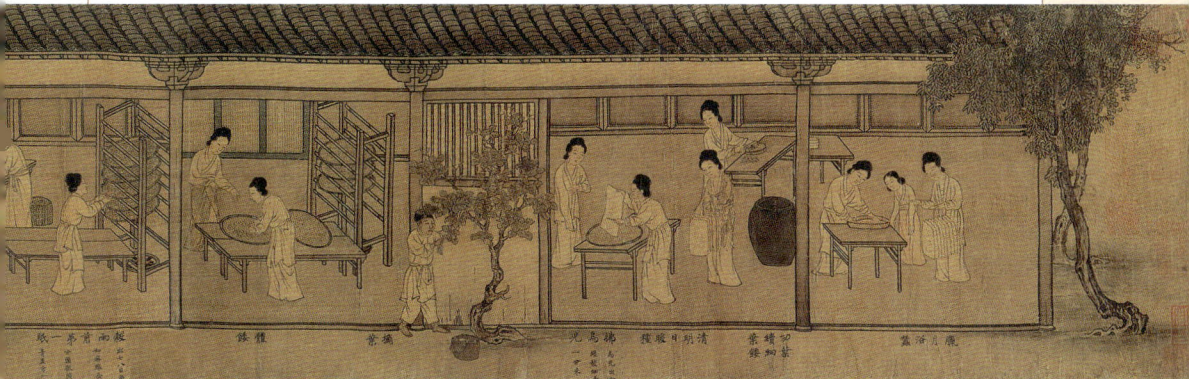

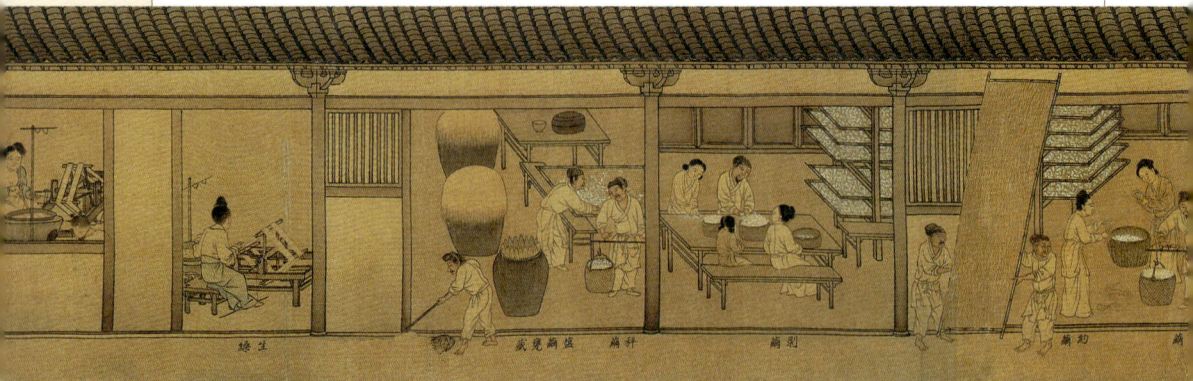

　　宋代农村地区，男耕女织的家庭模式是非常普遍的。古代农民生活非常朴素，他们需要的衣服数量并不多，那么诗中所说的"小妇连宵上绢机"是为了什么呢？一方面是因为在古代，纺织、针线，几乎都是农家妇女的必修课，除了耕田之外，还要靠家里妇女织布来补贴家用。另一方面就是诗的下一句所说的"大耆催税急于飞"。为什么这位妇人要连夜赶工呢，是因为官府一直催着缴税，"急于飞"和"连宵上绢机"，就表现出朝廷赋税给老百姓造成的巨大压力。

　　北宋初期，有一种"和买绢"政策，指的是政府在春天贷款给老百姓，老百姓到了秋天用绢帛来偿还给国库。这本来是一种促进经济、让老百姓安居乐业的政策。但到了后来，就变成了"官不给钱而白取之"，竟然只让老百姓缴纳绢帛，官府却不贷钱，完完全全变成了增加的实物税。到了南宋则更过分，国家为了方便，居然又让百姓把要缴纳的绢帛折成现钱，这就是"折帛钱"，一种经济政策兜了一圈，竟然变成了完完全全的苛捐杂税了。

　　为了缴税，诗中的农妇都顾不上为家里人制作夏天的衣服。唯一庆幸的是，今年蚕桑收成还算好，这样才能留一些黄丝给家里人

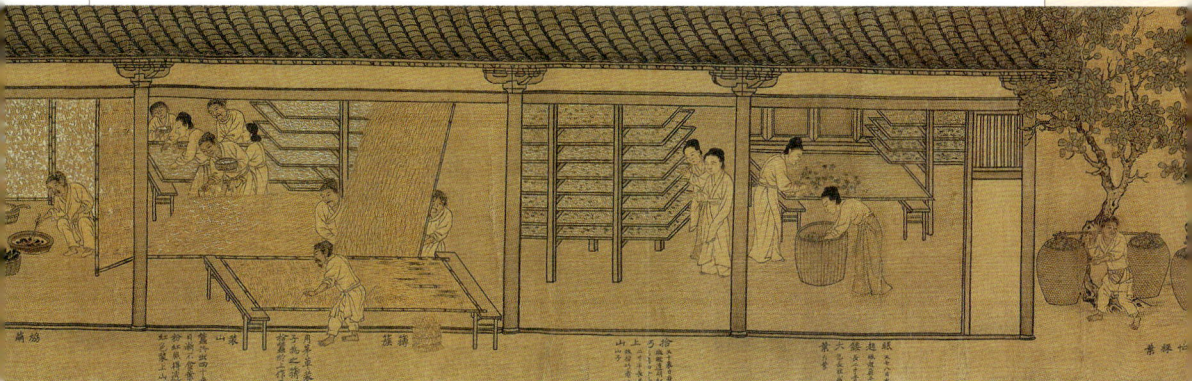

做衣服。宋代诗人张俞有一首《蚕妇》诗，其中写道："遍身罗绮者，不是养蚕人。"与这首诗描述的蚕农处境是非常相似的。古代从事手工业的人连自己的生活都无法保障，这是多么令人唏嘘的事。

我们都知道春蚕吐丝，蚕丝在手工劳动者的加工之下，就会变成丝绸。但是对于具体如何加工，可能大家就比较陌生了。今天我们要欣赏的这幅画，就为我们解开了这个疑问。

这幅南宋古画长卷《蚕织图》是由楼璹创作的。当时，楼璹是杭州於潜县的县令，他非常重视当地的农桑生产，通过大量实地考察，创作了这幅《蚕织图》。

这幅画场景十分宏大，它是以中国农历的二十四节气为单元，绘制了 24 幅小图。楼璹很巧妙地将所有场景用一条长廊贯通起来，并且在这个长廊当中，全景式地展现了养蚕人从春蚕吐丝，到纺丝成衣的整个过程。这幅画的创作过程中一定使用了界尺，因此看起来工细严整，一丝不苟。更为精细的是，每个画面上都配有小楷书写的说明文字，这些都是宋高宗的吴皇后所写的。当时，楼璹画了《蚕织图》之后，就经大臣之手呈给了宋高宗，希望皇帝能通过画

作来了解农桑的生产状况。由于画作十分精细生动，引起了吴皇后的注意，她根据在宫中多年来养宫蚕的经验，为这幅画写下了题注。因此这幅画的权威性自然也就不言而喻了。

如果我们仔细观察就能看出，女子身着长衫短袄，主要从事的是养蚕工作；男子都是赤足，全身穿着白衣白裤，腰腹束带，主要从事缲丝工作。而在画面的最左侧，还有妇女正在教少女养蚕，整幅画中洋溢着一种安居乐业的生活气息。

《蚕织图》是中国目前发现的年代最早的纺织画作，对后世的农业生产生活产生了很大的影响，也对中国蚕桑业的发展作出了巨大贡献。但是这幅画的收藏，却是一波三折。最初这幅画作为宫廷藏画，一直保存于皇宫内院，直到 20 世纪初期，末代皇帝溥仪将一批清宫内府珍藏的名画偷运出宫并且变卖，其中就包括这幅《蚕织图》。后来，经一位名叫冯义信的商人买回，并且捐赠给了国家。

1983 年，北京故宫博物院的书画鉴定专家对《蚕织图》进行了鉴定，认定它是当年清宫内府收藏的书画珍品，并将其定为国家一级文物。专家们对《蚕织图》的评语是："文物一级甲品之最，视

于籰   翻絸   緯紡   練絲   緯代神祠   襏出蛾蚕

国宝而无愧。"

    无论是范成大诗中的蚕妇，还是《蚕织图》中的一位位蚕农，他们都在具体的生活中发挥着不可或缺的作用，他们用自己辛勤的劳作创造着幸福的生活。日出而作，日落而息；男耕女织，安居乐业，这种最朴素的形式，或许才是生活最美满的样子。

捣衣人

《捣衣图》 南宋·牟益 纸本白描 27.1cm×266.4cm 台北故宫博物院藏

生活在今天，很多古代特有的劳作工种已经难得一见了，比如"捣衣"。古时候，平民百姓穿的衣服料子大多是葛麻织的。葛麻很硬，必须经过捶捣，才能使它变得柔软。通常这件工作是由女子们完成的，她们把织好的布铺在平滑的石板上，用木棒敲打；或者是在衣服做成之后进行捶捣，这样才能穿着舒适。

　　在衣食住行里，"衣"被放在首要地位。这是因为"衣"不仅可以御寒蔽体，在传统诗学中，它还被视为一个约定俗成的情感暗语，用来表现征人离妇、远别故乡的惆怅情绪。所以，历代文人常常用"捣衣"这一意象，来表现思念、盼望等一系列丰富的人文内涵。唐代诗人杜甫就曾经作过一首《捣衣》诗。

捣衣

唐·杜甫

亦知戍不返，秋至拭清砧。

已近苦寒月，况经长别心。

宁辞捣衣倦，一寄塞垣深。

用尽闺中力，君听空外音。

在"诗圣"的笔下，捣衣的声音像是一首缠绵的音乐，渲染着闺中女子思念远行丈夫的离情别绪。

作者借助思妇的口吻，一开篇就说："亦知戍不返，秋至拭清砧。"因为安史之乱，官兵伤亡非常多，他们的家人也知道征戍的人难以生还，这让人听起来感觉到非常悲凉。这里有一个词叫"清砧"，这是关于"捣衣"诗歌的一个常见意象。因为在大多时候，"捣衣"都是在秋天的夜里进行的。寒冬将至，戍守边关的丈夫需要换季的衣物，所以在秋天，女子们就要开始为丈夫准备衣服了。可是白天她们要操持家务、照顾孩子，到了晚上才有时间。况且"捣衣"对光线的要求不高，所以女子们或成群结伴、或独自一人，在秋夜的月光之下，为远征的丈夫准备寒衣。凉风冷月下持续不断的捣衣之声，在古典诗歌中经常被称为"清砧"，又叫"寒砧"或"暮砧"。这也就是第二联"已近苦寒月，况经长别心"传达的意思，天气寒冷、久别不见，该给丈夫寄新衣服了。

最后两联由写实转为抒情："宁辞捣衣倦，一寄塞垣深。用尽

闺中力，君听空外音。"女子们不辞辛苦，倾尽全力捶打，一方面是为了让丈夫如期穿上自己做的衣服，感受到远隔千里的真挚爱意；另一方面，她们也将思念之情托付在捣衣声中，随风传递，希望能让远行的丈夫听见。

同样的心绪，李白在《子夜吴歌·秋歌》里也提到过："长安一片月，万户捣衣声。"月明之夜，家家户户的女子们不辞辛劳地捣衣，将要把承载着她们相思之苦的新衣寄去遥远的边塞。但让人悲伤的是，飞鸿已逝，远方亲人却依然音书渺茫，捣衣声带走的，是她们无尽的离愁。

"捣衣"作为诗歌意象，频繁出现在文学作品里。南朝文学家谢惠连，也写过一首五言十二韵的《捣衣诗》。大约 800 年后，南宋画家牟益读到这首诗，触发了艺术创作的灵感，从而创作出流传千古的名画《捣衣图》。

牟益的《捣衣图》中共有妇女 32 人，这些女子们有的在捣练，有的在剪裁，还有的在缝衣，表现了女子们结伴为远征的丈夫捣练

制衣的场景。

在这幅长卷中，与"捣衣"意象最切合的，当数画面左起第四组劳动的女子们了。正中两位正在捣衣的女子居于主体地位，她们面前有一块石板，上面平铺着布料，这两位女子正在用木杵捶捣布料。其中，面向我们的这位女子，一手举着工具，另一只手正在擦拭额头的汗珠，看来捣衣的工作十分辛苦，这与杜甫诗中那句"用尽闺中力，君听空外音"非常契合。其他三位女子，有的在整理加工好的衣料，左边一位可能地位比较高，正坐在椅子上专注地观看她们劳动。

牟益的《捣衣图》以白描轻墨绘成，线条流畅，画面素雅而不失风韵。画中女子个个表情生动，或专注劳动，或面露愁容，表现了"捣衣"意象所指代的离愁思绪。

观察这幅画，有一个很直观的感受，就是画中的女子面容圆润、衣裙宽大，人物仪态优雅，很有唐代绘画的韵味。这很大程度上是

《捣练图》 唐代·张萱 绢本设色 37cm×145.3cm 美国波士顿博物馆藏

因为，牟益在绘画上师法唐代周昉的缘故。是著名画家张萱的学生，有趣的是，张萱也有一幅《捣练图》传世。与牟益的《捣衣图》明显的不同之处在于，张萱的《捣练图》是设色画，整个画面色彩绚丽典雅，十分注重画中女子们衣着妆容的刻画。而两位画家的相同之处在于，他们都很注意动作细节的构思。比如牟益《捣衣图》中有女子抬手擦汗的细节刻画，而张萱《捣练图》中，也有捣衣女子轻轻倚靠着木杵，用手挽起一侧衣袖的动作，都非常生动写实。

清幽月夜，捣衣砧声。这是华夏民族一首古老的无词歌，是一代又一代劳动妇女用生命谱写的深情乐章。多少美丽的生命，在捣衣的砧声中苍老凋谢，捣衣声表达着她们对家庭的奉献与维系，对生活的希冀与渴望，也诉说着她们的痛苦与忧伤，执着与坚韧。

渔民

　　中国有句古话，叫做"靠山吃山，靠水吃水"，意思也很浅显，指的就是有什么样的条件，就靠什么样的条件生活。当然，这也是最朴素的因地制宜的说法了。要说到"靠水吃水"的代表性职业，那就非渔民莫属了。范仲淹的《江上渔者》就是一首描写渔民的诗。

江上渔者

北宋·范仲淹

江上往来人，但爱鲈鱼美。

君看一叶舟，出没风波里。

　　整首诗的语言非常朴实生动，而且作者很擅长运用"对比"这种手法。首先，是江岸上的人和江水中的人的对比。江岸上的人在干什么呢？"但爱鲈鱼美"，他们沉迷于鲈鱼鲜美的味道而不能自拔。

江鄉漁樂

那么江水中的人在干什么呢？您看，他们正乘着一叶小舟在波浪中捕鱼。第二处对比是什么呢？就是江上那一叶小舟和翻滚的波浪的对比。诗人看似寥寥几笔，但是它的效果却是震撼的。一边是围坐在一起享用鲜美鲈鱼的食客，另一边是用生命在波涛中获取鲈鱼的渔民。

古诗中的这样的"渔者"形象并不少见。比如在唐末五代僧人贯休的《渔者》诗中，也曾有过这样的描绘："风恶波狂身更闲，满头霜雪背青山。"同样是出没在恶风狂波中，虽然已经满头银发，但仅用"身更闲"这三个字，就使一位充满着岁月练就的大无畏气概的渔夫形象跃然纸上了。

范仲淹的这首《江上渔者》中，还有一个很有意思的细节值得我们琢磨。江水中鱼类众多，为什么偏偏是"鲈鱼"让人们垂涎三尺，而且也让渔夫为了捕获它们甘愿出没风波里呢？其实，这里的"鲈鱼"专指"松江鲈鱼"，有"江南第一名鱼"的美称。这么大的名头，味道肯定不简单啰！如果您知道一个典故的话，就会对它的美味有更深刻的体会了。那就是"莼鲈之思"这个典故。故事的主人公是

《渔乐图》　明·周臣　绢本设色　32cm×239cm　北京故宫博物院藏

西晋文学家张翰，也就是张季鹰，他本身是吴郡人，也就是现在的苏州人。据说他在洛阳做官的时候，因为思念家乡的莼菜羹和鲈鱼脍就辞官回家了。为了家乡的美味而辞官，可想而知那味道有多吸引人了。这也就难怪食客们纷至沓来，而渔夫为了获得更多的收入，也只能冒险出没在风波里了。范仲淹自己也是吴郡人，因此对江上渔者的甘苦也深有体会吧。

范仲淹笔下的渔夫，乘着一叶小舟出没在风波里，凶险无比；而明代画家周臣的《渔乐图》，却为我们描绘了渔民们的另一番生活景象。

这是一幅充满了浓郁生活气息的渔民劳作图。一共分为三组劳动场景。从右边看起，在第一组人物中，有几个渔夫正在岸上编织渔网和竹篓。其中一个人正在搓绳子，他用脚蹬住一端，另一端用牙齿咬紧，这个细节动作描绘得生动传神，反映出画家对于生活的细致观察。再往画面左边看，可以看到一艘船，船舱里一个妇人怀抱着孩子，一起探身看着船舱外正在织网的男子，这个细节场景的设计，也让辛苦的劳作充满了温情的味道。

第二组人物分为两个区域，在离河岸不远的浅水处，有三个人赤着脚正在捕捉鱼虾，场景极具动感，尤其是最左边这位一只脚踩在水里、另一只脚高高抬起的渔夫，能想象他肯定是刚刚拿着竹篓用力地扣在水中，这让我们也不禁好奇，他究竟有没有捕到鱼呢？在他们的左边，还有人在岸边钓鱼虾，其中一个渔夫因为两只手都占用了，不得不用嘴把串着鱼的树枝紧紧衔着，神态却是镇定自若。

在离河岸不远的两条船上就是第三组人物，他们撑船撒网，一派忙碌。

　　那么大家伙儿这么辛苦的一番劳作结束后，最需要什么呢？没错，那就是一顿热腾腾的饭菜了。其实就在第一组人物中，画面最左边，有一个人正在船上做饭。那锅里煮着的，想必就是刚打捞上来的新鲜鱼虾吧。

　　整幅画面将渔民们那种率真淳朴的性情表现得淋漓尽致。而且画家对于人物动作瞬间动势的捕捉非常到位，无论是搓线、扣鱼篓，还是撒网，每一个动作都充满了动感。

　　这幅画中，画家对线条的运用也很有特色。画面中人物衣纹的线条，叫"钉头鼠尾描"。顾名思义，起笔的时候要顿一下笔，感觉跟钉子的头似的，然后收笔的时候再渐提渐收，线条就特别像老鼠的尾巴。您看这幅画中的人物的衣纹，是不是这种感觉呢？而且有一个细节很有意思，那就是渔民腿部线条的塑造。画家仅用两根简单的线条，就将渔民小腿部的肌肉勾勒出来了，很是生动。

画面中树枝的画法也值得一提。画家大量采用"短直线"来勾画树枝，颇有古风韵味。而且画家还擅长通过浓淡和色彩的变化来增强线条的表现力，主要体现在画面中的水纹上。若有若无的水纹，使水中的劳作场景颇具动感。在画面右侧，还有一位手持鱼竿站立的渔民，仔细观察，会发现有一根鱼线缠绕在鱼竿上，是那么地随意自然，但是却更加彰显了画家对于线条运用的高超能力。

我们中国拥有漫长的捕鱼历史。从中华民族的祖先捡拾贝壳和徒手捕鱼开始，再到"君看一叶舟，出没风波里"的矫健身影，千百年间临水而居、依水而存的渔民们，为我们演绎了一场最朴素、最真挚的水上生活图景。

樵夫

　　在古代农业社会里，人们除了从事传统的耕作，或者是读书来求得功名之外，还有几种主要的谋生手段。比方说：隐入山林，打鱼、砍柴，当一个渔夫或者樵夫，自给自足，虽然辛苦，却悠然自得，一点儿也不比耕田、读书来得差。杨慎那阕著名的《临江仙》词里，就有"白发渔樵江渚上，惯看秋月春风"的句子。"渔樵"并称，把他们作为笑看历史沧桑、豁达洒脱的人物典型。而在古代传说的高人逸士中，也不乏以渔樵作为职业的。比如"八十钓渭滨"的姜子牙、"垂钓七里滩"的严子陵、砍柴不忘读书的朱买臣，等等。明代小说里，俞伯牙"高山流水"的知音之人钟子期，也变成了樵夫的身份。可见，在古人的认知里，"渔樵"虽然看似地位卑微，

采樵过野连田
父耘钓临溪穟
读书

《渔樵耕读图》
清代
刺绣画　112cm×45cm
北京故宫博物院藏

但其实是一种隐逸、超脱的存在。

　　接下来，我们就来说说"渔樵"中的樵夫，先来读一首关于樵夫的诗。

樵夫

南宋·萧德藻

一担干柴古渡头，盘缠一日颇优游。

归来涧底磨刀斧，又作全家明日谋。

　　这是南宋诗人萧德藻的诗歌《樵夫》，这首诗以山中一位普通樵夫的口吻，叙述了自己的生活状态：从山里砍一担柴，挑到河边渡头卖掉，得到的报酬应付一家人生活，应该是绰绰有余了。但回来后却还不能闲着，还要到山间溪水旁磨磨斧子，又要开始准备第二天的打柴工作，为全家人的生计奔波了。

　　诗歌语言简单，几乎没有什么难解的字词。而从这首诗里我们可以看出，这位樵夫的生活并不宽裕。虽然一天辛劳工作的收入，可以勉力支撑一家人当天的开销，但回到家后，却还要谋划第二天的生计。可说是手无余钱，日日奔波，过得十分艰苦。不过，我们再回过头，仔细品味诗里樵夫所表达的心态，却又让人感觉非常豁达。诗的第二句"盘缠一日颇优游"中的"优游"，在这里解释为充裕、宽裕的意思。樵夫好像是在说：卖柴一天赚来的钱，应付一家人的开销，还有宽裕呢！其实，每天都为生计奔波的生活决不能称得上是宽裕的，但樵夫却没有半点怨天尤人的心态，相反还十分乐观满足。这也充分地表明了我们古代劳动人民勤劳简朴、豁达乐观的精神品质。

渔樵作为传统认知中高人隐士的代表，和中国古代农耕社会最主要的两种职业：农夫与书生，成为古代读书人心目中理想的四大职业，并称"渔樵耕读"。在古代艺术品尤其是明清以后的艺术品中，"渔樵耕读"是一大主题。在一些绘画、瓷器甚至是木雕作品中屡见不鲜。我们欣赏一幅刺绣画作品——顾绣《渔樵耕读图》。

"顾绣"又称"露香园顾绣"，是中国传统刺绣工艺之一，起源于明代上海的顾名世家族。顾名世曾经在今天上海市黄浦区一带建造园林，命名为"露香园"。现在上海还有一条露香园路，就是因此而得名的。顾氏的后裔精通刺绣，绣品精美，很有特色，因此被人称为"顾绣"。顾绣一般以古代名画作为蓝本，半绘半绣，十分精细。一般还配有印鉴和题跋，再加上用传统绘画中卷轴和册页的形式来装裱，很有文人绘画的意趣。

这幅《渔樵耕读图》应该是清代初期的刺绣作品。图中的远景

　　山峦连绵层叠，山脚下有一座茅屋，两位书生在屋里端坐读书，这
是"渔樵耕读"中的"读"；我们再往前看，屋前河水流淌，木桥上，
樵夫刚刚砍柴归来；河边还有一位渔夫，一边垂钓，一边和旁边的
人交谈。我们观察一下与他交谈的这个人，他卷起裤腿，坐在石头上，
看样子应该是一位干完农活稍作休息的农夫。

　　这幅《渔樵耕读图》的远山近坡都用笔墨描绘点染，而其他元素，
比如人物、木桥、茅屋、草丛、树木、山石和河水等，都用绣法来
表现，针法多样细腻。刺绣人物举止自然、神态安逸而生动，他们
身上的衣纹，以及石头上的青苔、树木的纹理，也都绣得十分细致。
必要的时候，再在刺绣上添加笔墨渲染，显得更有立体感。细腻的
针法和笔法交织运用，将"渔、樵、耕、读"四种元素有机地结合
在一个画面里，自然而不生硬。不过，这些绘画手法的点染、渲染，

都是起辅助性的作用，这幅绣品本身，还是突出了刺绣特有的美感，作为工艺美术的特点还是十分浓厚的。

在作品上方的空白处，还绣着一联题跋诗："采樵过野逢田父，理钓临溪听读书"，既概述了整个画面的主题，又使得绣品有了一种追求高雅闲适生活的文人意趣。这幅画将文人画和民间工艺美术巧妙结合，可以称得上是一件精品。

古代文人虽然以读书入仕为最理想的人生目标，但在不如意时，也常常会想到退居田园，做一个自给自足的农夫，或者吟啸于山水之间，成为洒脱的渔人与樵夫。因此他们往往将"渔樵耕读"作为四种理想的职业，写进诗里，画入画中。从这些诗画作品中，我们可以看出古代文人对待谋生的态度：虽然生活可能是简朴而辛劳的，但内心要一定安逸闲适、豁达乐观。

茶农

《撵茶图》 南宋·刘松年 绢本设色 61.9cm×44.2cm 台北故宫博物院藏

沐浴着春日的晨光，轻抚着和煦的春风，南方的茶园里又多了些劳作的身影，又是一年采摘春茶的时候了。中国被称为茶的故乡，不仅因为这里的土地孕育出世界最早的茶树，更因为这里的人们将茶视为一种沟通天地的生命。按中国汉字的书写方式，茶，是"人"处在"草木"之间，这也体现了一种天人合一的境界。

这个世界上，有一种人，因茶而生，以茶为伴。他们的身份是：茶人。我们通过清代诗人陈章的一首《采茶歌》，来走进他们的生活。

采茶歌

清·陈章

风篁岭头春露香，青裙女儿指爪长。

度涧穿云采茶去，日午归来不满筐。

催贡文移下官府，那管山寒芽未吐。

焙成粒粒比莲心，谁知侬比莲心苦。

陈章是来自杭州的一位布衣诗人，因此他对家乡风物非常了解，这首诗就是通过描写杭州地区采摘春茶的场景，反映出茶农生活的艰辛。

诗的前两句，诗人先展现了一个春茶初熟的劳动环境。风篁岭，位于西湖的南边。"春露香"则点明了季节，也描绘了新茶飘香的特定氛围。在这样一个环境中，身着青色裙子的采茶女们出现了，她们十指尖尖，忙于采茶。诗人抓住了"指爪长"这个细节，暗示了她们终年辛勤劳动，留着指甲，时刻为采茶做着准备。而"青裙"一词，又点出了她们衣着简朴、生活艰难的境况。这清新自然的采茶场景，在接下来诗人的描述中，陡然变得沉重了起来。

采茶女们跋山涉水前去采茶，劳动了半天，采到的新茶却装不满筐。由此我们也可以联想到：尽管采茶女辛勤劳动终年，而劳动果实却不属于自己。难怪春茶初熟，香飘四处，但我们却听不到一点儿采茶女的欢歌笑语。这两句诗写出了采茶女辛苦的劳动生活，也为下文做了铺垫。

而接下来两句，诗人进一步为我们揭露了残酷的现实。采茶才刚刚开始，官府强盗式掠夺的黑手就伸了出来。他们为了自己的穷奢极欲，根本不管天气寒冷、茶芽未吐的现实情况，只是一再地逼贡。一个"催"，一个"那管"，透露了采茶女痛苦的根源，也凝结着诗人愤慨的感情。

全诗的最后，以采茶女烘茶时惨痛的心情作为结束。采茶女们一边烘茶，一边为自己感到悲哀。烘成的新茶本来无比清香，但并不属于自己，辛苦劳作换来的劳动果实很快就要被掠夺一空。杭州的龙井茶，在清明之前采制的，只有一片嫩芽，制成的茶叶看起来像莲心一样，在龙井中属于上上品。而令人心酸的是，采制的莲心龙井虽然甘甜，但采茶女的心境却比真正的莲心还要苦！结尾运用这样的比喻和衬托，对表现主题很有力量。

在清代中叶"乾嘉盛世"的大背景下，大部分诗人都在为"盛世"歌功颂德，而陈章却能以独特的视角观察普通百姓的生活，以纪实的方式展现百姓生活面貌，这种心系民生的情怀难能可贵。

中国人饮茶的历史源远流长，由于茶的盛行，文人墨客、哲人学者都以品茗为乐，因此，产生了不少以茶为表现对象的艺术作品。这其中，以茶入画最为直观，也真实记录了不同时代中不同的制茶、饮茶方式。我们可以通过刘松年的《撵茶图》来看看南宋人是如何饮茶的。

《撵茶图》是一幅工笔白描图，画面左侧的树木山石下，两名仆人正在制茶；而在画面右侧，一位僧人模样的人正在伏案作画，两名高士在一边静静观赏。显然，这是一个文人雅集的场景，这里我们重点关注一下两名仆人制茶的细节。

宋代人饮茶的方式跟我们现在有很大的区别，当时盛行"点茶法"。一般先把饼茶炙烤、研末，放在茶碗里备用。然后将烧开的水冲入碗中，这个冲的过程就叫"点"。为了让茶末跟水彻底融合，古人还特意发明了一种打茶的工具，称为"茶筅"。一般是用竹子做的，文人雅士还给它起了个雅号，叫"搅茶公子"。水冲入茶碗里，用茶筅用力搅拌，就会慢慢出现泡沫。泡沫持久不散，才算好茶。

这幅画中展示的就是这样的场景。前面的一名仆从跨坐在长方形矮几上，右手转动石磨碾磨茶叶，这也正是这幅画名字的《撵茶图》的来源。另一名仆从站立在一张方桌旁边，左手拿着茶碗，右手正用汤瓶往茶碗里注入开水。方桌上还放置着多种茶具：盏托、茶碗、茶盒、水盆、水杓、茶筅，琳琅满目，一应俱全。桌前有一个小方几，一把提梁水铫正在风炉的炉火上沸腾，侍者的后面，安放着一只大型的贮水瓮。

这幅图的作者刘松年在中国茶文化的历史上有着浓墨重彩的一笔，他创作了《斗茶图》《卢仝烹茶图》《茗园赌市图》一系列有关茶的画作，对中国茶文化的传播作出了突出贡献。而《撵茶图》的难能可贵之处，在于比较全面地描摹了宋代的点茶茶艺，记录了从碾茶、煮水，到注汤点茶的全部过程。同时还精心描绘了众多精美的茶具，为后人了解宋代茶事增添了重要依据。

绵延了千年的中国茶文化，今时今日依然在我们手中的茶壶盖碗中延续，而无论种茶人、采茶人、制茶人还是饮茶人，他们的命运因为一杯茶而连接在一起。真正的茶人，深知这茶香的源头，其实不在双手，而在心间。

货郎

　　清晨的街巷，稀疏的行人。不远处传来拨浪鼓的声音，还有隐隐约约的叫卖声。孩童们笑着闹着跑了过去，大人们也忙不迭地跟着孩子的脚步。在街巷尽头，一个背着各种各样新鲜玩意儿的货郎，吸引了孩子们的全部注意力……这或许是古代市井中一个常见的画面。货郎，走街串巷，承载着最质朴的物质需求和孩童们最大的好奇心，而他们手中的拨浪鼓和口中的叫卖，则构成了古代生活中最为轻快的旋律。

　　我们就从一阕苏轼的《浣溪沙》中，找一找刚刚描述的那幅画面。

浣溪沙

北宋·苏轼

簌簌衣巾落枣花，村南村北响缫车。

牛衣古柳卖黄瓜。

酒困路长惟欲睡，日高人渴漫思茶。

敲门试问野人家。

苏轼写过的词大多豪迈旷达，这阕词却一改他往日的风格，写得平凡却不普通，我们现在年轻人常说的一个词叫"小确幸"，很有这样的感觉。整阕词描述的画面，就像是一个乡村生活实录；而每一组画面的背景音乐，搭配起来就像是一首乡村民谣。

这首民谣的第一乐章就是"簌簌衣巾落枣花"，花落衣上，簌簌有声。是什么花有如此分量？哦，原来是枣花。或许很多人都从未注意过这种花，它既没有丁香一般的芬芳馥郁，也不像牡丹那样惹人注目，但正是如此平凡的小花，在苏东坡的笔下，摇身一变，变成了一朵朵簌簌有声的花朵，灵动清新；又似乎是在与过路的行人互动，清新悦耳。

第二乐章则是"村南村北响缫车"，农户人家悉心经营生活，除了耕田之外，还要缫丝织布。村子里家家户户，正值赶制新衣的时候，缫丝的声音响彻四周。这急急切切的声音，正唱出了村居生活欣欣向荣的繁忙旋律。

待到这首民谣的高潮过去之后，迎来了一丝清爽寂静的旋律，也是这首民谣的第三乐章。不远处的古柳下，传来一声又一声的叫卖，一位穿粗麻衣服的货郎正在卖黄瓜，这也就是我们最初提到那幅画面。货郎完美地融入了这幅乡村生活画当中，也汇成了这段旋

《货郎图》 南宋·李嵩 绢本设色 25.5cm×70.4cm 北京故宫博物院藏

律的一段乐章。

苏轼漫步在乡村间，记录下了这农村风物。正值初夏，天气炎热，刚刚又饮了酒，此刻他觉得又困又渴，即便是清甜的黄瓜也难以解渴，不如敲一敲附近农家的门，讨一杯茶来喝，这才觉得满足啊。

周汝昌先生曾评价这阕词："在《全宋词》中，月露风花，比比皆是，寻此奇境，唯有坡公，所以为千古独绝。"苏轼写这首词的时候，正在徐州做官。他一边漫步一边体察民情，看到农户们幸福自足的生活，内心十分喜悦。寻常人家的一杯茶饮，就能纾解他的焦渴。那作为一方官员的自己，又能为百姓做点什么呢？可见"小确幸"的背后，是苏轼的自我思考。而他在这阕《浣溪沙》中所描述的这种轻松的生活感，却幻化成一首民谣，轻轻哼唱在了我们的脑海中。

"牛衣古柳卖黄瓜"的货郎在宋朝的大街小巷，甚至乡村田野里都是十分常见的。南宋画家李嵩的笔下就有一幅《货郎图》，它将一位不辞辛苦、肩挑重担四处行走的货郎形象描绘得栩栩如生。

在这幅画中，首先吸引我们注意力的，一定是货郎的这副担子。我们看，货郎担子上的东西满满当当，左侧货担的右下角还有"三百件"的字样，充分说明了货物的丰富。但是担子却杂而不乱，疏密有致。绘画理论中有一个说法叫："疏可走马，密不透风。"李嵩在这里将疏密原则运用到了极致，才会使画面看起来既有视觉冲击力，又秩序井然。我们都知道，李嵩以创作界画著称于世，也正是这方面的经验，让他对空间的把握和线条的运用有了独到的功力。

当然，从这幅画我们也可以发现，李嵩不仅是一位出色的画家，还是一位出色的生活家。器物是生活的载体，在这幅画中，他将当

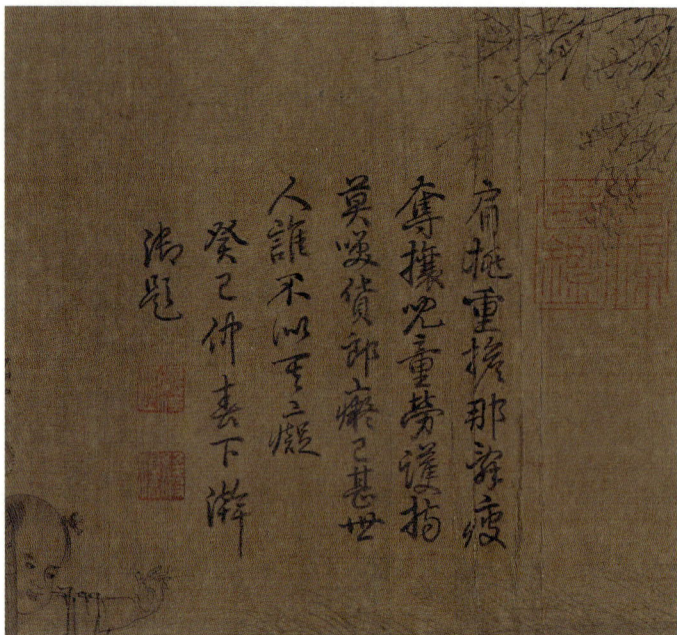

时的器物进行了精彩的呈现。画面中有布伞、针线、瓷器这一类的
日用品；还有油、盐、醋和糖果之类的吃食；就连老人常用的牙药、
眼药也都准备好了；甚至还有个"专为小儿"的角落，风车、鸟笼、
拨浪鼓，样样俱全。画中的这位宋代货郎，放到现在没准儿是一位
小超市的老板，或者网店的经营者吧？但不同的是，画中的货郎不
仅提供实物消费，还提供服务性消费。大家可以看货担左侧的右下
方，有"诵仙经""明风水""义写文书""医牛马小儿"等字样，
看来这位货郎是十八般武艺——样样精通啊。

　　除了以上细节，画中还有一处题诗可以说是锦上添花。大家都
知道，乾隆皇帝是出了名的爱在画上题跋，这幅画也不例外，但是
这首诗乾隆写得非常应景，我们来看一下诗的内容：肩挑重担那辞

疲，夺攘儿童劳护持。莫笑货郎痴已甚，世人谁不似其痴。

这首诗写得非常有亲和力，能感觉到庙堂之高的帝王与江湖之远的市井之间的连接，这种具有生活气息的小趣味，读来也会让人会心一笑。

这幅《货郎图》从技法上来说，属于工笔画里超写实的风格。从内容上来看，又是一幅南宋风俗画。从细节的表现力和生活化的程度来看，堪称是《清明上河图》的精彩局部。它无疑是南宋社会的一面镜子，是当时市井情趣的真实写照，它也是一扇无形的窗口，通向古代人最真实的生活。

医者

　　从古到今，医生都是一个崇高而伟大的职业。他们救死扶伤、悬壶济世，受到百姓的尊重和爱戴。唐代医学家孙思邈在他的著作《千金方》中，曾经开宗明义地提出了"大医精诚"的观点。他说：作为医生要有一颗慈悲同情之心，决心解救人民的疾苦。不论患者地位高低贫富、老少美丑，也不论他是仇人还是亲人，都应该全力以赴。只有这样，才有资格称为"苍生大医"。

　　就让我们从唐代诗人苏拯的诗篇《医人》里，体会百姓对"苍生大医"的渴求。

医人

唐·苏拯

古人医在心，心正药自真。

今人医在手，手滥药不神。

我愿天地炉，多衔扁鹊身。

遍行君臣药，先从冻馁均。

自然六合内，少闻贫病人。

这首《医人》是晚唐诗人苏拯的作品，他站在病人的角度，对那些为谋取私利而置病人利益于不顾、滥用药物的庸医进行了批判，也表达了对那些真正能合理用药、解决人民痛苦的好医生的渴求。

开篇两句"古人医在心，心正药自真"，被古今许多医者奉为座右铭，意思是：古人行医，在于怀有一颗仁爱之心，只要心意纯正、不偏不倚，一切为病人着想，所用的药自然就会见效，药到病除。随后，作者苏拯笔锋一转，直接点明了对当时医疗状况的担忧。他说："今人医在手，手滥药不神。"而如今，行医的只是将看病作为谋生赚钱之道，他们医术不精，敷衍病人，因此他们的药效也就好不到哪里去了。

这首诗的后几句，写出了苏拯对于能真正用心看病、合理用药、解决百姓痛苦的好医生的热切盼望："我愿天地炉，多衔扁鹊身。"我希望在这天地大自然的熔炉里，能够更多一些像扁鹊这样胸怀济世之心的良医。

那么怎样才算一位"好医生"呢？他说："遍行君臣药，先从冻馁均。自然六合内，少闻贫病人。"这里的"君臣药"是中医药中的一个学术用语，君药指的是针对病症起主要治疗作用的药物，臣药是指辅助君药加强治疗的药物。符合君臣法则的药，才算是好药。

这几句诗的意思是：广泛地布施符合"君臣和合"原则的药物，首先要从救济饥寒交迫的百姓做起，使他们都能受益。若真能这样，

《村医图》　南宋·李唐　绢本设色　68.8cm×58.7cm　台北故宫博物院藏

天下自然就会太平，也就少有贫病交加的人了。

　　我国历代医家都认为，道德高尚是医生的重要前提，只有品德高尚的人才能做医生。北宋著名文人范仲淹曾有"不为良相，便为良医"的名言。人一生要么出将入相，治理国家；如不能，就要成为一名良医，行走民间，治病救人，解除百姓疾苦，由此可见百姓对医者的尊崇。

　　在中国古代，医疗条件并不普及的情况下，医生行走民间、解除病困，为百姓带来福音。但在中国绘画艺术史上，刻画医生行医场景的作品却并不多见。南宋画家李唐的作品《村医图》就是一幅。

　　《村医图》又称《灸艾图》，是我国历代存世名画中唯一表现农村医疗场景的作品。画中描绘的是在乡村野外一棵大树下，一位走村串户的村医正利用艾灸为村民治病的生动场面。

　　细致观摩这幅《村医图》，你的目光一定会停留在画面中央这位患者的身上：这位老人赤裸着上身，正在接受艾灸。可能因为村医在背部开刀的缘故，老人疼得龇牙咧嘴。他的一只胳膊被一位农家女子按着，另一只胳膊也被一位老妇紧紧地抓住。农家女右眼紧闭，那种不敢看，但是又十分关心治疗过程的矛盾心理，被作者描绘得淋漓尽致。老妇背后还有一位小孩儿，想必他对眼前的一切也感觉既好奇又害怕，悄悄在老妇的背后躲了起来。

　　最后我们来看看坐在矮凳子上的村医，他神情专注，目光如炬，正在为病人专心治疗；而画面右侧的药童，也跟着忙得不亦乐乎，二人一呼一应，配合十分默契。值得一提的是，画中村医使用的艾灸疗法，其实就是利用点燃的艾绒作为灸料，对人身体的患病部位进行加热升温，利用温度和药性对身体进行治疗的过程。这种治疗方式直到现在依然还在广泛应用。

　　作者李唐对于人物形象以及神情的刻画，可以说是张弛有度、传神至极。用笔也是细劲精致，毛发晕染一丝不苟，造型特征各有特点。值得一提的是，我们细致观察这幅图中人物的衣服褶纹，就会发现作者李唐运用了钉头鼠尾描的画法，线条前肥后锐，体现了画家非凡的艺术功力。

　　《村医图》生动而真实地描绘了走乡郎中为农家治病的世俗场景，显示了作者对生活深入的观察和丰富的体验。图中共出现六个人物，男女老少都有，除了患病老人的衣衫因为堆积而无法仔细辨认，其余五个人的衣衫都是补丁接着补丁，就连为村民治病的村医，在裤子膝盖处还出现了破洞，由此可见当时农村生活的穷苦。从这里也不难看出，作者对当时下层劳动人民寄予了很大的同情，对庶民生活有着切身的体验。

仁心仁术、大医精诚。千百年来，无论是把脉问诊的坐堂医官，又或者是走村串寨的游方郎中，正是这些医者的悬壶济世，才使得华夏血脉延续不绝。

民间艺人

《杂技戏孩图》　宋·苏汉臣　绢本设色　20.4cm×20.4cm　台北故宫博物院藏

民间技艺是中国传统文化中不可或缺的一部分，而表演这些民间技艺的人，我们称之为"民间艺人"。在古代，这些身怀绝技的艺人走街串巷、娱乐大众，为老百姓带来欢乐。我们通过诗画作品走近他们身边，感受一下他们的魅力。

闻吹杨叶者二首（其二）

唐·郎士元

天生一艺更无伦，寥亮幽音妙入神。

吹向别离攀折处，当应合有断肠人。

　　这首诗是唐代郎士元的《闻吹杨叶者》，描写的是一位民间艺人"吹杨叶"的高超技艺。我们试想一下，一片小小的树叶，放在口边，就能吹出优美的旋律，人们听了，一定都会觉得非常神奇。其实，"吹叶"这项技艺，在唐朝的时候，就在云南少数民族的青年男女之间流行起来了。唐代政策开放，对少数民族的技术、音乐都多有学习，这一技艺也渐渐由少数民族地区传入中原。在唐代的诗歌里，也经常见到"吹叶者"的身影，除了郎士元的《闻吹杨叶者》之外，白居易的《杨柳枝词》中也说："苏家小女旧知名，杨柳风前别有情。剥条盘作银环样，卷叶吹为玉笛声。"可见，"吹叶"在唐朝的音乐演奏中还是非常普遍的。

　　在传统观念里，杨叶柳枝是离别的象征。从前的人在即将远行的时候，亲眷朋友们总要"折枝相送"，代表挽留和相思的意思。而诗中杨叶吹奏出的曲子，也是离别之曲。演奏者技艺精彩绝伦，声音嘹亮婉转。即将别离的人们听到这优美婉转的旋律，更激发起了他们的愁绪，几乎听得要肝肠寸断了。一片小小的杨叶，到了技艺高超的艺人手中，竟能散发出如此动人心魄的魅力！

郎士元是中唐时期的一位诗人，他十分善于描写音乐旋律的美妙，他的那首《听邻家吹笙》就是描写音乐的典范之作。在这首作品中，他通过邻家吹笙的旋律，联想到邻家 "疑有碧桃千树花"，运用了通感的艺术手法，使这首诗成为了脍炙人口的经典。而《闻吹杨叶者》则是通过描写吹杨叶的旋律引起的听众反应，来表现音乐的动人之处，虽然表现手法不同，但起到的艺术效果，却是不相上下的。

提起传统的民间技艺，大家马上能想到的，就是那些走街串巷的街头杂技、杂耍艺人。宋代画家苏汉臣的《杂技戏孩图》表现的就是这方面的内容。

这幅作品描绘的是宋代一位游走四方的民间艺人在街头表演的情形。画中的这位艺人全身挂满了各种玩具和乐器，吸引了过路儿童的驻足观看。他左手拿着两片木板，右手夹着三根鼓槌，似乎正在同时演奏着好几种乐器，可见他的杂耍技艺非常高明。他面前的两个儿童，看得十分入神，显然已经被他高超的技艺所吸引。整幅画充满着市民阶层的生活意趣，人物刻画也十分自然，充分表现出了画家对人物细致入微的观察力与表现力。另外，画家对线条的把握能力也十分高超，画中小鼓的鼓槌和衣服的衣纹，用的都是工笔的细线条，虽然纤细，但很有质感，体现出画家的深厚功力。

苏汉臣是北宋宣和年间的画院待诏，十分善于描绘人物，尤其擅长的是孩童形象的塑造。我们来看这幅画中的孩童。首先，可以看出他们的身份感是非常明确的，应该是富裕小康之家的孩子，仔细观察这两个孩子的裤子，可以发现都有着若隐若现的锦缎暗纹，这也是他们来自富裕之家的标志，从中也可以看出画家在细节上的

匠心。其次，画中孩童的神态，眼睛紧紧盯着表演，一副看到新奇事物时被深深吸引的神态。相比于前代画师把孩子画成缩小版的大人，苏汉臣画的孩童天真烂漫，充满了童真。也许在他的心里，也住着一个天真烂漫的孩子吧！

杂技的起源十分悠久，它原本就是古代劳动人民在生产之余，进行的一项带有娱乐、游戏性质的技艺表演，后来发展成专门表演艺术，供皇室或者王公贵族们娱乐观赏。宋代，都市经济开始发达，市民阶层也逐渐庞大，杂技、杂耍也逐渐走向街头和民众。在当时一些比较繁华的都市里，比如北宋的汴梁、南宋的临安，都有供居民欣赏说唱杂技的场所，称为"瓦舍"或"瓦子"。据南宋吴自牧《梦粱录》记载，瓦舍的命名意味着"来时瓦合，去时瓦解"，取的是"易聚易散"的意思。瓦舍中，又拦成一间一间的"小剧场"，供不同的艺人们表演，则称为"勾栏"。在"勾栏瓦舍"中，艺人们表演戏剧、说书、杂技等等各种民间技艺，供观众取乐。于是，"勾栏瓦舍"也成了中国民间技艺表演场所的代名词。

中国的民间艺术门类繁多，除了吹叶、杂技之外还有很多，比如口技、说唱、说书等等。表演这些民间技艺的艺人们，虽说只是单纯地以养家糊口为目的，但事实上，他们确实在丰富古代人民大众的娱乐生活、丰富我国的传统艺术上功不可没。

陆

诗书画中的壮丽山河

春绿江南

《潇湘图》　五代南唐·董源　绢本设色　50cm×141.4cm　北京故宫博物院藏

中国是一个幅员辽阔的大国，每天清晨，朝阳从东海的波涛中升起，到西北的巍巍昆仑隐没，一路上经过多少大山、大水、大江、大河。铁马秋风塞北，杏花春雨江南。三峡听得见古猿的啼鸣；洞庭湖传来凤凰的清歌；赤壁的战鼓似乎还咚咚擂响；蜀道崎岖，"噫吁嚱，危乎高哉"；沧海横流，仍然是英雄本色；天苍苍，野茫茫，风吹草低见牛羊；终南隐士，还在找寻心中的桃花源；庐山烟雨，钱塘大潮，依旧让人"未到千般恨不消"。

那么，咱们的这趟"纸上旅行"从哪儿开始呢？我觉得江南便是很好的选择。

忆江南

唐·白居易

江南好，风景旧曾谙。

日出江花红胜火，春来江水绿如蓝。

能不忆江南？

在古代，江南往往代表着繁荣富庶的经济和温柔浪漫的文明，随着历史的发展，江南早已不仅仅是个地理概念，而是逐渐演变成为一个极具特色的文化概念。江南文化凭借其柔情似水的审美气质和诗性精神，蕴蓄和催生了历代文人墨客无穷的想象空间和巨大的创造潜能。

在这首《忆江南》里，白居易说，江南是多么美好，那些风景我早已熟悉了。那么白居易是北方人，为什么会对江南风景很熟悉呢？

当我们了解到白居易的生平，答案就显而易见了。白居易曾经在江南地区的苏州和杭州任职多年，在任职期间为百姓办过很多好事。比如在杭州担任刺史的时候，为解决杭州人民的饮水问题就曾主持疏通了杭州的六口古井；在苏州任刺史期间，为了便利苏州的水运交通，主持开通了一条长达七里的山塘河，还在山塘河以北修建了道路。现在去苏州的游客，都会去"山塘街"上走一走，感受感受从前大诗人白居易生活过的地方。

创作这首词的时候，白居易已经因病从江南返回了洛阳。洛阳的春天要比江南来得晚些。白居易站在洛阳香山上，无比怀念当年江南的春日景象。"日出江花红胜火，春来江水绿如蓝"，江花红，江水绿，互相映衬，于是"红胜火""绿如蓝"。这样饱和度极高的色彩对比，是白居易心中最割舍不下的江南。所以，一句"能不忆江南"，简直就是发自灵魂的反问：我曾经那么熟悉的风光旖旎的江南啊，叫我如何不想它？

千百年来，又有无数人因为这首明媚如画的小词而对江南心驰神往。

每每说到让人心驰神往的江南，很多人就会感慨，江南风景真是美如"画"。那真正"画"中的江南，又是怎样一种风韵呢？这就不得不提及中国山水画早期的重要派流之一——"江南画派"，开派宗师之一便是董源。

董源是五代时期的南唐画家，在当时就算得上是个风云人物了。不但有众多文人追随他，甚至连皇帝都对他的画爱不释手。据说当时南唐皇帝李璟把他画的《庐山图》挂在自己的卧室中，时常痴痴地欣赏。

而真正奠定董源画坛一代宗师地位的其实是他的另一幅名作：《潇湘图》。这幅图被称为"江南画派"的开山之作，也是中国山水画史上最具代表性的作品之一。

如果你是一个南方人，尤其是生活在江南一带的南方人，有没

有觉得这幅画很亲切呢？如果你是一个北方人，特别是离江南地理位置最远的西北人，那这幅画是不是符合你想象中或者印象里的江南呢？

《潇湘图》表现的正是典型的江南山水。画卷以江南的山峦和江面为题材，平静的江面上飘来一只小船，江边等待的人纷纷向前，我们完全可以想象，这是岸这边的人在迎接从岸那边过来叙旧的朋友。再向稍微远一点的地方看去，大片密密麻麻的树林中仿佛有几家农舍若隐若现。山坡与江水的连接处，有几个人在拉网捕鱼。说不定远处的房舍里早已有位娇俏的江南女子准备好了丰盛的当季时蔬，就等着配上丈夫刚捕捞上来的新鲜江鱼，做一桌可口的农家饭菜呢。远处的山峦起伏有致，墨色浓淡变换相宜，使画面营造出一种奇特的立体感。淡淡的烟云薄薄地笼罩在平缓起伏的山峦上，感觉潮湿温润的江南气候简直要溢出画面了。一瞬间，让人仿佛已置身于江面的小舟之上，要去赶赴朋友的约会，品尝一顿农家最新鲜的江鱼宴。

董源的这种构图观念和笔墨技法相比前代有了很大创新，稍晚一点儿的南唐画家巨然也师承董源，因此"江南画派"尊董源和巨然为开派宗师，后世并称"董巨"。

十年一觉江南梦，多少楼台烟雨中。从莲叶田田的清雅感觉到渔歌唱晚的烟火气息，抑或小桥流水的恬淡滋味，春风十里的温柔魅力，江南的美好总是离不开它的如诗如画。也许正因为如此，中国传统文化才在江南这片土地上留下了最风雅的记忆和最滋润人心的作品。江南好，江南好，何人能不忆江南？

塞外风尘

　　说到文人笔下的塞外风情，最具代表性的就是边塞诗了。到了唐朝，随着中原与边塞日益频繁的交流，边塞诗也进入了黄金时期，成为了唐诗中思想性最深刻，想象力最丰富，艺术性最强的一部分。流传后世被奉为经典作品的莫过于唐朝著名诗人王维的《使至塞上》，千百年后读来仍让人内心激荡不已。

使至塞上

唐·王维

单车欲问边，属国过居延。

征蓬出汉塞，归雁入胡天。

大漠孤烟直，长河落日圆。

萧关逢候骑，都护在燕然。

这首《使至塞上》，就是唐代大诗人王维，在奉命赶赴边疆慰问将士的途中创作的一首纪行诗。

开头两句"单车欲问边，属国过居延"。就是说，我现在乘坐着简易的马车来慰问戍守边关的将士，路经的属国已经过了居延。

"征蓬出汉塞，归雁入胡天。"诗人在这里以"征蓬"和"归雁"自比。这随风远飞的征蓬也飘出了汉塞，北归的大雁也飞入了"胡天"。在古诗中，经常会用"飞蓬"比喻漂流在外的游子，在这里，说的却是一个负有朝廷使命的大臣。王维为什么会有这样的感受呢？我们得从他这次为什么会来到边疆说起。他这次担任河东节度使判官出使边疆，其实是因为在朝廷中受到排挤。同在朝廷做官并且高居宰相之位的好友张九龄也被贬荆州，诗人内心怎能不悲愤？

怀着这样的心情，诗人眺望远方。眼前所见之景让人瞬间心朗神阔——"大漠孤烟直，长河落日圆"。浩瀚的边疆沙漠，本就没什么奇观异景，因此烽火台燃起的那一股浓烟就显得格外醒目。一个"孤"，一个"直"，壮阔不已。再往前看，荒芜的沙漠尽收眼底，横贯其间的黄河除了一个"长"字，真的找不到更合适的词语形容它了。血色苍茫的落日挂在长河的尽头，温暖而苍茫。整个画面，奇特壮丽，用王国维先生的话来说，就是"千古壮观"！

经历了舟车劳顿后，诗人终于到达了边塞："萧关逢候骑，都护在燕然。"到了边塞，却没有遇到将官，侦察兵告诉他：将官在燕然山破敌后还未归来。也有另一种说法，是说这里的"燕然"是引用了"勒石燕然"的典故。"勒石燕然"讲的就是东汉大将军窦宪的故事。他率军大破北匈奴之后，登上燕然山，勒石记功，就是把记功文字刻在石上。所以后世也用"燕然勒功"指建立功勋。

《文姬归汉图》　金·张瑀　绢本设色 29cm×129cm　吉林博物馆藏

由"勒石燕然"这一典故我们也可以知道，在汉朝时，中原地区和塞外打交道的次数也是挺多的。这幅《文姬归汉图》中的故事就发生在这个时期。

金代画家张瑀的这幅作品《文姬归汉图》，讲的是东汉末年三国时期的才女蔡文姬归汉的故事。当年因为匈奴入侵，蔡文姬被匈奴左贤王掳走。十二年后，曹操统一北方，用重金将蔡文姬赎回。这幅图描绘的就是蔡文姬从塞外返回故土途中的一幕。

整幅画卷一共有十二个人。前面有一个汉人骑着一匹老马引路，肩上扛着圆月旗，躬着背缩着头，迎着风沙前行，还有一匹小马驹紧紧相随。紧跟在他后面的就是蔡文姬了。她头戴貂帽，穿着华丽的胡服，脚蹬皮靴骑在马上，双目凝视前方。

文姬的身后，是骑在马上护送的马夫和侍从。前面是汉人胡人两个官员并骑而行。左侧的汉朝官员拿着一把团扇来遮挡风沙，右侧的胡人官员正在勒马。后面有五个侍从骑马相随，有的怀抱包裹，有的身背行囊，有的手架猎鹰，有的马上驮着毡毯。

　　画面最后，是一位腰上挂着箭筒，右手架着一只鹰，左手执着缰绳，骑在马上的武士，马的旁边还跟着一只猎犬。整个画面非常生动有趣，我们仿佛也穿越边塞的朔风进入画面，化身为这支长途跋涉的队伍中的一员。

　　不知道大家有没有发现，这幅图描绘的场景虽然发生在黄沙漫天的塞外，但画家并没有直接用大量笔墨去描绘塞外景象，而是用飞扬的线条画出漠北大地上一队迎风行进的队伍。人和马是直观的、实在的，风沙是联想的、虚幻的。通过对实在物体的品味，展开丰富的联想，就是中国画构图的奥妙所在。

　　无论是文姬归汉，还是王维出使边塞，千百年来，边疆总是承载了中国文人太多的情愫，有对于历史的感慨，有对于自身命运的唏嘘，也有对于大好河山的赞叹。历史的车轮已经远去，文学艺术的回响却久久不绝于耳。今天，当我们再次走进前人的艺术世界时，我们走进的也是一个时代的缩影。此时，塞外风声在耳边阵阵回响。

蜀地之险

《明皇幸蜀图》　唐·李昭道　绢本设色　55.9cm×81cm　台北故宫博物院藏

在中国的诗歌史上，巴蜀是最值得人们铭记的地标之一。不光因为它屡屡被写入诗篇名传千古，也不光因为这里曾经诞生了中国最璀璨的诗歌，还因为中国三位最杰出的诗人：李白、杜甫、苏轼，都与巴蜀之地有着千丝万缕的联系。这里是天府之国、锦官之城，花团锦簇、活色生香。人人向往蜀地，而蜀地却从来都不那么容易到达。就让我们从李白的经典名作——《蜀道难》中来一窥究竟。

蜀道难（节选）

唐·李白

噫吁嚱，危乎高哉！蜀道之难，难于上青天！蚕丛及鱼凫，开国何茫然！尔来四万八千岁，不与秦塞通人烟。西当太白有鸟道，可以横绝峨眉巅。地崩山摧壮士死，然后天梯石栈相钩连。上有六龙回日之高标，下有冲波逆折之回川。黄鹤之飞尚不得过，猿猱欲度愁攀援。青泥何盘盘，百步九折萦岩峦。扪参历井仰胁息，以手抚膺坐长叹。

这首《蜀道难》全诗想象力恣肆飞扬，洋洋洒洒地写出了蜀地的险峻和神秘。

开篇以"蜀道之难，难于上青天"的强烈咏叹点题，使之随着感情的起伏和景色的变化反复出现，成为全诗的主旋律。蜀道难，最突出的就是这个"难"字。我们来看李白是如何运用各种夸张的手法来体现蜀道之难的。

这里的"蚕丛"和"鱼凫"，指的是古蜀国的两位国王。传说中这两位国王在蜀地开创了蜀国之后，不知所措，不知道怎么去打通这里的道路。李白用"鸟道"来描述蜀道地形的险峻，唯有鸟可以飞过此山，可见地形是多么的危险。"鸟道"！那得多狭窄！

紧接着，李白用了一个"五丁开山"的神话来展现蜀道的开辟之难。

相传秦惠王想征服蜀国，知道蜀王好色，答应送给他五个美女。蜀王派五位壮士去接人。回到梓潼——今四川剑阁之南的时候，看见一条大蛇进入洞中，一位壮士抓住了它的尾巴，其余四人也来相助，用力往外拽。不多时，山崩地裂，壮士和美女都被压死。山分为五岭，入蜀之路才得以畅通。这便是有名的"五丁开山"的故事。

紧接着李白就用行人攀爬蜀道的真实感受来进一步烘托蜀道之难。

先是一高一低的对比，高的有多高呢？高到传说中的太阳神羲和骑着六龙之车都不能跨越。那么低处的又是什么样呢？悬崖下就是波涛汹涌的河流。

想象一下，如果是你身处"鸟道"，抬头看到的是直插云霄的山峰，低头又看到湍急的河流，这种心情，已经不可抑制地紧张起来。又看到擅长高飞的黄鹄无法飞越，连蜀山中最擅长攀爬的猿猴看到这个山啊，都发愁。这些行人一伸手就能摸到天上的星斗，害怕得无法呼吸，只能靠着山崖坐下来抚着胸口自我安慰。

蜀道的险峻高绝就这样生动形象地展现出来了。李白的巧妙之处在于先用神话故事来代入蜀道，紧接着用最真实的细节来展现蜀道，再加上他驰骋飞动的想象和错落有致的句式，蜀道之难可谓写得是淋漓尽致！

既然蜀道之难，难于上青天。那有没有人能去得了呢？当然有，唐玄宗就曾穿越蜀道进入四川。唐代著名画家李昭道就曾以这段历史为题材，创作了《明皇幸蜀图》。这幅画是中国山水画初期的典

诗书画中的壮丽山河

型作品，也是最具有唐代风貌的山水画中最经典的一幅作品。

中国山水画，起源于魏晋南北朝时期，发展到唐朝之后，更为蓬勃兴盛，逐渐趋于成熟。但是，这时山水画的发展，逐渐形成了风格完全不同的两大流派。一派叫"青绿山水"，一派则叫"水墨山水"。"青山绿水"派最为重要的代表人物就是李思训、李昭道父子。

这幅《明皇幸蜀图》就是一幅青绿山水作品，它以矿物质石青、石绿作为主要颜料绘制而成，颜色艳丽，但是并不厚重。这是为什么呢？

这画上的颜色啊，先是用墨勾勒山水，淡淡地用墨再染出层次之后，统一用赭石染一遍，在此基础上再用石绿通染一遍，最后用石绿染上山顶，颜色就一层层堆积起来，显得薄而艳丽，历久弥新。

画的内容表现的是安史之乱后，唐玄宗逃入四川，蜀道人马艰难行进的场景。图的右侧正是突出了蜀道难的细节。正如李白诗中所言"百步九折萦岩峦"，我们在这幅图中也能看得出走一百步拐九道弯的曲折。画面中身着红袍，面留短须，身骑五花马的，正是画面中的男主唐玄宗，其实当年玄宗入蜀的时候，正怀着事业爱情两失的狼狈心情，而且他这时已经年逾古稀了，但是在这幅画中，李昭道把玄宗画得非常年轻，意气风发，一点也没有老态。显然，李昭道在这幅画里给玄宗美了颜。或许啊，在李昭道心中，希望留存的是，即便是逃难，我们李家人也不会失掉王者之姿。这就可以解释为什么这幅画叫明皇"幸"蜀图了，玄宗奔逃，但李家尚存啊。

蜀道难，难于上青天。蜀地以其险峻，展示了壮丽山河的更具个性的一面，也为山水文化的构成增添了一抹神秘的独特色彩。

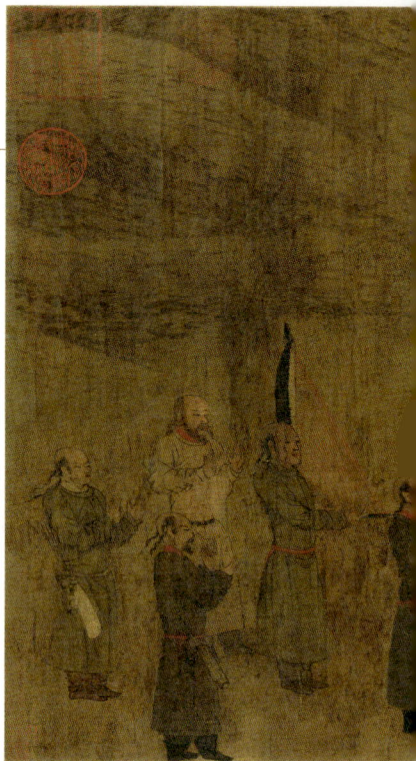

草原风情画

　　说到草原，我们很自然的地就会想到牛羊遍野，草木满山，天空低垂，还有远处的风吹来，目之所及是茫茫无际的旷野。历代诗人也丝毫不吝惜对草原的溢美之词，其中最脍炙人口的一首，当数北朝民歌《敕勒歌》。

敕勒歌

北朝·佚名

敕勒川，阴山下。天似穹庐，笼盖四野。

天苍苍，野茫茫。风吹草低见牛羊。

　　在这首《敕勒歌》当中，短短几句就勾勒出了草原上所有动态的景象，几乎涵盖了我们对草原的所有想象，以至于读过很多年之后，还会记得"天苍苍，野茫茫，风吹草低见牛羊"。

敕勒人生活在敕勒川，而敕勒川就坐落在阴山脚下。敕勒人生活的地方，水草丰茂，牛羊遍地。当他们唱起这首民歌的时候是满腹的自豪和骄傲，因为辽阔草原一望无垠，使他们觉得头顶的天就像是一个巨大的蒙古包，将四周的原野都笼罩了起来。因此生活在这里的人，用最朴素的表达方式——民歌，将旷远的心境表达出来了。

天高地远，天和地在草原的尽头相接，自然风貌使人感受到了内心的宁静。"天苍苍""野茫茫"，湛蓝的天空下，辽阔的草原上，一阵风从远方吹来，吹低了满地青草，露出了星星点点的牛羊。

《敕勒歌》是中国第一首翻译诗，是由鲜卑语翻译成汉语的，宋代文学家黄庭坚高度评价这首诗，他说："仓卒之间，语奇如此，盖率意道事实耳。"意思是说这首诗歌寥寥几句，竟然有如此奇妙的描述能力，大概是因为作者率意地表达出了所看到的事物。在草原上，所见即所得。

《卓歇图》　五代·胡瓌　绢本设色 33cm×256cm　北京故宫博物院藏

　　作者将自己熟悉的生活环境，用最平白晓畅、自然直率的方式描绘出来，不矫饰，不造作，对草原的热爱在天地之间流动。最动人的往往是最质朴的，每一个人在读完这首诗之后都会久久地向往着草原。

　　从《敕勒歌》中我们了解了游牧民族生活的自然环境，那么从这幅《卓歇图》中，我们就可以直观看到草原人的真实生活。

　　除了放牧之外，游牧民族最重要的活动就是骑马射猎。五代画家胡瓌创作的这幅《卓歇图》，表现的是契丹族可汗王和阏氏——也就是他的王后，以及部下骑士们游猎途中休息的情景。画题中的"卓歇"，是支起帐篷休息的意思。

　　我们来观察这幅《卓歇图》，画家以寥寥数笔，轻描淡写地将草原绘制在人物身后，作为整幅画的背景。重点突出的则是人物和鞍马的造型，整幅画从右到左可以分为三个部分。

　　第一、第二部分，一大群密密匝匝的人马占据了画面的大半部分。主要是画狩猎归来，人马嘈杂以及骑士们休息时互相交谈的场面。他们有的席地而坐，静静地休息；有的整理马鞍，马鞍上驮着鹅雁等猎物还未曾卸下；也有的伫立交谈，形态各异。整幅画面中的骑士虽然众多，他们或聚或散地占据了大半画面，但并不是画中的主角。画卷最后一段描述宴饮的场面才是真正的主角，画幅中的

契丹大汗正端坐在豪华地毯上饮酒观舞。大汗服饰华丽，神态悠闲，看面容似乎被舞者美妙的舞姿所吸引，正凝神观望，颇为陶醉。他的妻子阏氏着汉装于右侧相陪，二人面前有一侍者跪立奉盏，还有一侍者挥动衣袖，翩翩起舞，以助酒兴。佩戴弓矢的彪悍侍卫和纤纤玉立的侍女站立在汗王与阏氏的周围，全神戒备，细心侍候。

　　通过以上的观察可以发现，整幅画作疏密有致，变化灵动，并且细节到位，生动翔实，为我们再现出一幅北方游牧民族生活场景的风俗画面，为了解中国少数民族历史提供了实录，具有很大的史料价值。同时，散点透视绘画技法的运用，使得整幅作品徐徐展开时，犹如同一场多幕话剧正在上演，尽管画面无声，却并不妨碍我们展开声音的联想，产生身临其境的艺术效果。

　　《敕勒歌》原是鲜卑牧人的歌谣，尽管它的曲调早已消散于历史的尘烟，但我们依旧可以通过质朴无华的诗句，去体会草原的壮美。《卓歇图》是一幅草原的风俗画卷，从中我们可以看到，以胡瓌为代表的少数民族画家，和中原汉唐以来的绘画传统一脉相承。这是我们中华民族拥有共同文化的生动例证。

万里长江

《长江万里图》　张大千　纸本设色　53.2cm×1979.5cm　台北历史博物馆藏

长江，是中国古典艺术作品中最为常见的地标意象，也是中国文化血脉中重要的组成部分。滚滚长江东逝水，如果说随波流淌的，是数千年中国文化记忆的浪花，那么诗仙李白无疑是其中最重要的一朵。他曾洋洋洒洒写下诸多有关长江的诗歌，这些诗作风格多样、内容丰富，创作于李白一生的不同阶段。

　　李白擅长写离别之情，他诗里的桃花潭水、长江流水仿佛都通人情，平凡的"眼前景，口中语"，都被他写得一往情深。这首《渡荆门送别》，是李白青年时期出蜀至荆门时赠别家乡而作。

　　我们就从这首诗入手，来领略李白眼中的万里长江。

渡荆门送别

唐·李白

渡远荆门外，来从楚国游。

山随平野尽，江入大荒流。

月下飞天镜，云生结海楼。

仍怜故乡水，万里送行舟。

一个 25 岁的青年，怀着高扬的兴致从蜀地一路出发，沿途欣赏着长江两岸高耸云霄的崇山峻岭。一路景色不断地发生着变化，乘船驶过长江南岸的荆门关之后，视线一下子豁然开朗："山随平野尽，江入大荒流"——高山渐渐隐去，平野慢慢舒展，江水无声流淌，仿佛流进广阔的莽原。这是白天的景色。那么到了晚上呢？"月下飞天镜，云生结海楼"——波中月影宛如天上飞来的明镜，空中彩云结成绮丽的海市蜃楼。如此美景，固然让人心生怜爱。但是结尾两句李白却说："仍怜故乡水，万里送行舟"——但我还是更爱恋故乡滔滔江水，它奔流不息陪伴着我万里行舟。

　　李白是深爱长江的，他一生中究竟写了多少首长江诗歌？我们不得而知。只知道在他笔下，有挟持九派、滔滔东逝的长江；有横冲直撞、冲断天门的长江；有波平如镜、明朗开阔的长江……李白用他的如椽巨笔和豪迈诗篇，给我们展示了万里长江的千姿百态。

　　那么，李白为什么会有如此多的长江诗歌呢？首先，李白的人生经历许多是与长江相关的。在近四十年的漫游生涯中，除了前后总计不到五年的时间在长安、洛阳等地栖身之外，其余时间都是在长江中下游辗转漫游。他把生命交给了万里长江，滔滔江水也孕育了他的万丈豪情，成为他取之不尽的创作源泉。

　　其次，奔腾不息的长江与李白洒脱豪放的精神特质不谋而合，二者互相呼应，高度统一。可以说：长江因李白而浪漫多彩，李白因长江而豪迈飘逸。

　　长江是悱恻的乡愁。千年之后，同样是一位蜀人，画家张大千把他心中的乡愁倾泻在画卷之上，绘制成长近 20 米的鸿篇巨制——《长江万里图》。

　　长江，全长六千多公里，发源于青藏高原，流经 11 个省市，最

终注入东海。长度之长、横跨地域之广，在国内河流中首屈一指。要将这样一条大江搬上画作，创作难度可想。而张大千充分发挥了自己的艺术创造性，选取了从"岷江索桥"到长江出海这一部分加以呈现，分别描绘了岷江、嘉陵江、宜昌、武汉、鄱阳湖、黄山、南京、镇江、吴淞口等地的江山胜景，既可独立成图，又可贯连成卷，充分再现了祖国山河之壮美，歌颂了中华民族不畏艰难险阻的伟大气魄，表达了作者钟情于长江山水的情感。

在绘画技法上，张大千采用泼墨泼彩画法。把画面中长江的动势与雄浑气势显得相得益彰。而绵延在泼墨、泼彩之间的空隙，就画上了树木、房屋、船舶和人物。为了营造出更加立体可感的空间，让长江在纸上自由地流动，张大千还在空隙中渲染出了云雾，使画面水汽湿润、青绿浓艳、华丽深邃、气韵生动，艺术地表现了长江的壮美，也表现了画家的浪漫主义情怀。

近 20 米的绘画长卷，如此浩大繁复的工程，张大千需要多长时间才能画完呢？一个月？半年？事实上，张大千仅仅用了 10 天就全部完成。宋代画家文与可"胸有成竹"，张大千则是心中装得下万里长江。绘制《长江万里图》时，张大千身在巴西，显然这应该是

他根据自己的记忆所绘，却绘制得丝毫不差，不难看出张大千对长江的熟悉程度。

　　长卷式的青绿山水在中国早已有之，最有名的当数北宋王希孟创作的《千里江山图》，对后世影响很大。张大千创作的《长江万里图》，无疑是近现代一幅能媲美《千里江山图》的山水长卷。

天下泰山

中国的名山自古就有"三山五岳"的说法。"五岳"之首，便是泰山。泰山拔地而起于齐鲁平原之间，中国历代帝王都喜欢在泰山上举行封禅大典，向上天，也是向全天下昭示自己的功业。一来因为泰山所处的齐鲁大地，是诞生了儒家圣人孔子、孟子的礼乐之邦。二来则因为泰山巍峨峻拔，雄伟异常，可以充分体现帝王"君临天下"的气势。中国古代文人也因此写下了不少吟咏泰山的诗篇，其中最有名的，莫过于杜甫的这首《望岳》——

望岳
唐·杜甫

岱宗夫如何？齐鲁青未了。

造化钟神秀，阴阳割昏晓。

荡胸生层云，决眦入归鸟。

会当凌绝顶，一览众山小。

《泰岱云海图》
清·华嵒
纸本水墨 171cm×68cm
常州市博物馆藏

这首诗的题目叫《望岳》，可以知道作者的写作视角是"望"。"望"有什么好处？我们说，泰山阔大巍峨，如果从一草一木、一山一石去细细描绘，美则美矣，可无法体现出它的雄伟。但如果身在山外，远远眺望，泰山的整体气势就能尽收眼底了。

　　第一、二句："岱宗夫如何？齐鲁青未了。""岱宗"，就是泰山。泰山又叫"岱山"，是五岳之首，被推尊为"五岳之宗"，因此又叫"岱宗"。这是泰山最正式的、最庄严的称谓，拿这个称呼泰山，一开头就有严正雄浑的气象。而且作者用了一个设问的方式，自问自答。意思是：泰山的风貌怎么样啊？它异常阔大，整个齐鲁大地都是它的山色。开门见山写出了泰山的广大绵延，读起来气势磅礴。一问一答之间，展示出一位超一流诗人的"出位之思"。

　　第三、四句："造化钟神秀，阴阳割昏晓。""造化"就是大自然的意思，大自然仿佛十分眷顾泰山，把天地间的神奇秀美都集中在了它的身上。"阴阳割昏晓"则是描写泰山的高峻。"阴阳"是古代的地理概念，指山的南北面，南边为阳、北面为阴。这两句诗的意思就是说，山的南面被阳光照射，正在白天；而因为山太高了，太阳光完全照不过去另一面，所以山的北面像黑夜一样。这是夸张的写法，但也充分表现出泰山高峻的气势。

　　再看"荡胸生层云，决眦入归鸟"。写远望泰山所见的云气与飞鸟。泰山上，层云涌动，诗人的胸中也激荡不已；归鸟向泰山飞去，渐飞渐远，要睁大眼睛，才能看清飞鸟的踪影。值得注意的是，这两句的着力点不在景象，而在诗人远望时的感受。

　　泰山对诗人有一种独特的吸引力，使得诗人心驰神往，想要一登绝顶。最后两句："会当凌绝顶，一览众山小"，写的就是这样的愿望。孔子非常尊崇泰山，曾说过"登泰山而小天下"，意思是

诗书画

登上泰山之巅，再来看天下，都变得十分渺小。今天大家去泰山旅游，金顶之上还立着"孔子登泰山处"的石碑。"一览众山小"正是化用了孔子之语。这样写，既进一步体现出泰山高峻的特点，也写出了作者因"望岳"而产生的壮怀，可以说是一个十分完美的结尾。

与《望岳》诗有异曲同工之妙的，是这幅由清代著名画家华喦创作的《泰岱云海图》。画作也采用了远望的视角，展现了泰山整体的风貌与气势。

华喦出身寒微，自小便喜爱绘画，而且画得极好。年轻的时候，他自恃才高，北上京师，终于得到皇帝的召试，考中后却只被授予了县丞一职。县丞是县令的副手，相当于今天的县长助理。华喦自视甚高，自然不会去做这么一个小官，因此失望地离开了京师，开始了游历生涯。也就是在这段日子，他游览了泰山，泰山雄奇巍峨的气势使他感到了震撼。尤其是莲花峰、日观峰附近云雾升腾的景象，更使他印象深刻。不过，他并没有马上将所见画出，而是将美景藏在心里。十数年后，他看见别的画家所画的《黄山云海图》《天目云海图》，当年所见的泰山云海又一次浮现于眼前，于是便画下了这幅《泰岱云海图》。

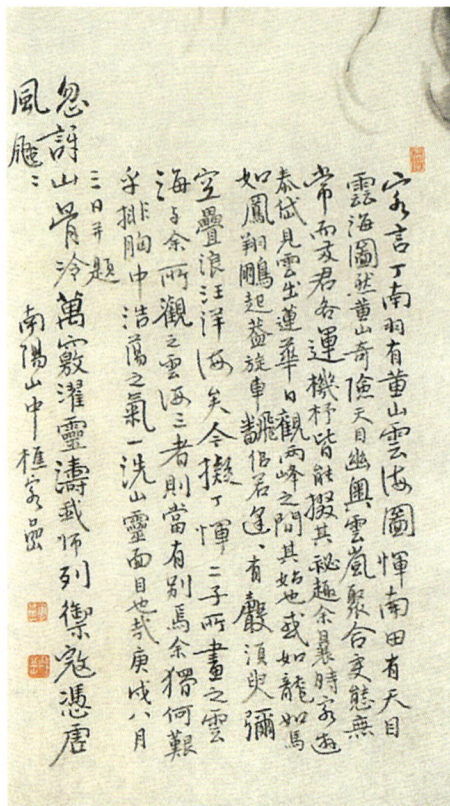

图中，近景的云气遮蔽着大半个峰峦，仅露出两座峰顶。远景的山峰则以淡墨描画，表示远山被云气笼罩，增添了一种缥缈的韵味，也使整个画面有近有远，层次分明。画面中的云气，有一种蒸腾欲上的动感，峰峦屹立于云气之中，显出雄踞天外的气势。如此简单几笔，便把泰山雄奇巍峨的气势体现了出来。

值得一提的是，泰山云的画法，主要是有两种，一种是染云，就是水墨烘染出云块，不勾云纹；另一种就是勾云，勾勒的勾。在这幅画中有一个典型的特点就是：勾染兼施，运用自如。就像武林高手的点穴一样，仅在关键地方动一下笔，略勾几线，就把云彩的神态烘托了出来。还有一点我们可以看到，这幅画中的题跋特别地长，其实它不仅起到了我们通常所说的抒发情怀的作用，更是暗中参与了构图，我们可以试想，如果题跋很短就几个字的话，整幅画的重心就显得头重脚轻了，而有了这篇很长的题跋，他这种云气环绕的效果也保持得非常好了。

华嵒一生不曾谋得一官半职，生活潦倒，以卖画度日。在他生活的时代，人物画、花鸟画的销路要远比山水画更好，以至于有"金脸银花卉，要讨饭，画山水"这样的民谣。但华嵒却丝毫不为所动，创作出不少如《泰岱云海图》一样精良的山水画作品，体现出一位真正艺术家不媚世俗的优良品质，也通过对大山的描绘挺立起一位传统知识分子的精神风骨。

烟雨庐山

　　中国幅员辽阔、地大物博，名山大川数不胜数。江南烟雨是秀美婀娜的，北国风光则是雄伟壮阔的，黄土高原一片苍茫浑朴，而巴蜀大地则又奇崛瑰丽。大好河山，因为地区的不同、季节的变换、晴雨的交替，都会呈现出不一样的姿态。不止如此，即使同一段风光、同一种景致，站在不同的角度观察，得到的审美感受也不尽相同，这正是山川自然的奇妙之处。我们就通过苏东坡的这首《题西林壁》来和大家聊聊这方面的感受——

题西林壁

宋 · 苏轼

横看成岭侧成峰，远近高低各不同。

不识庐山真面目，只缘身在此山中。

《庐山高》
明·沈周
纸本设色 193.8cm×98.1cm
台北故宫博物院藏

这首《题西林壁》是我们最耳熟能详的写庐山的诗了。我们知道，苏东坡一生的经历十分丰富，因为和当朝者政见不合被贬了好几次，去了好多地方。宋神宗的时候，他被贬到了黄州做团练副使，黄州就是今天的湖北省黄冈市，随后又接到上级命令，调往汝州，也就是今天的河南省汝州市。古代交通不便，官员们到地方赴任的行程往往耗时很长，朝廷对这方面也睁一只眼闭一只眼，有些边远的地方甚至允许走上几个月甚至好几年。这虽然对官员职务交接带来了不便，却给了那些文人墨客路途中可以从容游览风景的机会，催生出许多美妙的诗篇。苏东坡从黄州到汝州上任，从湖北到河南，却决定取道江西，顺便游览一下庐山，这一趟，写下不少游览庐山的诗，其中最有名的便是这首《题西林壁》。

　　根据题目便可以知道，这首诗是苏东坡题写在庐山西林寺的墙壁上的，西林寺在庐山众多山岭的西面，这些山岭向东绵延会合，形成了险峻的山峰。"岭"，就是那些高大绵延、地势又相对平缓的山脉；而"峰"呢，则是比较险峻陡峭的山尖。"横看成岭侧成峰"说的是，庐山若是站在横向的角度看，绵延一片，无边无际。若是从侧面看则又是一座挺拔高峻的山峰。这是在说庐山的景色从不同角度看去，会给人以不同的感受。所以第二句才会说："远近高低各不同。"在近处、低处看庐山，是一种情态，随着位置渐高，看得更远，庐山又呈现出另外一种情态。敏感的诗人不禁想发出追问："那么我到底看到庐山的真面目了吗？庐山的真面目又究竟是什么呢？"不错，诗人在游览庐山时所见到的一石一树、一草一木都是生长在庐山上的，好像已经领略过了庐山的风光。但庐山的整体风貌，只有在远眺时才能看清，而问题是，在远眺庐山时，你横看、侧看、远看、近看，庐山又是千姿百态、各不相同的。所以，最后诗人不得不发出感叹："不识庐山真面目，只缘身在此山中！"

这后两句诗，不只写出了庐山风貌姿态万千的特点，也写出了一种普遍意义上的生活智慧，可以运用在我们认识事物的道理上。我们在认识一些复杂事物的时候，也许因为对某些问题钻得太深、太执着，或者立场太明确、角度太单一，反而只能看见局部，失去了对整体的把握。这时，如果我们能跳出问题细部，跳出所有困扰我们、使我们形成偏见的细枝末节，用整体的、联系的、变化的、发展的观点看问题，可能对事物的理解就会变得更深刻。

所以我们说，这首诗是写景诗，也是哲理诗。写景把握住了庐山的特点，写哲理从生活的实际观察、实际感受出发，又深刻，又接地气。

庐山不仅是中国古代诗歌中经常吟咏的对象，也是古代的山水画家们经常描绘的主题。看过了这方面的诗，再来看这方面的画。这次要看的画，是明代画家沈周的名作《庐山高》图。沈周是"吴门画派"最重要的代表人物之一，像大家所熟知的明代大画家唐伯虎，其实都是属于沈周的后辈。沈周的这幅画是选取了庐山的一处——五老峰的景色加以描绘。五老峰是庐山东南部的高峰，山势十分高耸峭拔。沈周作这幅画，也正是希望表现出庐山崇高峻峭的一面：近景层层叠叠的山石加上飞瀑、苍松，苍郁雄奇，远景则是远峰、云气，缥缈空灵、构图和谐。

沈周的山水画是十分有特点的，他既擅长学习古人的经典画法，又往往加上自己的理解和变化。这幅《庐山高》图，就借鉴了元代画家王蒙画山的笔法，两侧近景的山石笔墨繁密，层层堆叠而上。但这些山石也不是简单的堆叠，而是有更多的转折交错，体现出一种扭转盘踞、升腾向上的气势。居于中间的山石、泉水以及远景的

峰峦云气又用墨较淡，如此，既表现了一种日光斜照的自然光影效果，也使得整个画作的虚实、浓淡、松紧、疏密富于节奏感，画面饱满而不显拥挤，气势雄伟又不失空灵。这幅画最精妙的地方在哪里呢？就是在于中间偏画左的这一条飞瀑，有这条飞瀑贯穿下来，全画的气韵就被贯通了。气息贯通浑然一体，这就是构图的精妙所在，否则整幅画就是一堆很生硬的石头摆在那儿，没有一点灵动之气了。

值得一提的是，画面右上角，题了一首沈周自己写的古风——《庐山高》诗。从诗的内容可以知道，这幅《庐山高》图是沈周为自己的老师陈宽祝寿时所作。陈宽是江西人，明代中期著名的诗人、画家，能诗善画，画这幅画的时候，陈宽已是七十老翁，而沈周刚满四十，精力正旺，描绘高峻挺拔、万古长青的庐山五老峰，是在拿名山比拟名士高尚的德行以及高超的文才，传达对老师陈宽道德文章的景仰之情。如此一来，我们在读了画中诗后，又会对这幅《庐山高》图有更深刻的理解，诗作本身也是对画作思想内涵的一种呼应与补充。这也是我国古代题画诗的一大特点。

高山月色

《对月图》
宋·马远
绢本设色 149.7cm×76.2cm
台北故宫博物院藏

"山"与"月"自古以来便是中国文人创作的重要灵感来源。中国多山，古人对"山"更是充满了敬畏和憧憬，从遥远的夏商时代开始，历代帝王就有登山祭祀的传统，多少崎岖的山道、幽深的山谷、"一览众山小"的山巅都留下过他们大张旗鼓、前呼后拥的身影。中国人也爱"月"，从远古传说中的"嫦娥奔月""天狗食月"，到小孩子们都朗朗上口的"举头望明月，低头思故乡""小时不识月，呼作白玉盘"，都折射出中国人对于"月"的独特情结。那么，当"山"与"月"相逢的时候，又会碰撞出怎样意想不到的火花呢？让我们一起走进唐代诗人李白的《峨眉山月歌》，来感受"诗仙"笔下"山"与"月"的奇妙组合吧。

峨眉山月歌

唐 · 李白

峨眉山月半轮秋，影入平羌江水流。

夜发清溪向三峡，思君不见下渝州。

　　这首《峨眉山月歌》，是唐代大诗人李白，在第一次离开故乡四川的途中创作的一首诗。

　　当时，李白25岁。这一年，他决定辞别亲人，离开家乡去远游。这首诗就记录了他在这次旅途中所看到的景色。"峨眉山月半轮秋，影入平羌江水流"，就是说，高峻的峨眉山前，悬挂着半轮秋月。月亮的影子倒映在平羌江上，随着江水缓缓流动。

　　这句诗中，一个"流"字用得非常巧妙。咱们想象一下，此刻，月亮在水中倒影的位置应该是静止的，可为什么会产生一种月亮随着江水流动的感觉呢？下一句："夜发清溪向三峡"便告诉了我们答案。诗人连夜乘船从清溪出发，直奔三峡而去。船在水上徐徐行进，所以才会产生"月亮走，我也走"的流动感。在那个没有引航灯照明的年代，诗人夜晚可以在江中乘船而下，也足以看出当晚月色的皎洁。

最后一句"思君不见下渝州"，有人说这里的"君"指的是李白的一位友人。也有人说指的是月亮。因为船行驶在江面上，两岸高山林立，月亮总是被遮挡住，所以李白才会说我想看到你啊月亮，可在船上总也望不到，我只能一路向着渝州去了。感觉第二种说法倒是更符合诗的意境和李白浪漫不羁的性格。

读完全诗，感觉李白在无意间为我们描绘了一幅"千里蜀江行旅图"。全诗短短二十八个字，却嵌入了五个地名。从峨眉山到平羌江、从清溪再到三峡，最后抵达渝州。恣意纵横、行云流水，把我们带入了超越时空的自由境界之中。"山月"这个意象也和诗人万里相随，使得"思君不见"的惆怅更加深沉悠远了。

从此之后，大诗人李白便开启了他一生奔波的匆匆脚步，也开启了他浪漫洒脱的诗意人生。然而终其一生，李白再也没能回到蜀地。那晚伴随他行舟水上的皎洁山月，也便成了诗人心中再也无法抵达的故乡。

诗人李白用他的文字在我们脑海中描绘出一幅"高山月色"图，而南宋画家马远笔下的《对月图》，则让这样的"高山月色"真切地出现在我们眼前。

大家看，这幅画从构图上可以分成上、下两部分，中间有云雾自然地隔开。在画面上端，高高的山峰巍然挺立，仿佛一道道屏障。山峰和山腰间草木丛生，山顶云雾缭绕，远处的山峦也若隐若现。在左侧的崖壁上，松枝横生、盘根错节。松枝的枝干上，藤蔓缠绕，从树梢一直垂下来，形成一片绿荫。

画幅的下半部分是近景。绿荫下坐着一位穿着宽大袍子的人，正抬起头对着天空举杯，旁边有一位童子手捧酒壶，肃然而立。

通过清晰可辨的山峰、枝叶分明的松树和树下真切的人影，我们完全可以感受到澄澈的月光如水一般倾泻下来，一片皎洁笼罩万物，形成一幅空灵的"高山月色"图。而图中这位饮酒的高人，正是在向着空中的月亮举杯对酌，所以画家将画作命名为《对月图》。

这幅作品是马远山水人物画中的代表作，也属于宋代山水小品。小品画大多就画在书的侧页上或者团扇上，相对于大幅的主体强的作品而言，小品画尺幅小，笔墨不多但情趣盎然。马远的画作还有一个显著特点，就是把绘画重心放在画面的一个角上。比如这幅《对月图》，就将画面重心放在了画幅的左下角，因此马远也被称为"马一角"。

纵观千年，可以说，"山"与"月"承载了太多的中国人对于"美"的想象。今天，当我们登上一座高山，感受一片月色时，仿佛依旧能够和千百年前借月抒怀的古人产生精神的共鸣。

壮美终南

　　华夏大地幅员辽阔，以秦岭和淮河作为分界线，自然划分了南方和北方。这次要带大家一起去游历的，就是秦岭的主峰——终南山。终南山位于西安——也就是唐代长安城的南边，绵延 200 多里，是长安城最坚实和雄伟的屏障。因此，在"诗星"辈出的唐代，终南山被无数次地写进一个又一个的名篇。而王维所写的这首《终南山》，是其中最有代表性的一篇。

终南山

唐 · 王维

太乙近天都，连山到海隅。

白云回望合，青霭入看无。

分野中峰变，阴晴众壑殊。

欲投人处宿，隔水问樵夫。

北宋范中
立豁山行旅
图

《溪山行旅图》
北宋·范宽
绢本墨笔 206.3cm×103.3cm
台北故宫博物院藏

王维眼中的终南山什么样呢？"太乙近天都，连山到海隅。"
太乙，是终南山的别名。王维要游览终南山了，还没进山的时候，
他在远处抬头一看，但见终南山十分高大，高得似乎要接近天宫了。
连绵不断的青山，望也望不到尽头，仿佛一直延伸到了大海的边上。

那么入山以后呢？"白云回望合，青霭入看无。"王维回头，
只见片片白云缭绕聚合，青色山中的薄薄云气，远看还能看见，但是，
人一旦走进来，就什么云气也看不到了。

"分野中峰变，阴晴众壑殊。"古人以天上二十八星宿的位置
来对应地上的州国，被称为分野。这里是说，终南山连绵延伸、占
地极广，似乎能分隔星宿州国，众山谷的天气也阴晴变化、各不相同。

天也快黑了，诗人走累了。"欲投人处宿，隔水问樵夫。"他
隔着河流向对岸打柴的樵夫询问：可否行个方便？——这看似漫不
经心的一问，实际上是整首诗最核心的内容。前半部分一切对终南
山的尽情赞美，并非仅仅因为对终南山的热爱，而是为了给这最后
一句诗做情感上的铺垫——终南山是历代文人、隐士选择归隐的地
方，"欲投人处宿"很大程度上流露出诗人要在终南山归隐的意向，
而并不是单单为了住上一宿。

最终，王维如愿归隐终南山，过上了恬淡洒脱的生活。尽管在
政治上不能如意，但在文学艺术领域，王维却格外被上天眷顾，可
以说是一个全能型的艺术人才。他不但擅写诗词，还精通佛理，因
此被称为"诗佛"。此外他还精通音律，擅长丹青，是古代水墨写
意画的开创者。苏轼曾说："味摩诘之诗，诗中有画；观摩诘之画，
画中有诗。"这是对王维最高的评价。

唐人王维用诗歌来热情讴歌终南山的壮美，宋人范宽则用笔墨
来细致描摹这雄伟的山川。

诗书画中的壮丽山河

在范宽极具代表性的《溪山行旅图》中可以看到，迎面扑来的是一座高大的山峰，几乎占据了整个画面的三分之二，这也运用了中国传统山水画的"高远"之法，自山下仰望山巅，整座山巍峨雄健的气势便被烘托得十足。虽然是远景，但从视觉感受上，却如同近在眼前。因此《溪山行旅图》也是体现山水构图"高远"之法的最经典的名作了。再看山头上丛林密布，显得勃勃生机。在两山相交的地方，有一条如细线一样的白色瀑布，从高山深壑之间飞流直下，隐没在云烟浮动的深渊之中，似乎有震耳欲聋的瀑布声，从山涧中不断地传出来。山脚处有大石横卧，杂树丛生，亭台楼阁掩映在树木之间。山路上，从右至左行来一队旅客，四头骡马载着货物正艰难跋涉，点明了画的主题。

范宽是北宋著名画家。他的作品多取材于家乡陕西关中一带的风光，他所画的崇山峻岭，往往以顶天立地的章法突出雄伟壮观的气势，山麓上密林丛生，成功地刻画出关中一带"山峦浑厚，势状雄强"的特色，被誉为"得山之骨""与山传神"，《溪山行旅图》便是他创作特色的具体体现。

《溪山行旅图》在明代曾一度被大书法家董其昌收藏。董其昌非常喜爱这幅作品，认为它是"宋画第一"。至今，画作上还留着他用楷体工整写就的"北宋范中立溪山行旅图"十个字。在宋代之前，古代的画家没有在作品上署名钤印的习惯。因此关于这幅作品到底是不是范宽的真迹，学术界曾经有过争论。这个争论直到 1958 年才尘埃落定。当时，中国台北故宫博物院副院长李霖灿在一个偶然的机会发现，在画面右下方，那些旅人身后的树丛里，"范宽"两个字被画家巧妙地隐藏在树荫的墨点之中。于是，就此证明了《溪山行旅图》是范宽的真迹。顿时整个中国古画界都奔走相告，欣喜若狂。

烟波洞庭

　　历史上的洞庭湖，曾是我国的第一大淡水湖，物产丰富，景色优美，沿湖一带更是著名的鱼米之乡。很多文人墨客慕名而来，流连于洞庭湖畔的水光山色，留下不少传世名篇。而在众多有关洞庭湖的名篇当中，我们首先会想起的大概就是这首《望洞庭湖赠张丞相》——

望洞庭湖赠张丞相

唐 · 孟浩然

八月湖水平，涵虚混太清。

气蒸云梦泽，波撼岳阳城。

欲济无舟楫，端居耻圣明。

坐观垂钓者，徒有羡鱼情。

《洞庭风浪图》
明·袁尚统
纸本设色　174cm×95.3cm

从严格的意义上来说，这首《望洞庭湖赠张丞相》并不是一首专门描写洞庭湖风景的诗。诗题的后半段"赠张丞相"才是诗人真正的写作目的。孟浩然一辈子没做过什么官，通常都被人视作一位"隐逸诗人"，但他内心深处又不甘隐逸，希望通过写诗，向当时文坛和政坛的领袖表达心迹，希望得到他们的引荐提携。这首诗，就是他游览洞庭湖时，写给当朝丞相，也是大文人张九龄的一首投赠之作。

　　大家都知道，每到秋天，河里、湖里的水会有规律性地上涨，称为"秋汛"。《庄子·秋水》里面有一个著名的开头，说的就是这种现象，洪水随着秋季的到来涨起来了，千百条江河都一起注入了黄河，河面顿时开阔，两岸和水中沙洲之间远远望去，连对岸是牛是马都分辨不出。此情此景令黄河水神得意洋洋，以为天下所有的美好全都聚集在自己这里了。

　　黄河是这样，洞庭湖也是这样。"八月湖水平"写的就是洞庭秋汛时，湖水上涨，与岸齐平。而"涵虚混太清"是对洞庭湖涨水后景色的渲染。"虚"就是"太虚"，和"太清"一样，都是古人对天空的一种代称。湖水涨起来之后，远远望去，就好像和天空浑然一体了。洞庭湖宽广无垠，似乎能包容下整个天空。

　　"气蒸云梦泽，波撼岳阳城"是这首诗的名句，提起与洞庭湖有关的名句，大家十之八九都会想起这句来。"云梦泽"是洞庭湖一带水域的古称，这里代指诗人眼中的洞庭湖。这两句写的是洞庭湖的水汽蒸腾上升，以及浪涛拍打岳阳城的景象。分别概括了静态的、动态的洞庭湖，气势极大。想象一下，洞庭湖好像一个热气腾腾的巨大蒸锅，将此间天地混茫的景色熔铸在一起，颇有些"天地为炉兮，造化为工"的感觉。而巨浪惊涛拍打着岳阳城，让人仿佛听见浪涛拍岸时轰隆隆的巨响，感受到岳阳城的地动山摇。

诗歌的后四句，是在写诗人漫步洞庭湖边的感受。"欲济无舟楫，端居耻圣明"，洞庭风高浪急，诗人想要渡湖却没有船和桨，所以只能干着急。"坐观垂钓者，徒有羡鱼情"，意思是看着那些岸边钓鱼的人，自己只有羡慕的份儿。但这四句并没有表面上那么简单，这又是一种比喻。古时将治国比作渡河，就是"济"，把辅助皇帝的宰相比作船和船桨，就是"舟楫"，渡河要靠船和桨，就像治国理政要靠宰相一样。"垂钓者"也让人联想起那位在渭河边垂钓，后来被周文王用作国师的姜太公吕尚。"舟楫"和"垂钓者"，都是用来切合身为丞相的张九龄。后半首诗的意思就是说：我也想出来做官为国家作点贡献，却还缺一个贤相推荐我。看着您这样身居要职的大官，我空有羡慕之情！意思很简单，就是"我要当官"四个字。但他选择的表达方式却比较含蓄。

可见，这首诗的写作目的在后半首，但因为前半首写洞庭湖写得太好了，泼墨山水一般的大肆渲染，烘托出八百里洞庭的壮丽景观，让这首投赠诗成为了一首山水杰作。

洞庭湖也是历代山水画家们偏爱的题材之一。明代画家袁尚统的《洞庭风浪图》，就向我们描绘了一幅风浪大作、惊涛拍岸的洞庭图景。

画的近景部分，树木起伏倾斜，昭示着狂风大作，暴风雨即将来临。亭中人物望向城外，视线所及，正是城外的洞庭风浪，这也是画作描绘的重点。

画中的风浪层层叠叠，后浪推挤着前浪，拍向岸边礁石，刻画极为细致，隔着画作，仿佛也能听见巨浪的声响，感受到一种山呼海啸的震撼力，颇有"波撼岳阳城"的气势。湖上两艘旅船船帆下落，

船夫的竹篙伸向岸边，正为靠岸做着最后的冲刺。旅船随着湖浪的纹路呈弧状，可见湖水形成了漩涡，裹挟、推挤着旅船冲向礁石，凶险异常。全画的亮点就是波浪水纹勾勒，它就像交响乐华彩乐章的最高潮段落，尤为精彩的是它周边画的是云气环绕，疏密有致。

　　值得注意的是船中的人物。船夫在整个画作中占据的空间很小，与风浪、湖水形成对比，更显示出洞庭湖的浩瀚无垠。但船夫们又个个都显得精神抖擞、齐心协力，努力地控制着行船，让它驶入港湾，丝毫没有恐惧、疲惫的感觉，正体现了人在面对自然残酷的一面时奋力向前、毫不畏缩的精神。

胜景西湖

《西湖图》（局部）　宋·李嵩　纸本水墨　26.7cm×85cm　上海博物馆藏

"西湖"一名，最早始于唐代。白居易在《西湖晚归回望孤山寺赠诸客》《西湖留别》等多首作品中都提及"西湖"二字。但真正让西湖名字确定并传扬天下的，是苏轼的《饮湖上初晴后雨二首》中那句"欲把西湖比西子"。这一比拟，让"西湖"一名变得美妙无比，流传至今。

饮湖上初晴后雨二首（其二）

宋·苏轼

水光潋滟晴方好，山色空蒙雨亦奇。

欲把西湖比西子，淡妆浓抹总相宜。

　　这首《饮湖上初晴后雨二首》（其二），是宋代大诗人苏轼，也就是苏东坡在杭州做官期间创作的作品。

这天，苏东坡陪着客人来到西湖游玩。早上出门的时候是个大晴天，阳光明艳无比，西湖水面荡漾，波光粼粼。但是不一会儿，天空下起了似有若无的小雨，西湖周围群山也变得一片迷茫，水雾交接，忽隐忽现，给人一种非常奇妙的视觉体验。于是诗人脱口而出："水光潋滟晴方好，山色空蒙雨亦奇。"一个"晴方好"，一个"雨亦奇"，说明在善于领略自然风情并对西湖有着深厚感情的苏东坡眼里，无论在西湖边上看到的是山、是水，是晴、是雨，都是美妙无比。真有点"情人眼里出西施"的意思。这么美的西湖，在苏东坡眼里还真的是如西施一般的存在。对西湖来说，晴也好，雨也好；对西施来说，淡妆也好，浓抹也好，都美得那么的恰到好处，极尽"相宜"之美，也就是诗人笔下的"欲把西湖比西子，淡妆浓抹总相宜"。

　　整首诗读完，我们在感受到西湖之美的同时，也一定会发现，这个时候的东坡是快乐的。但我们要知道，他现在可是降职杭州，怎么能高兴起来呢？当时他在朝廷中倍受排挤，于是便请求出京任职，担任杭州通判。这是苏东坡第一次来到杭州做官。但如果因此沉沦，那就不是他苏东坡了。所以来到杭州后，他没有怨天尤人，而是迅速投身于西湖水利和杭州城市发展的工作中去。但是第二年，苏东坡就被调离杭州了。

　　当他第二次回到杭州做知州时，已经是十八年后了。那年，杭州涝灾旱灾相连，西湖也处于淤塞的边缘。东坡当年未竟的心愿又被提上了议事日程——那就是疏浚西湖。他立即发动数万民工疏通湖港，建筑桥梁，使得西湖恢复生机。并且把挖起来的泥堆筑了长堤，也就是现在的"苏堤"。

　　往事越千年。当年苏东坡眼中如"西子"一般美妙的西湖，千年之后的我们无法亲眼得见。所幸，和苏轼生存年代仅有百年之隔的南宋画家李嵩，为我们留下一幅《西湖图》，或许我们可以从中一睹西湖当年的风采。

这幅《西湖图》是西湖全景的水墨图，是现存最早的西湖图像。徐徐展开画卷，首先映入眼帘的就是烟雾迷茫、水波粼粼的南宋西湖景象。

位于画幅正中央的远景，是被群山环抱的西湖，湖水非常宽阔，还有几只小船漂在湖面上。我们将远处的视线缓缓收回，可以看到湖畔高耸的楼阁。在画幅的左边呢，是连绵的平缓的山脉，林木丛生，雷峰塔屹立其中，群楼屋宇鳞次栉比，一派繁华；湖的右边，跨过断桥就是白堤。山林掩映的后面就是里湖及保俶塔。画家李嵩运用清淡的水墨充分渲晕，使笼罩在清晨霞光和朦胧水雾中温润的西湖风光跃然纸上。

此外，画家还非常善于运用"留白当黑"的手法。我们可以看到，这幅画中空白的湖水占了很大的面积，但是湖面上水波不兴，只有几叶扁舟漂浮其上，用"静"来表现"动"，引导观者"脑补"意境。而且整幅画中部空灵而四周充盈，画家对四周景物刻画得越细致入微，越可以体现出西湖神奇的向心力，这种向心力一是地理方面的向心力，二是文化方面的向心力。

据史料记载，当年明太祖朱元璋看到这幅《西湖图》后也盛赞连连，它确实是最能展现南宋西湖全貌的作品了。这幅作品流传至今，也让我们有幸可以通过它一窥当年苏东坡畅游西子湖畔时的场景了。

人们常说，一面湖水，是一座城市的眼睛，透过它，可以看到这座城市的过去、现在和未来。我想说，而拥有西湖，不光是杭州之幸，也是中华文化之幸。愿这双眼睛永远澄澈、永远深邃，明眸善睐，顾盼神飞。

诗书画中的文化名城

盛唐长安

《簪花仕女图》 唐·周昉 绢本设色 46m×180cm 辽宁博物馆藏

在建都长安的众多朝代中，周、秦、汉、唐都是中国历史上的强盛时代。而到了盛唐时期，长安更是成为当时世界上规模最大、最为繁华的国际大都市。当时长安的繁华气象，在唐代大诗人王维的《和贾舍人早朝大明宫之作》中描写得淋漓尽致。

和贾舍人早朝大明宫之作

唐·王维

绛帻鸡人报晓筹，尚衣方进翠云裘。

九天阊阖开宫殿，万国衣冠拜冕旒。

日色才临仙掌动，香烟欲傍衮龙浮。

朝罢须裁五色诏，佩声归到凤池头。

当时，王维的同僚贾至，写了一首《早朝大明宫呈两省僚友》，王维就创作了这首诗来和答。诗中描绘的就是我们经常在各种影视作品中看到的唐代大明宫早朝的场景。

这次咱们就当一次唐朝的官儿，体验一下这真实的上朝到底是什么样的。在上朝前，这宫里早就有了动静。"绛帻鸡人报晓筹，尚衣方进翠云裘。"这里的"绛帻鸡人"很有意思。在古代，不像我们现在有闹钟，所以天快亮的时候，就会有包着红色头巾的卫兵在朱雀门外大声报时。这个作用相当于公鸡打鸣，所以叫作"鸡人"。这句诗的意思就是说，包着红色头巾的卫兵在宫门外报晓，尚衣局的官员也为天子呈上了绣着翠云的皮袍。这是皇帝上早朝前的准备工作。

"九天阊阖开宫殿，万国衣冠拜冕旒。""九天阊阖"在这里指的是皇宫宏大雄伟，仿佛高入九天。"冕旒"本来指的是古代帝王、诸侯以及卿大夫的礼冠，在这里就是指皇帝。意思就是说，早朝要开始了，层层叠叠的宫殿门如同九重天门一样依次打开，来自各个国家的使臣向着皇帝跪见朝拜。场面的宏伟和帝王的尊贵跃然纸上，真是一幅气势非凡的"早朝图"。

"日色才临仙掌动，香烟欲傍衮龙浮。"意思就是早朝正式开始了，刚刚升起的太阳，照在殿堂里排列好的扇形屏障上，御炉中袅袅升起的香烟，在皇帝的龙袍上飘忽起伏。"朝罢须裁五色诏，佩声归到凤池头。"早朝结束后啊，戴着玉佩的中书省的官员就退到凤凰池上，用五色彩纸起草皇帝的诏书。

就这样，从早朝开始前到上朝时，再到早朝结束后，我们体验了一整套唐代早朝的真实场景。那种雍容华贵的皇家气派，万国来朝的盛唐气象，都让人无比地心驰神往。

王维笔下的《和贾舍人早朝大明宫之作》写尽了盛唐时的长安气

派和贵族威仪。而在唐代画家周昉笔下的《簪花仕女图》中，我们可以更加直观地看到那个时候的贵族妇女的日常生活。

在这幅《簪花仕女图》中描绘了五位衣着艳丽的贵族妇女，携带一名侍女，在幽静的庭院中赏花游园的场景。

从右边数起的第一个妇女穿着朱红色的长裙，外面披着紫纱罩衫，上面还搭着一条帔子。帔子就是指古代妇女披在肩背上的服饰。她头上戴着牡丹花，向右边微微侧身，左手拿着拂尘在逗小狗。对，那个

时候的贵妇人很流行养宠物。在她对面站着的妇人身披薄纱，也搭着一条帔子，薄纱下朱红色的长裙上画着紫色和绿色的团花，可以感觉到薄纱那种通透的质感。她身后是一位拿着团扇的侍女。再过去就是另一位贵族妇女，她发髻上插着荷花，右手拿着花认真观赏；第四位头戴着海棠花的贵妇人正在从远处走来，用朱砂填色的红裙看上去华丽无比。最后一位头戴芍药花的贵妇人，右手抬到颈部仿佛要和眼前的宠物互动。眼前不但有小狗，还有一只鹤。在唐朝，鹤也能当宠物养，也是很有意思了。画面中的辛夷花，也点明了这个时候正是春末夏初。画面中人物整体形象的设计，真实记录了当时贵族妇女的服饰审美，使这幅画俨然成了当时的女性"时尚画报"。

周昉擅长画人物，尤其擅长画贵族妇女，《簪花仕女图》被认为是他仕女画的传世孤本，也就是说全世界就这么一件。当时作为贵族子弟的周昉，有机会接触到上层贵族妇女的生活，从而在绘画中创造出了这样一种体态丰腴的仕女形象，这与之前汉魏六朝崇尚清肌瘦骨的审美倾向有很大的不同，引领了当时全新的审美典范。

从大明宫恢宏的早朝景象，到幽静宫苑中赏花的贵族妇女，无一不在诉说着这个伟大王朝的灿烂传奇。时间和空间的坐标在此交会，凝聚成绚烂绽放的盛唐长安，花团锦簇，芳华万千。

神都洛阳

　　有这样一座城市，它历经千年兴衰，被多个朝代定为都城。时至清代，乾隆皇帝御封它为"九朝古都"。这座城市就是洛阳。

　　洛阳古称"神都"，意思就是神州大地之都。"神都"这个名字，最早出现在《水经注》里。公元684年，临朝称制的武则天将东都洛阳定为"神都"；六年之后，武则天把国号改为"周"，将神都洛阳作为首都。一时之间，"神都"之名传遍天下。

　　如今一提到洛阳，最让人印象深刻的就是国色天香的牡丹花。牡丹作为观赏植物栽培，是从南北朝开始的。到了唐朝，社会稳定，经济繁荣，种植牡丹已经变得十分普遍。明代《二如亭群芳谱》里面记载："唐宋时，洛阳之花为天下冠，故牡丹竟名洛阳花。"可见洛阳牡丹在当时获得极高的推崇。而真正让洛阳牡丹名垂天下、流芳千年的，一定离不开洛阳人刘禹锡的诗作《赏牡丹》——

《牡丹图》
清·钱维城
纸本设色 88cm×35cm

赏牡丹

唐·刘禹锡

庭前芍药妖无格，池上芙蕖净少情。
唯有牡丹真国色，花开时节动京城。

《赏牡丹》是刘禹锡创作的一首托物咏怀诗。作者描写牡丹却不以牡丹开篇，而是通过对芍药和芙蕖两种花卉的评价，为牡丹的品格做了衬托。

"庭前芍药妖无格"，芍药本来也是一种美丽的花卉，但据说到了唐代武则天以后，"牡丹始盛而芍药之艳衰"。以至于有人将牡丹比为"花王"，把芍药比作"近侍"。此外，芍药又叫"没骨牡丹"，因此作者认为芍药花"妖艳无格"。如今看来，刘禹锡把芍药说成"虽妖娆但格调不高"，或许蕴含着他对宦官权贵的讽刺之意。"池上芙蕖净少情"，芙蕖就是荷花，作者认为，池中的荷花清雅洁净，但却缺少情韵。

诗歌的后两句，诗人也没有直接描写牡丹的姿色，而是以"花开时节动京城"的盛况，来表现人们倾城而出观赏牡丹，以此赞颂牡丹的倾国之色。《赏牡丹》一诗，不仅肯定了"真国色"牡丹的花界地位，更是蕴含了诗人心中理想的人格精神。

我们都知道刘禹锡别称"诗豪"，诗名赫赫。但很多人并不清楚，刘禹锡的一生可以说历经沉浮，颠沛流离。

其实最初，刘禹锡手里拿着一副"好牌"——他19岁游学长安。21岁，与柳宗元同榜考中进士。23岁，官至太子校书。30岁出头，又当上了监察御史。仕途一帆风顺，前途一片光明。可是，刘禹锡并没有满足于此，他总是梦想着能"治国平天下"，干出一番更大

诗书画中的文化名城

的事业。于是，他和包括柳宗元在内的几个志同道合的同僚一合计，搞了个大事情：永贞革新——又叫"二王八司马事件"，发誓要彻底瓦解藩镇和宦官手中的权力，革除弊政，恢复唐王朝的兴盛。这件事情的结果，学过历史的朋友都知道了。宦官权贵和藩镇军阀手握兵权，合力发起反击，不仅逼迫皇帝退位，还把参与革新的官员纷纷贬官。

刘禹锡一生三进三出洛阳，几乎每次被贬均是由于言辞犀利，讽刺当朝。直到23年之后，已经年过半百的洛阳人刘禹锡才最后回到了自己的故乡。"巴山楚水凄凉地，二十三年弃置身"。这一声长叹里，饱含着多么坎坷和辛酸的人生经历。

"花开时节动京城"的牡丹，生根洛阳，并在宋朝时期达到鼎盛。欧阳修在洛阳任西京留守时，写成我国现存的第一部牡丹专著《洛阳牡丹记》。他关于牡丹的精彩论断：比如"天下真花独牡丹""洛阳地脉花最宜，牡丹尤为天下奇"等等，奠定了"洛阳牡丹甲天下"的历史地位。

时过境迁，到了清代。乾隆年间，文人们喜爱牡丹的端庄华贵，常以牡丹作为绘画主题。著名画家钱维城的《牡丹图》笔法俊逸，获得了乾隆皇帝的赏识。

"丹青绘牡丹"一直是文人墨客们喜闻乐见的题材，可是现在市面上流传的很多牡丹画作，一不留神，就落入俗套。与之相比，钱维城的《牡丹图》明丽俊逸，格调不凡。他用色素雅清新，唯一一朵大红色的牡丹，也并没有占据画面的主体位置，显得艳而不妖。这体现了画家高雅的审美趣味。

仔细观察钱维城的《牡丹图》，可以看出这幅画的落款是"臣"字款，也就是在作者名字之上，有一个小小的"臣"字，这是清代宫廷风格绘画的标准落款方式。这类画作完成之后，是要呈交皇帝御览的。所以，画作中可以明显感觉到作者毕恭毕敬的创作态度。

《牡丹图》的作者钱维城，自幼受到良好的家教。乾隆十年，年仅25岁的钱维城在殿试时高中，以"状元郎"的身份登上了政治舞台。

此后一段时间里，钱维城经常陪侍乾隆左右，创作了不少优秀的书画作品。乾隆是一位酷爱风雅的帝王，最爱在自己欣赏的艺术品上御题一首。就是这位富有天下书画奇珍的乾隆皇帝，在他的收藏目录《石渠宝笈》中，来自钱维城的作品竟然多达160余幅。众多作品之上，都留有乾隆亲自题写的诗词。正是这种天家厚爱，让本就艺术水准极高的钱维城收获了更大知名度。用作品与皇帝诗画相答，也成就了一段水墨佳话。

繁华钱塘

《月夜看潮图》
南宋·李嵩
绢本设色 22.3cm×22cm
台北故宫博物院藏

北宋著名婉约派词人柳永的都市风光词盛名远播，他擅长把城市风貌和市井生活引入到词中，将自然风光、人文景观和人物活动融为一体。而描写杭州风貌的《望海潮》，应该是柳永众多都市风光词中成就最高、最负盛名的一首，说它是中国词史上的"清明上河图"，恐怕都不为过。

望海潮（节选）
北宋·柳永

东南形胜，三吴都会，钱塘自古繁华。

烟柳画桥，风帘翠幕，参差十万人家。

云树绕堤沙，怒涛卷霜雪，天堑无涯。

市列珠玑，户盈罗绮，竞豪奢。

　　柳永的这阕《望海潮》篇幅比较长，我们节选的部分，是全词的上片，描绘了太平盛世杭州的繁荣富庶。

　　开篇三句气势恢宏，高屋建瓴地介绍了杭州的地理优势、自然环境和重要地位。杭州地理位置十分重要，北宋时期已经成为三吴地区的中心，人文荟萃，经济繁荣，称为"都会"。

　　"烟柳画桥"，描写如烟的杨柳依偎着街巷河桥，相映成趣，这是江南水乡都市特有的旖旎风光。"风帘翠幕"生动呈现家家垂珠帘，户户挂翠幕，由此可见，当时居民住宅装饰精美雅致，别有情趣。"参差十万人家"，楼阁房舍鳞次栉比，各种建筑错落有致，概说了杭州规模大，人口密，建筑多。

　　"云树绕堤沙"三句，视线从市内转到了郊外，写的是钱塘江岸和江潮的磅礴气势。高大的树木环绕着江堤，奔腾的江潮卷起霜雪般的浪花，气势如同万马奔腾，向天边呼啸而去。钱塘江犹如一道天堑，阻止着北方来犯的敌人，用夸张的手法表现出它的雄伟、壮阔和险要。

"市列珠玑"三句，浓墨重彩地渲染了杭州的富丽非凡。一是商业繁荣，市场上摆满了珠宝。二是家庭殷实——家家户户堆满华丽的丝织品，百姓生活富有令人艳羡。"竞豪奢"，一个"竞"字，传神地描写了杭州市民竞相炫富的心态，比阔、显摆的情景活灵活现。

柳永，早年流连烟花柳巷，写下许多描述歌妓的艳词，风格比较卑俗，所以受到士大夫们的鄙视，也影响了他的仕途。由于一直不得志，柳永就到处飘泊流浪，寻找晋升的途径。当他得知老朋友孙何正在担任两浙转运使，就想跟他见个面，看能不能得到一个举荐的机会。但是自己又没什么身份，担心不被重视，于是他想了个办法，他发挥自己的特长，写了这首《望海潮》，请了当地一位著名的歌女在孙何的宴会上反复歌唱，果然引起了孙何的注意。但最终孙何只是请柳永吃了一顿饭，就把他打发走了，并没有提拔他。

从这个故事来看，柳永写《望海潮》这首词别有用心，有歌功颂德的成分，但不能否认，柳永这首都市风光词具有很高的艺术价值，还有无可替代的史料价值。通过描写当时杭州的城市风貌和市民生活，反映北宋王朝鼎盛时代的太平气象，词人柳永，也成为这个时代的见证者和记录者。

如果说柳永《望海潮》中钱塘江的涌潮气势磅礴，彰显了北宋的盛世国威。那么南宋画家李嵩《月夜看潮图》中的钱塘江秋潮又是什么样的奇观，表达什么样的心境呢？

《月夜看潮图》是一幅团扇扇面，画的是南宋时中秋夜观海潮的情形。中秋观潮，本身就是一大盛事，而夜晚观潮，一定更有一番景象。高悬的明月下，浪潮卷涌成一条直线奔驰而来。在江畔的平台阁楼上，隐约看到观潮的人群。

这幅《月夜看潮图》呈现出典型的宋画气韵。宋代画作非常经典的构图风格，有"马一角、夏半边"的说法，这幅图就是典型的"一角构图"。我们看画面中，潮水呈一条斜线，分割了全部画面，左上角是一派舒朗，一叶孤帆，空茫悠远；右下角是楼阁建筑，非常繁密，与左上角呈现出一种强烈的疏密对比。这幅画更高妙的地方，也是人们往往最容易忽略的地方，那就是右上角若隐若现的远山，几抹淡淡的墨色，把一种纵深的三维空间画了出来，如果没有它的存在，整幅画就显得非常平面，意境会大打折扣。

　　相比柳永《望海潮》中描写滚滚江潮汹涌澎湃，张扬激昂，《月夜看潮图》描绘的月下观潮，呈现安静祥和的气息。这跟诗人和画家所处的时代背景有关，一个是鼎盛太平的北宋，一个是偏安一隅的南宋。隐约间给人一种物是人非的感觉，从北宋的繁荣，到南宋的落寞，同样是观潮，不同的时代，不同的心境。

诗书画中的文化名城

旧时王孙

南京是六朝古都，天下文枢。"江南佳丽地，金陵帝王州"，几千年的历史在南京沉淀成俯拾皆是的文化遗存，以及优美的诗篇。唐代诗人刘禹锡创作的一首《乌衣巷》十分脍炙人口。

乌衣巷
唐·刘禹锡

朱雀桥边野草花，乌衣巷口夕阳斜。

旧时王谢堂前燕，飞入寻常百姓家。

这首诗，是唐代诗人刘禹锡最得意的怀古名篇之一。那么究竟他的得意之处在哪里呢。

诗的前两句，就像是一张泛黄的旧照片。"朱雀桥边野草花。"朱雀桥横跨在南京秦淮河上，是由市中心通往乌衣巷的必经之路。

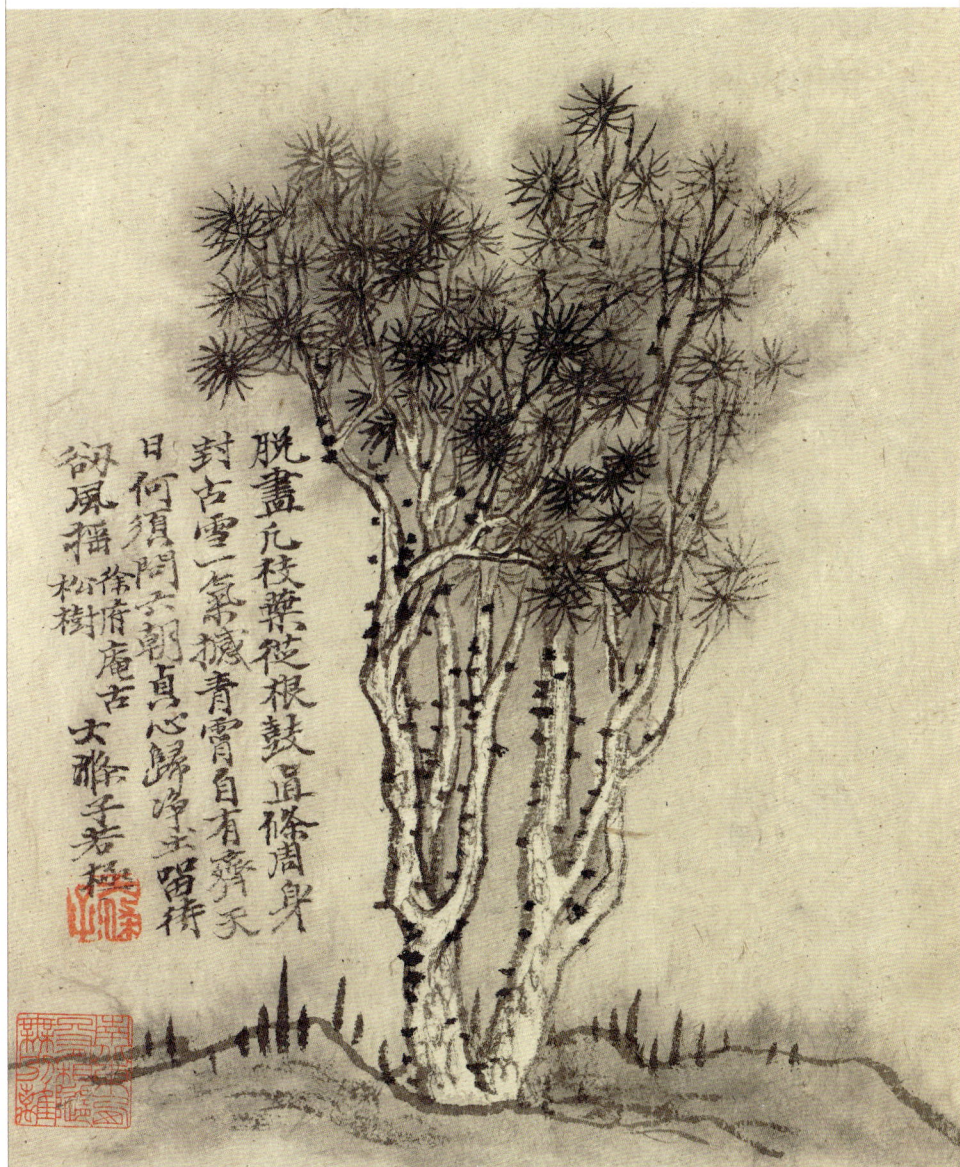

脱畫兀枝葉從根鼓道徐周身
封古雪一氣撼青霄自有齊天
日何須問六朝真心歸淨土留待
刺風揺松樹徐靑庵古
大雅子若極

《忆金陵之古松》
清·石涛
纸本设色　23.8cm×19.2cm
美国弗利尔美术馆藏

朱雀桥边的野草花，说明了季节其实正值春天，但是为什么是野草呢？说明这里疏于打理，没有人来，因此来说比较荒僻。乌衣巷与朱雀桥相邻。乌衣巷是什么地方？东晋时，乌衣巷是高门士族的聚居区，开国元勋王导和指挥淝水之战的谢安都住在这里，换句话说，这里原来是贵族居住的地方。那么为什么贵族居住的地方如今却长满野花？只能说明昔日车水马龙的朱雀桥，如今已经荒凉冷落了。

乌衣巷口夕阳斜。原本也是人头攒动的乌衣巷口，如今却被夕阳染上了一丝寂寥。在中国传统诗歌当中，夕阳的意思就是人的暮年，时代的衰亡。而放在这里更明确地烘托出：旧日繁华已不在，只留野花向黄昏了。

正当诗人为此景象感慨的时候，他忽然看到了乌衣巷上空正在筑巢的飞燕，这飞燕是要飞去哪儿呢？"旧时王谢堂前燕，飞入寻常百姓家。"刘禹锡将燕子当作历史更迭、时间推移的见证人，这里居住的人已经不是从前的权贵，而是寻常的老百姓了。

"惜往昔繁华，悲此时零落，叹古今变幻"，这是怀古诗词共有的主题。而刘禹锡这篇咏古诗中所表达出来的，是无论王侯将相，还是寻常百姓，都无法抵挡时间的变幻和历史的推移。刘禹锡将自己的情绪，深深地蕴藏在这折叠的时空当中。如果有一天，我们踏上寻访南京的旅程，也不免会借这句"旧时王谢堂前燕，飞入寻常百姓家"，来感慨南京数千年的风云变幻吧！

刘禹锡笔下的王谢堂前燕，在清代摇身一变，变成了一位画家，他的名字叫石涛。这里将石涛比作堂前燕，是因为他的独特身份。石涛并非普通画僧，他出身显赫，是明朝的皇室后裔，本应从小过着锦衣玉食的生活，但是在他 3 岁的时候，明朝就灭亡了，4 岁时出家当了和尚，过着颠沛流离的生活。命运悲苦，经历凄苦，生活清苦，可以说一个"苦"字，是石涛命运的关键词。他给自己起了个别号，叫"苦瓜和尚"，种苦瓜，吃苦瓜，画苦瓜，甚至还把苦瓜供奉在案头朝拜。似乎在他看来，苦味确实比其他味道更真实、更深刻，也更有韵味。

对于幼年的石涛，心中的家国情怀是十分朦胧的。他的这种家国感伤，实际上是在他长大之后，在明朝的故都金陵游历时，逐渐建立并且强化的。他为了缅怀故国，创作了许多与金陵有关的绘画作品，结集成一部《忆金陵册》，我们选取全册的第五开来欣赏一下。

来看一下这幅画，画中描绘的是一棵古松。这棵树位于金陵城内老虎桥北头的徐府庵，相传是由南朝梁武帝萧衍亲手种植的，历经千年，依然坚韧挺拔，与低矮的土坡形成了强烈的视觉对比。画面下部的土坡只用几笔简单勾勒，其他植物都是一笔描画，简略带过，只有这棵古松树被细细刻画，连松针都被一根根描摹得异常清晰，再用墨色晕染出来，显得葱郁葳蕤。

一般来说，中国画的构图忌讳四平八稳。而在这幅画中，这棵古松却不偏不倚，挺立在画面的正中间。这看似平庸的构图方式，恰恰体现了石涛的新奇大胆，同时也将这棵古松苍劲有力、饱经风霜、昂首于天地之间的气度体现无遗。除此之外，在松树左侧，画家落了一个长款，将画面左侧的空间填了个密不透风。这个落款实际上也参与到了画面的整体构图。这样，画面左侧因为有落款的存在，与右侧的留白形成有趣的对比，整幅画显得疏密有致、气韵生动起来。

石涛的绘画构图之所以风格独特，得益于他在绘画理论方面的深入研究。他的画论观点主要集中在《画语录》中，其中最为人所熟知的就是"搜尽奇峰打草稿"，说的是在画画之前，就要将自然

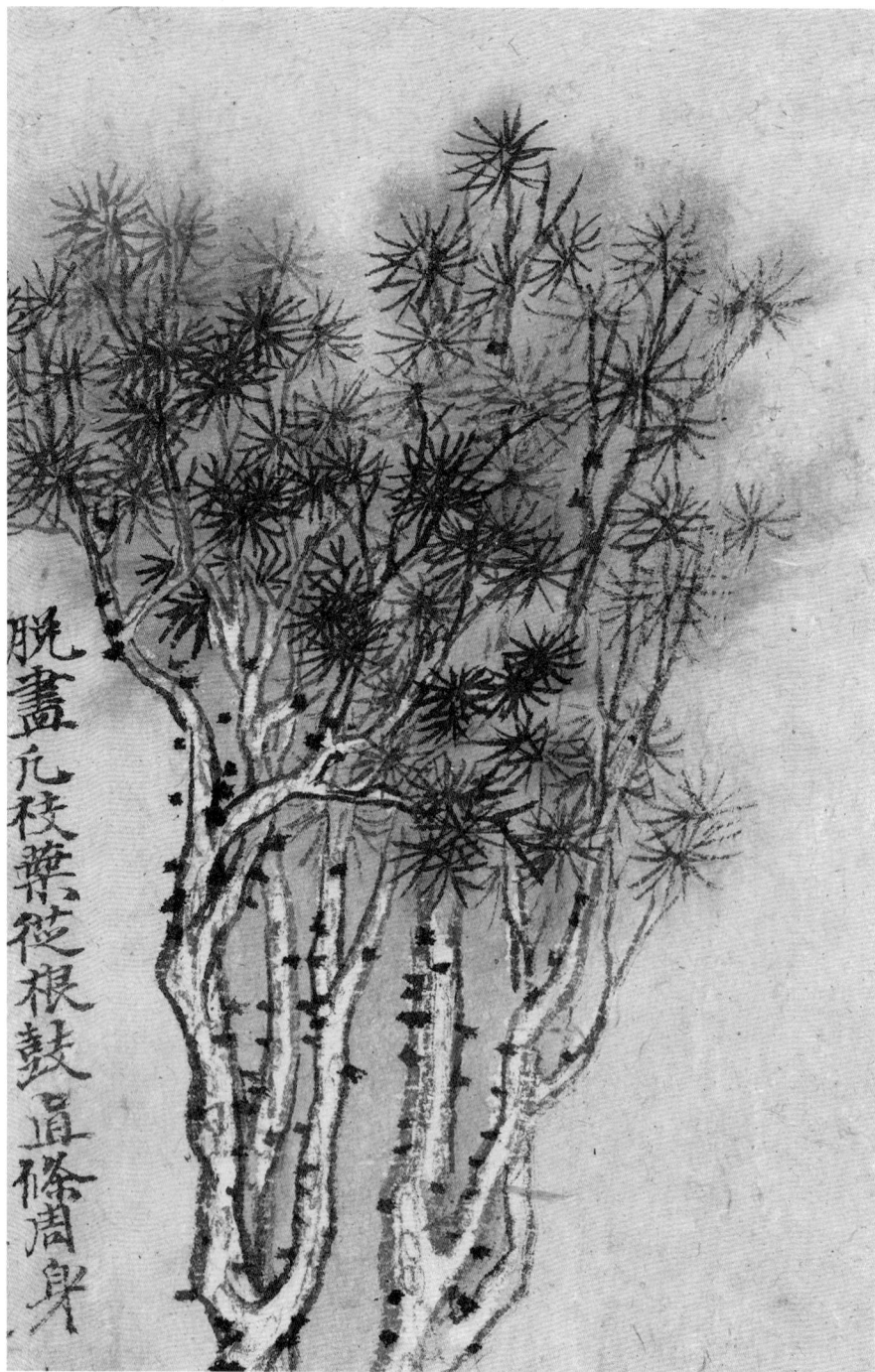

脱書元枝葉從根鼓起徐渭身

山川变为胸中丘壑，达到人与自然的融合。而他常挂在嘴边的那句"笔墨当随时代"更是影响深远。

匠心独具的石涛，以高超的笔墨技法表现寄托山林的情绪，在诗情画意中追求着金陵山水的灵魂，同时，他也是在追寻着自己生命的原乡。这或许就是南京这座城市的意义，对于有的人来说它风景这边独好，对于有的人来说它是诗意绵绵的温柔乡，而对于有的人来说，它或许是永远都无法回去的故乡。

古都北京

　　众所周知，北京是我们国家的首都，政治、文化的中心。实际上，历史上的北京，倒不一直是一个首府和大都市的形象。从元代开始，北京才真正长期地成为全国性的都城。在此之前，北京地处"幽燕之地"，是中国极北的军事重镇。那里苍莽辽阔，民风粗犷，多产游侠。诗人们到了那里，心中自然会升起一股激昂的情绪，由此写下不少壮美慷慨的诗篇。其中最有名的，莫过于唐代大诗人陈子昂的这首《登幽州台歌》了：

登幽州台歌

唐·陈子昂

前不见古人，后不见来者。
念天地之悠悠，独怆然而涕下！

　　这首诗的作者陈子昂，出生在四川的一户富裕人家，年轻时到

北京八景图之《金台夕照》　明·王绂　纸本墨笔　中国国家博物馆藏

长安考进士，很可惜落第了。当时的长安城里，发生了一件新鲜事儿。一位老人在闹市上出售一把胡琴，要价千万。长安城富人虽多，但谁都觉得不值，无人问津。但大家又都关注着这把琴的动向，想看看琴最终的主人会是谁。陈子昂听说了这件事后，就找到这位老人，二话不说把琴买了下来。旁边围观的人都炸锅了，陈子昂当场就说："三日之后，我要在这里弹奏这把价值千万的琴，欢迎大家捧场！"很快，这件事就在长安城里传开了。到了约定时间，现场人潮涌动。陈子昂看人来得差不多了，就拿起那把万众瞩目的胡琴，一下子砸得粉碎！观众顿时目瞪口呆。陈子昂大声说："我饱读诗书，来到长安求学，处处受人冷遇，今天没想到会因为一把胡琴受到瞩目。弹琴只是雕虫小技，哪值得被如此关注？今天，借摔琴之机，请大家读读我的诗文，这才是我的真正目的。"说完，拿出早已抄好的诗文，分发给众人。就这样，陈子昂的名声便传遍了长安。陈子昂的这一行为，用今天的话说，不免有自我炒作的嫌疑。但我们也不难发现，他满怀着的一腔热血，以及渴望名满天下、建功立业的远大志向。

此后，陈子昂虽然高中进士，入朝为官，但是并不如意。武后通天年间，契丹作乱，武后派武攸宜前去平乱，陈子昂作为参谋随军。这个武攸宜才能平庸，吃了很多败仗。陈子昂屡次献计，都不被采纳，反而被降职，内心可以说是非常郁闷。这种情况下，陈子昂登上幽州台，有感而发，写下了这首诗。

幽州台，就是黄金台。相传，战国时期由燕昭王所筑，用来招揽贤能之士，所以又叫招贤台。陈子昂登上幽州台，举目四望，只见一片苍茫。在这种空旷、广大的环境下，人的心境很容易被打开。再加上陈子昂此时又是怀才不遇的状态，情绪一下子就爆发了出来。他想到，战国时这里曾是燕国的属地，燕昭王、太子丹是何等的重视人才。而自己，只能在这个不得志的时代郁郁终老。天地茫茫，宇宙广大，人却如此渺小！想到这儿，他不禁悲从中来，流下了热泪。

这首诗歌十分短小，很好理解，但其中自有一种意境与气度，足以让千年后的我们，见识到这位初唐大诗人的才气。

北京成为都城之后，它的风光也渐渐进入了文人墨客和画家们的视野。元明时期，渐渐形成了"燕京八景"的说法。明代"燕京八景"分别称为：金台夕照、太液晴波、西山霁雪、琼岛春云、蓟门烟树、玉泉垂虹、卢沟晓月和居庸叠翠。当时的画家王绂，将"燕京八景"逐一呈现在纸上。一景一幅，展现了当时北京壮观、广阔的江山气象。

北京八景中的"金台夕照"，画的就是暮色中的黄金台。但是画面里并没有人工所筑的"黄金台"，而是自然的土山平台。平台两侧是几株苍劲的老树和破败的柳枝。画面的远景，在缥缈的远山之间，飞舞着几只乌鸦。整幅画作色调比较沉重，给人以一种世事沧桑的感觉。

这幅画的作者王绂曾经写过咏"金台夕照"的诗歌，最后两句说："千古高台余旧址，西风残柳集寒鸦。"可见，到王绂所在的明代，黄金台已经变成一片破败的遗址。

至于燕昭王所筑黄金台的位置，至今并没有定论。王绂所绘的"金台夕照"，又叫"道陵夕照"。这告诉我们，明朝人认为，黄金台的位置大约在金章宗的道陵——也就是北京西南郊的房山一带。而到了清代之后，"金台"旧址的位置又发生了改变。在北京朝阳门的东南，曾经出土过一座乾隆御题的"金台夕照"石碑，碑的反面还刻有一首御制诗。可见，清代人认为的黄金台旧址在朝阳门外东南。

然而，不论"黄金台"曾在北京的什么位置，"金台夕照"作为"燕京八景"中的一景，与千年前登台赋诗的陈子昂一样，抒发的都是一种思古之幽情：关于那个百家争鸣的伟大时代，关于那段求贤若渴的千古佳话。

东方明珠

《风尘三侠图轴》
清·任伯年
纸本设色 122.7cm×47cm
上海博物馆藏

上海是一座繁华的国际性大都市，不光我熟悉，大家也都不陌生。但是如果我要问你：上海这个名字是什么意思？它的简称"申"和"沪"又是怎么来的？估计回答上来的人就不多了。接下来，我要带大家欣赏一首清代诗人李延昰的诗歌，读完这首诗，你肯定就明白了。

上海

清·李延昰

万里朝宗水，喧豗沪垒东。

稽天新涨碧，浴日晓云红。

地控三吴尽，潮分两浙通。

春申遗庙在，社鼓赛村翁。

"上海"这个名字的得名，一般有两种说法。第一种说法，是源于《弘治上海志》中"其地居海上之洋"这句话；另一种说法认为，古代有上海浦和下海浦等水道，因此而得名。这首《上海》，是三百多年以前歌咏上海风光的一首五言律诗。

"万里朝宗水，喧豗沪垒东"，这里的"朝宗"是比喻小水流注入大江河，"喧豗"是形容水流湍急的声音。这两句诗的意思是说：万里长江汹涌咆哮，奔向东方，越过沪渎，终归大海。请注意，这里出现了刚刚提到的一个关键词——"沪"。"沪渎"是吴淞江下游近海处的古称，这段流域，也就是今天的黄浦江下游。"沪"原本是一种打鱼的工具，当地的渔民都用"沪"来打鱼。因此，渐渐地，这一段流域便被称为"沪渎"，而这一区域便被称为"沪"，这也是上海简称"沪"的由来。

"稽天新涨碧，浴日晓云红"。清晨，新的一天来到，上海出现了万象更新的欣喜面貌。汹涌澎湃的长江，直达天际，潮水新涨，景色壮观。而一轮红日，正冉冉从云端升起，整个上海顿时沐浴在晨曦之中。这真是好一幅辉煌壮丽、诗情画意的"日出东方图"！

"地控三吴尽，潮分两浙通"，是说上海的地理位置。三吴是泛指苏南、浙北一带，上海则是这一带最近海的地方，所以说是三吴的尽头。古代浙江称"两浙"，分浙东与浙西两个区域，上海则是交通两浙的重要地区。这两句是在说，上海地区在三吴、两浙占据了得天独厚的关键位置。

"春申遗庙在，社鼓赛村翁"，讲的是上海古老淳朴的民风。这里想必大家也注意到了，又出现了一个关键词——"申"。上海这块地方，在战国时期，是楚国春申君的封地，所以上海的另一个简称"申"，就是从这儿来的。而"社鼓赛村翁"，描写的是一年到头农事结束，农民陈列酒食酬谢田神，聚在一起击鼓吹箫、饮酒为乐的场景。这场面，还真有一种"家家扶得醉人归"的古风。

这首诗歌创作于三百年前的清代。作者李延昰世代居住在上海，对这篇土地有着非常深厚的感情。这种感情被毫无保留地倾注在了这首诗歌里，使得这首诗呈现出一种通明流畅、活力迸发的气质。更难能可贵的是，这首诗从地理和文化上都把握住了上海的特点，把当时一个小小的上海县写出了阔大不凡的雄浑气象，似乎预言了几百年后一个东方大都会的到来。

除了独特的战略位置，上海还是一座人文荟萃的艺术之城。明代，出现了以董其昌为代表的"松江画派"。清代，又出现了以任伯年为代表的"海上画派"。任伯年的作品《风尘三侠图》就是"海派"代表。

"风尘三侠"是记录在唐传奇里的一个故事，指的隋末唐初的三位豪杰：虬髯客、李靖和红拂女。李靖有勇有谋，他到长安拜见司空杨素，寻求报国的机会，却无意中遇到了杨府的家妓红拂女。二人暗生情愫，决定私奔。路上又与虬髯客相遇，三人结伴同行到了山西太原。在这里，他们拜见了登上皇位之前的李世民。虬髯客这个人本身是有夺天下的志向的，但是他觉得李世民气度不凡，自愧不如。于是倾尽家财送给了李靖和红拂女，请他们襄助李世民开创大业，而自己却只身离开了。

任伯年的这幅《风尘三侠图》表现的正是虬髯客与李靖、红拂女雪天告别的场景，虬髯客一袭红袍骑于驴上，回头与李靖和红拂女二人抱拳挥别。这幅作品用的是勾线与没骨相结合的方式进行创作，笔墨虚虚实实，营造了大雪的气氛。画面构图饱满，色彩对比鲜明。勾线劲健，衣饰婉转流畅，脸部都用细笔淡墨勾写，表情刻画入微，神态各异，看上去妙趣横生。可以说是早期任伯年人物画的代表作之一。

以任伯年为代表的"海上画派"不仅仅是一种流派，它更是近现代中国美术史上一种文化现象。任伯年作为"海派"的代表，他一直在各种争议中前行。一边有人说他媚俗，一边又有画商堵门买他的画。包括海派的其他画家，很长时间以来都是在争议中前行。但他们对近现代中国画作出的贡献，大家也都是心知肚明的。

"海派"大胆地吸收外来文化元素，兼容并蓄，敢于创新。这种创新，一定程度上跟上海的时尚和东西方文化的交融碰撞有很大的关联。海纳百川，有容乃大。勇于先行，不断创新。我想，这大概就是上海这座活力之城最大的魅力所在吧。

江城武汉

　　提到武汉，我们首先想到的，恐怕就是大名鼎鼎的黄鹤楼了。黄鹤楼是武汉最具代表性的历史建筑，它高踞蛇山之巅，面朝万里长江，雄伟壮阔，气象万千，自古被誉为"天下江山第一楼"，因此也吸引了无数文人墨客前往登临。大唐开元年间，李白游历天下，第一次登上黄鹤楼。他登楼远眺，滚滚江水尽收眼底，于是诗兴大发，刚准备题诗一首，忽然看到墙上已经有一首诗了。李白看完，竟然把自己想好的几句诗给憋回去了。为什么呢？"眼前有景道不得，崔颢题诗在上头。"这崔颢的题诗究竟有什么魅力，竟然让诗仙李白都哑口无言、自愧不如呢？我们一起来读这首《黄鹤楼》。

黄鹤楼
唐·崔颢

昔人已乘黄鹤去，此地空余黄鹤楼。
黄鹤一去不复返，白云千载空悠悠。

晴川历历汉阳树，芳草萋萋鹦鹉洲。

日暮乡关何处是？烟波江上使人愁。

  这首《黄鹤楼》是诗人崔颢登上黄鹤楼，俯览武汉三镇全貌后，有感而作的。它不仅是崔颢的成名之作、传世之作，更被《唐诗三百首》列为七律诗中的第一首。

  黄鹤楼因为它所在的黄鹤山而得名，也就是我们所熟知的蛇山的别名。据传说，古代仙人子安乘黄鹤从这里经过，又传说三国蜀汉名臣费祎登仙驾鹤于此，这首诗就是从这些传说开始写起的。

  "昔人已乘黄鹤去，此地空余黄鹤楼。黄鹤一去不复返，白云千载空悠悠。"我们都知道，作格律诗最忌讳用字重复，而这两联里，诗人却连用三个"黄鹤"、两个"空"，完全摆脱格式的拘束，自然流泄，意到笔随。通过黄鹤楼背后的神话故事，引出诗人后面的思乡之情，同时也成就了这四句的千古绝唱。李白作诗也是兴之所至、不落窠臼，想必他也对崔颢的这两联诗句非常推崇。后来，李白在他的诗作《鹦鹉洲》中这样写道："鹦鹉东过吴江水，江上洲传鹦鹉名。鹦鹉西飞陇山去，芳洲之树何青青"；在《登金陵凤凰台》里，也有"凤凰台上凤凰游，凤去台空江自流"的句子，可以很明显看出，这与崔颢的手法是非常相似的。

  诗句的颈联笔锋一转，"晴川历历汉阳树，芳草萋萋鹦鹉洲"。由写虚幻的传说，转为实写眼前所见的景物：晴空万里，隔着波光粼粼的汉江，对岸的树木清晰可见，甚至鹦鹉洲上长势茂盛的芳草都一览无余。

  "日暮乡关何处是？烟波江上使人愁。"渐渐地，太阳落山，黑夜来临，鸟儿归巢，船也归航，而游子的故乡又在何处呢？问乡

《黄鹤楼图》明·安正文
绢本设色　105.5cm×162.5cm
上海博物馆藏

乡不语，思乡不见乡。面对此情此景，谁人不生乡愁？诗作用一个"愁"来收篇，准确地表达了诗人登临黄鹤楼的心情，同时又和开篇那种渺茫不可见的情境相照应，以起伏辗转的文笔表现出缠绵悱恻的乡愁，做到了言外传情，情内展画，画外余音。

崔颢这首《登黄鹤楼》的具体创作时间和背景，我们今天已经无从考证。但诗句中丰富的想象力，将我们引入远古，又回到现实。种种情思和自然景色交融在一起，让人读完之后，不由得产生强烈的共鸣。

诗人崔颢用出神入化的诗句，描绘了登临黄鹤楼的所见所思；而明代宫廷画家安正文，却以一支生花妙笔，让黄鹤楼和周边景色跃然纸上。

这幅安正文创作的《黄鹤楼图》，画面描绘的是大雪之后，银装素裹、气势雄伟的黄鹤楼。看了这幅图，有人可能就会问了，为什么画里的黄鹤楼和我看到的黄鹤楼不一样啊？其实黄鹤楼自三国时期始建以来，多次被毁，又多次重建，历朝历代形制都不一样。这幅画比较真实地还原了明代黄鹤楼的样貌，而现在我们看到的黄鹤楼，是 1981 年重新选址建造的，所以风格和建筑位置跟画里都大不相同了。

画面主体，建在高台上的楼阁就是黄鹤楼。它位于整幅画面的黄金分割点，共有两层，上层重檐歇山顶，楼前还有一座类似形制的亭子，旁边有一排廊屋，再下来是石制的大门牌坊。整个建筑物格局复杂，但描绘得非常细致，线条繁而不乱，细节清晰可见，呈现出仿南宋"院体"山水界画的风格。那什么是界画呢？就是作画时，用界尺来引线，画出来的画看上去非常工整。

看完整体，我们再来细看画中的人物。主楼里仿佛高士云集，

似乎正在赏画。回廊上的游人和山门前纷至沓来的游客都仰头望向蓝天，作揖拜祭。他们在做什么呢？顺着众人目光的方向，我们可以看到，画幅右上方一只仙鹤正翩然而去。或许，这正是那只承载着仙人羽化而去的仙鹤，所以才会引得游客纷纷拜祭吧。

安正文的《黄鹤楼图》里，细致的工笔界画体现了画家的写实技巧，而送仙而去的神话场景，却有着极其浪漫的色彩，现实主义和浪漫主义相结合，为我们塑造出一个盛大而神秘的黄鹤楼形象，

令人无限向往。

　　黄鹤楼以它神秘的传说和气象万千的江山胜景，在古今文人墨客的诗文绘画中熠熠生辉。而今，故人不在，黄鹤不返，高楼却依旧伫立在山边的江岸，黄鹤楼下的江城武汉，也在斗转星移中焕发出更新的容颜。

诗城奉节

奉节，古称夔州，"扼荆楚上游，为巴蜀要郡"，既是长江三峡要冲，又有巴楚文化交汇。在悠久的历史长河中，这里丰富多彩的自然和人文资源，吸引了一大批文人来到奉节，在这里吟咏了上万首诗篇，让拥有2300多年历史的古城奉节，成为了中国诗歌绕不开的地标，被赞誉为"中华诗城"。

"诗豪"刘禹锡任职夔州期间，一首"东边日出西边雨，道是无晴却有晴"的《竹枝词》，被誉为天下第一情诗；而"诗仙"李白在《早发白帝城》写道："朝辞白帝彩云间，千里江陵一日还。两岸猿声啼不住，轻舟已过万重山。"酣畅痛快，被称为"天下第一快诗"。此外，陈子昂、白居易、苏轼等文豪也纷纷驻足奉节，留下千古佳作。当然，汇集了这么多诗人的"诗城"，自然少不了"诗圣"杜甫的影子。杜甫曾在夔州居住了近两年，这段时间"诗圣"灵光不断，共创作了400多首诗，这个数量占据了他一生诗篇作品

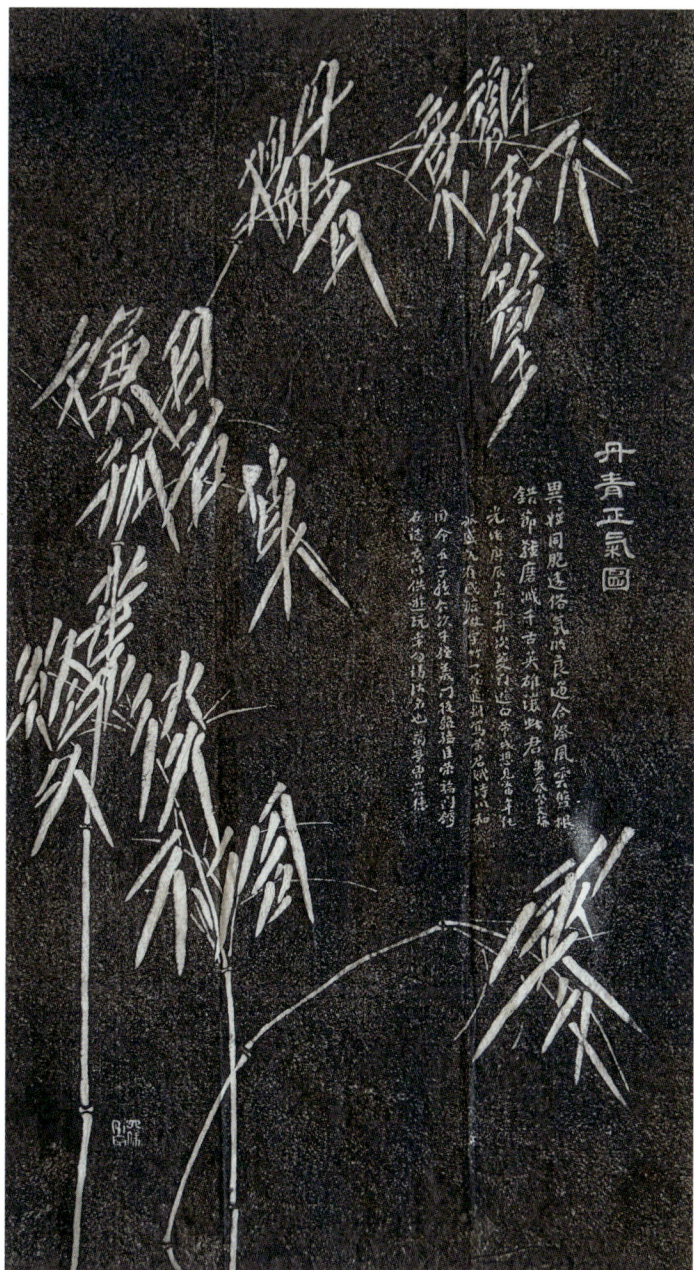

《竹叶字碑》
清·曾崇德　64cm×115cm
白帝城白帝庙东碑林藏

的近三分之一。初到夔州之际，杜甫就感叹于夔州的山川壮景和人文历史，一口气写下了十首绝句。今天，就让我们一起来欣赏其中的第一首诗。

夔州歌十绝句（其一）

唐·杜甫

中巴之东巴东山，江水开辟流其间。

白帝高为三峡镇，瞿塘险过百牢关。

上面这首诗是杜甫《夔州歌十绝句》中的第一首。诗中第一句"中巴之东巴东山"点明了夔州的位置。夔州地处巴东郡，所以说是"中巴之东"。夔州从瞿塘峡起，两岸高山奇峰异岭，如同天开巨门，所以此处被称作"夔门"。诗歌第二句"江水开辟流其间"，这是说，自三峡开辟以来，江水就奔流其间。"白帝高为三峡镇，瞿塘险过百牢关"，白帝城下临瞿塘天险，易守难攻，所以称得上是历代军事重镇。"百牢关"自古人称"瞿塘天下险"，为什么这么说呢？因为四川境内的水和陕、甘、云、贵的一部分水注入长江后，都汇总到狭窄的瞿塘峡，所以瞿塘峡水流湍急，如同猛虎下山。这种壮观景象，杜甫在另一组诗中也描写过，叫作"众水汇涪万，瞿塘争一门"。

杜甫居住在夔州近两年时间，这个时候，五十多岁的杜甫阅尽世事、饱经沧桑，已经快要走到人生的尽头。奉节古城，给了这位风霜老人接连感慨不断的创作源泉。《夔州歌十绝句》主要写的是夔州的特殊地貌、长江三峡的险峻、当地的历史人物和风土人情，可以说，是一个关于奉节风光和民俗的组诗，这为后来《竹枝词》

一类的作品开了先河。

奉节的历史文化，除了体现在众多诗人留下的佳作上，还体现在很多为人熟知的历史典故中。比如，奉节名字的来历就与三国故事有关。

三国时，刘备战败，退兵到了白帝城，不久就郁闷而死。临终前，他把政权和儿子刘禅托付给丞相诸葛亮，史称"刘备托孤"。唐太宗为尊崇诸葛亮"托孤寄命，临大节而不可夺"的品质，将夔州改名为"奉节"。

奉节有一座白帝庙，最初供奉的是公孙述像。时过境迁，明嘉靖十二年（1533），当时的巡抚鉴于"刘备托孤"的故事在民间广为流传，改在庙内供奉刘备、诸葛亮雕像。白帝庙里保存的历代诗文碑刻和文物数量非常可观，其中，有一座"竹叶字碑"风格独特，可称得上是一件体现民间文化和文人巧思的碑刻作品。

这座"竹叶字碑"打眼一看，似乎就是一幅普普通通的竹子画作。远看这三竿修长的竹子，一派欣欣向荣。而画的玄妙之处在于细细品读，你再仔细观察画面右上角那四片竹叶，刚好组成一个"不"字。而这个"不"字左边，是不是很像一个繁体的"东"字？没错，这幅碑刻作品的作者，就是巧妙地利用了汉字的构造特点，模拟竹叶的形状构成文字，字组成诗，诗融为画，诗中有画，画中藏诗。这幅竹叶画组成的诗，名叫《丹青正气图》，我们看一下它的内容：

不谢东篁意，丹青独自名。
莫嫌孤叶淡，终久不凋零。

诗的大意是：不需感谢神竹的美意，这只是一幅简单的竹叶画

丹青正氣圖

異性同胞逢俗氣所司

鐵節強磨滅千古英

光緒庚辰六月丁次題竹

咸九有感脈做字竹

同介五子孫介次手種

右遺友此供進一玩幸勿

而已。千万别嫌弃它孤零零的竹叶颜色惨淡，比不上翠竹色泽艳丽，但它永远都不会凋零。

"竹叶字碑"的作者叫曾崇德，是浙江会稽兰亭人，擅长书画金石。光绪六年初夏，曾崇德游览白帝城，有感于"刘备托孤"的历史典故，于是借"翠竹有节"的意境，作了这幅字竹，歌颂刘备、诸葛亮的浩然正气。

一座融诗、书、画于一体的碑刻作品"竹叶字碑"，心思巧妙，匠心独运，把"奉节"的品格，凝练成一个城市乃至国家的千古美德，在文化名城的后人心中，代代流传。

诗书画中的文化名城

瑰丽敦煌

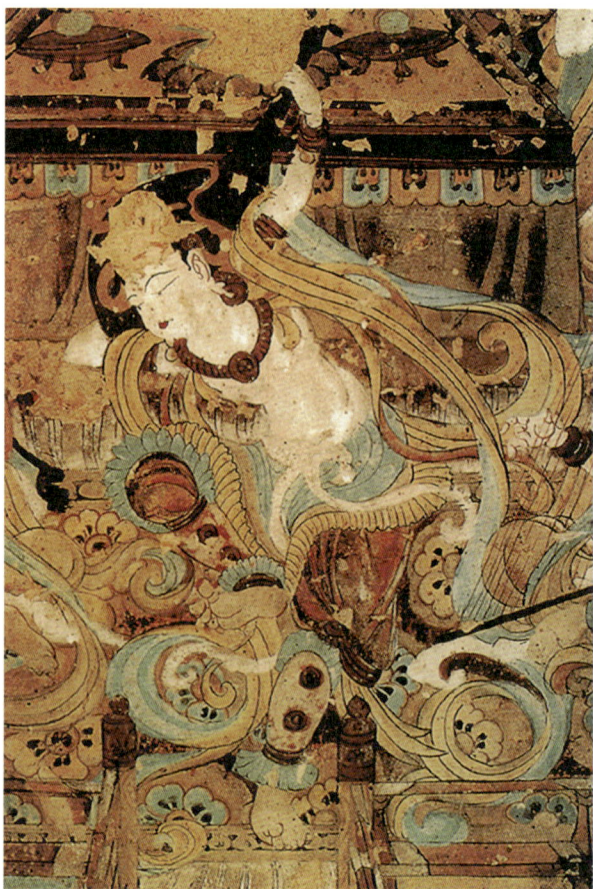

《反弹琵琶图》
唐·佚名
壁画 尺寸不详
敦煌莫高窟 112 窟

提起敦煌，很多人的脑海中马上会浮现出被戈壁大漠包围的小绿洲，又会想起"莫高窟""飞天""藏经洞"这些神秘而传奇的字眼。不错，敦煌就是这么一个神秘而富有魅力的地方。

敦煌历史悠久，在古代一般是西域少数民族，比方说月氏人、乌孙人居住活动的地方。汉代张骞通西域，向汉武帝的上书中说："始月氏居敦煌、祁连间。"这也是古代史书中第一次提到"敦煌"。关于敦煌名字的意思，古人一直解释成"敦，大也。煌，盛也"，就是"大而盛"，这个词是用来赞美开拓边疆的功劳的。但这种说法，其实是一种无根据的猜测。现在学者考证，"敦煌"，其实就是古代"吐火罗"的音译，曾有吐火罗人居住在这儿，所以称为"敦煌"。

接下来我们就来读一首"敦煌曲子词"中的《浣溪沙》：

浣溪沙
唐五代·无名氏

五两竿头风欲平，长风举棹觉船轻。

柔橹不施停却棹，是船行。

满眼风波多陕汋，看山恰似走来迎。

子细看山山不动，是船行。

我们知道，敦煌大量的历史文化遗产，集中在莫高窟里。莫高窟又叫"千佛洞"，始建于十六国的前秦时期，经历了十六国至元代几朝的不断修建、完善，形成了巨大的规模，约有洞窟七百多个、壁画四万多平方米、泥质彩塑两千多尊，是世界上现存规模最大的佛教艺术圣地。清朝末年，更是在窟中发现了藏经洞，其中保存了大量公元 4 至 11 世纪的佛教经卷、历史文献、社会文书、刺绣、绢画、法器等文物，震惊了全世界。不过当时的晚清政府正处于风雨飘摇的状态，根本无法顾及这个西北荒漠里的文物宝库，大量的珍贵文物只能流失海外。

藏经洞里还发现了不少唐五代时期的诗词歌赋，这些诗词歌赋，与我们现在读到的唐诗宋词风格很不相同。因为唐诗宋词是由当时受过良好教育、文化层次较高的文人创作的，这些诗词大多表达含蓄、格律严整。而敦煌藏经洞中发现的手写本、抄本的诗词，很多都是当时民间人士创作的，大多语言通俗、表达直露、押韵随意，可以说是唐五代时期真正的"民间文学"，由于这些诗词都是在敦煌壁洞中发现的，因此被后世称为"敦煌曲子词"。

这首敦煌曲子词《浣溪沙》应该是一位船夫写的，描绘的正是他在水上行船的感受。上片写的是顺风扬帆起航，因为是顺风，所以不用舟桨，船自然而行。下片写的是行船所见。"陕汋"就是闪烁的意思，波光明灭，闪烁不定，而船行迅速，因此好像山在迎面走来，仔细看看，才知道不是山在动，而是船在动，这是一种心理错觉。词作最后直接点破这一现象："子细看山山不动，是船行。"表达十分直露，而且上下片最后都是"是船行"三个字，这犯了一般文人诗词用韵、用语重复的忌讳。但读起来却十分顺口，还包含了"运动是相对的"这个哲理，非常具有民间朴素的智慧，可以说别有一番情致。

如果说，莫高窟藏经洞中发现的敦煌曲子词，是敦煌诗词的代表，那敦煌绘画的代表无疑就是莫高窟中的那些壁画了。说起壁画，不能不提到的就是飞天。飞天是莫高窟壁画中最常见的题材，也是敦煌艺术的标志。"天"是印度梵语中"神"的意思。"飞天"简而言之就是会飞的神。"飞天"的形象是多种文化的复合体，融合了印度佛教的歌神乐神，中国道教文化的飞仙等形象，在不同时代、不同文化背景下，也都呈现出不同的形象特征。一种比较常见的，就是手持乐器歌舞的形象。相传是天宫的乐伎，飞行于空中，翩翩起舞，因此又称"飞天伎乐"或"伎乐天"。《反弹琵琶图》就是敦煌伎乐天的代表作。

《反弹琵琶图》是莫高窟第112窟中《伎乐图》的一部分，也可以说是敦煌壁画中最精美的部分。只见这位飞天仙女随着仙乐翩翩起舞，反手弹奏琵琶，随意悠闲，衣带飞扬，姿态十分优美，仿佛飘然飞在天上一样。虽然壁画是静态的，透过画面，却似乎能够听到琵琶仙乐。仙女的衣裙和绸带交织，脖子上和胳膊上的璎珞，也都十分逼真，仿佛在叮当作响。从色彩上看，这幅画的色彩以绿、黄、白为主，所用的颜料有石绿、石黄、石膏等等，画面典雅，令人赏心悦目。

这位反弹琵琶的仙女，丰腴饱满，脸庞圆润，柳眉细眼，樱桃小嘴，神态十分生动，而头发则是唐代宫廷女子的造型，这与唐代周昉的仕女画"媚色艳态，明目善睐""人物丰秾，肌胜于骨"的特点非常一致，这也体现了唐代汉族世俗绘画对敦煌壁画的影响，这种"中西合璧"的特点，也体现了敦煌在丝绸之路中交通中西的重要地理位置。

敦煌藏经洞中的绘画、雕塑、文物、文献，使它成为了中国乃至世界历史上的一座巨大的艺术宝库，而我们，也能从这些丰富的文化遗产中，领略到这茫茫沙漠中小小绿洲的神奇魅力。

山水镇江

镇江地处黄金十字水道——长江和京杭大运河的交汇点，自古以来就是人流与物流的必经之地。长江天险阻断了前行的路途，于是即将登舟离岸的人们在江边践行送别，然后乘船去往远方。因此关于送别的场景，就频繁地出现在关于镇江的诗词创作中。唐代诗人王昌龄在镇江送别友人时所创作的诗篇就是较有代表性的作品。

芙蓉楼送辛渐（其一）

唐·王昌龄

寒雨连江夜入吴，平明送客楚山孤。
洛阳亲友如相问，一片冰心在玉壶。

王昌龄曾被任命为江宁县丞，《芙蓉楼送辛渐》这首诗，就是他在这段时间写的。诗题中的芙蓉楼，原名叫西北楼，位于今天的镇江的西北部。登上芙蓉楼，可以俯瞰长江，遥望江北。那么辛渐呢，

雲起樓圖

《云起楼图》　北宋·米芾　绢本水墨　78.9cm×149.8cm　美国华盛顿特区弗里尔美术馆藏

是王昌龄的朋友，那个时候他正要北上洛阳。王昌龄极有可能是从江宁一路送别，陪辛渐到了镇江，并为他赋诗送别。

这首诗的第一句，描绘了一幅水天相连、浩渺迷茫的吴江夜雨图。为什么是吴江呢？因为镇江一带在三国时是吴国的属地。"寒雨连江夜入吴"，迷蒙的烟雨，连夜洒遍吴地江天，那冷雨所带来的寒意，不仅弥漫在满江烟雨之中，更沁透在两个离别友人的心头上。

第二句"平明送客楚山孤"，诗人把这种离别的气氛渲染到了极致。清晨天刚亮，辛渐登舟北归，王昌龄遥望江北的远山，想到友人不久便将隐没在楚山之外，孤寂之感油然而生。楚山，就是楚地的山。这里的"楚"也指南京一带，因为在古代，吴、楚两国曾经先后统治过这里，所以吴、楚可以通称。

友人即将回到洛阳，与亲友相聚。孤身一人的诗人，只能像这孤零零的楚山一样，伫立在江畔，空望着流水逝去。一个"孤"字，如同感情的引线，牵出了后两句临别嘱托："洛阳亲友如相问，一片冰心在玉壶。"朋友啊，回到洛阳后，亲友若是问起我来，请告诉他们，我依然冰心一片，装在洁白的玉壶中。

王昌龄把自己的心，比作放在玉壶里晶亮纯洁的冰。其实早在六朝时期，诗人鲍照就用"清如玉壶冰"来比喻高洁清白的品格。自从唐代开元年间的宰相姚崇作《冰壶诫》以来，盛唐诗人如王维、崔颢、李白等，都曾经以冰壶自我勉励，推崇光明磊落、表里澄澈的品格。所以王昌龄托辛渐给洛阳亲友带去的口信，并非通常的问候，更是传达了自己依然冰清玉洁、坚持操守的信念，可以说是大有深意的。

镇江的美景，不仅使得途经此地的诗人触景生情留下千古名句，更引得画家情不自禁用画笔，把这景色永远定格在纸上。这幅《云起楼图》，就是以镇江的山水为原型来进行创作的。

　　我们由远及近来看。画面的主体描绘了雨中江南的连绵青山，起伏的山峦若隐若现，出入于云雾之间。在画面中景处的丘陵顶端，隐约可以看到有一两座宅院，掩映在烟云变幻的山中，有一种"只在此山中，云深不知处"的缥缈。在画面的近景处，是两排极具层次感的苍松。

　　《云起楼图》一般被认为是米芾的画作，画家巧妙地运用了"烟云掩映"的技法，分隔出远景、中景和近景之间的空间感。远处的山影是用墨点晕染的，这就是所谓的"米点皴"的画法，用密集的扁圆横点，连点成线，积线成片。山顶上积墨浓重，用来表现阴影。近景同样以类似的技法点染出两排松木，墨色浓重沉着，让整幅画作显得更加沉稳。松木之间和远山之间，都用烟云留白的技法分隔空间，与整幅图表达的缥缈意境相映成趣。

　　这幅画中景处云山掩映的宅院，也很容易让我们联想到米芾位于镇江北固山的故居"海岳庵"。米芾和王昌龄一样，也是一片冰心，不擅长官场逢迎，因此他一生并没有做过什么高官。在世人看来，米芾不仅个性怪异，甚至是举止癫狂，因而还被人称作"米癫"。他非常喜欢奇石名砚，在安徽做官时，听说河边有一块形状奇特的怪石，当时人们认为这是神仙之石，不敢擅自乱动，怕招来不测。而米芾不怕，他不光派人把它搬进自己家，甚至摆好供桌，上好供品，跟这块怪石拜了把子。事后，米芾还被人以"有失官方体面"为由进行弹劾，还被罢了官。米芾这种癫狂"人设"，就算放在今天也是一个非常独树一帜的艺术家形象。也许正是这种不入凡俗的个性和怪癖，成为了米芾在艺术上成功的基石。

　　米芾的画风自成一家。在他生活的时代，山水画已经有了比较

成熟的形式和技法。而米芾却独树一帜，另辟蹊径，完全摒弃了勾、皴的技法，运用水墨点染来展现山水，在董源画法的基础上，进行新的创造，开创出了自己的"米家山水"。

当然，能够创造出这种含蓄、空蒙的山水画法，也与米芾长期居住于镇江有着很大关系。镇江可谓是米芾的第二故乡，这里空灵秀丽的自然风光，极大地激发了米芾的书画创作灵感。

作为一座文化名城，镇江与文人雅士无疑是相互成就的。钟灵毓秀的自然风景使得文人墨客流连期间、灵思泉涌，而他们所留下的这些千古佳作，也使得镇江人文荟萃、天下驰名。

诗意姑苏

上有天堂，下有苏杭。前面，我们已经在诗情画意中领略了杭州的湖光山色，我们再来感受一下苏州的美。说起描写苏州的古诗词，论知名度和影响力，非唐代张继的这首《枫桥夜泊》莫属。

枫桥夜泊

唐 · 张继

月落乌啼霜满天，江枫渔火对愁眠。

姑苏城外寒山寺，夜半钟声到客船。

安史之乱爆发后，一个秋天的夜晚，诗人张继孤舟夜泊苏州城外的枫桥，途经寒山寺。眼前月落乌啼、霜天寒夜、江枫渔火，这些带着淡淡忧伤的景象，与诗人的旅途愁绪、家国之忧，以及身处乱世没有归宿的复杂情感交融在一起，于是就有了这首有景有情，有声有色，意境清远的小诗。全诗短短二十八个字，却给了人们无限的遐想，和一种意犹未尽的故事感。

读着这首诗，仿佛听到了诗人在诉说当年的故事：在一个晚秋初冬的半夜，我乘船来到苏州城外，船停泊在寒山寺外的枫桥下，此时眼前的景象突然让我心生愁绪：月亮西沉，寒霜满天，乌鸦也被冻得瑟瑟难眠，不时地发出悲戚的哀啼。乌鸦如此，人何以堪？我辗转难眠，悲从心来，乌鸦是不是也在哀叹我的失意？深秋的黑夜里一片肃杀，好像战乱后人们心中冰冷的寒意，在这个乱世中我该何去何从？对着岸上的枫树和江边的渔火，我彻夜难眠。这时，寒山寺的夜半钟声，悠然传到了客船上。它似乎猜透了我的心思，来陪我度过这寂寥无眠的漫漫长夜。这寺院的钟声，就好像一位得道高僧，为愁苦无助的我指点迷津，不过它是在规劝我超凡脱俗呢，还是在激励我奋发图强呢？

张继生于唐代开元初，关于他生平事迹的资料很少，在他仅有的一点生平资料中，我们可以确定他曾经经历过唐代最著名、也最重要的一场战乱——安史之乱。从这首诗里所透露的忧愁情绪来看，诗歌应该就是在安史之乱爆发后，他南下避难时写的，表达了他面对战乱时的迷思。

张继南下，为什么会选择苏州？这个不难推断，一是苏州自古以来景色优美，是秀美江南的代表，可以游览一番美景。二是唐代因为江南运河开通，江南经济迅速发展，苏州成为东南沿海水陆交通要冲，是一座繁荣富饶、具有丰厚的文化底蕴、充满诗意的城市，自然成了文人雅士的向往之地。

张继一生留下来的诗歌不多，但这首诗却成为他的绝唱，苏州让历史记住了张继这个诗人。同时，这首诗也成了苏州的一张重要的文化名片，苏州因为张继这首诗知名度大大提高，而寒山寺呢，

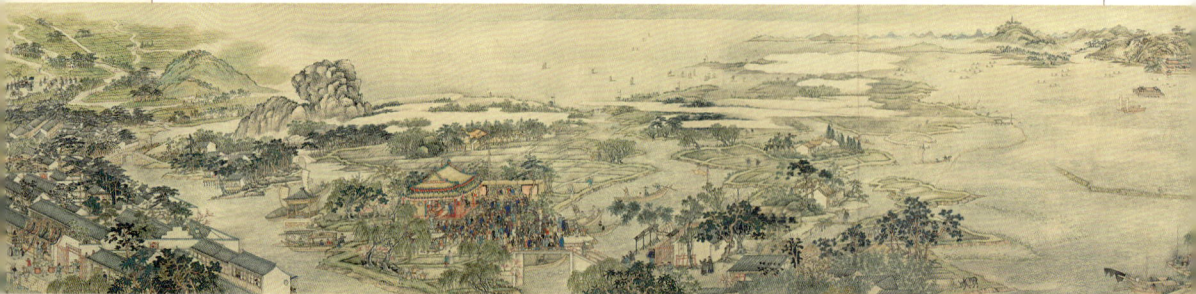

《姑苏繁华图》 清·徐扬 纸本设色 1225cm×35.8cm 辽宁省博物馆藏

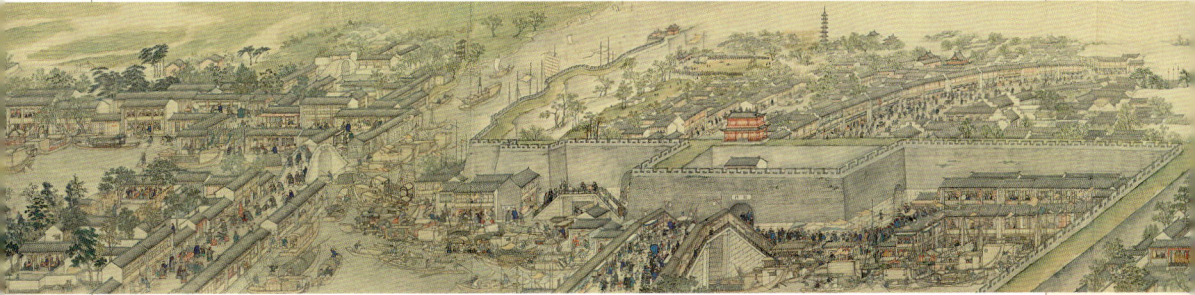

本来只是苏州城外的一座小寺，也因为这首诗而名扬天下，成为游览胜地。可以说，苏州和张继是互相成就。

如果说《枫桥夜泊》这首诗通过一个充满愁绪的秋夜，让后人记住了唐代的苏州，那么《姑苏繁华图》，则用一种气势恢宏的笔意，诠释了清代乾隆时期苏州的繁华。

《姑苏繁华图》原名《盛世滋生图》，是清代宫廷画家徐扬用了三年多时间描绘出的一幅巨作，它的长度达到十二米多，比《清明上河图》的长度超出一倍还多，它和《清明上河图》的共通之处还在于，二者都是典型的风情画，而且绘画水平也极其高超。

我们看这幅作品时会不由得感叹，它像一部高清摄像机一样，将清朝乾隆时期最为繁盛的苏州城，以及江南的风物人情全部展现在画卷里。的确，在没有电视纪录片的时代，风俗画是最接近摄影机的记录方式。这里有老百姓饮食起居、学习劳作、娱乐游玩等各种场面，一些特别有意思的生活场景，比如说相面、测字、化缘等，这些在画面里也都有记录。这幅画还是历史上描绘人物最多的绘画长卷，有人粗略统计了一下，在这幅画里竟然画了一万多个人，这个数字太惊人了。因此，这幅画场面宏大、包罗万象、真实生动，让人如身临其境一般回到了 200 多年前的苏州，回到那个江南地区的经济、政治、文化中心。

　　历史上，徐扬曾经多次陪同乾隆下江南，他对这位皇帝的圣意可以说是心领神会。他凭借自己对家乡历史、文化与地理的深度了解，以长卷形式和散点透视技法创作了这幅《姑苏繁华图》，画的是苏州的市井风貌，实际上歌颂了乾隆时期的国泰民安，因此，这幅图也深得乾隆皇帝的圣心。

　　我们通过诗歌《枫桥夜泊》和画作《姑苏繁华图》品味了不同时代、不同视角、不同侧面下的苏州，但殊途同归的是，它们都建立起一个文化链接，让后世的我们时隔数百年，甚至上千年，依然能够品味到当时苏州的丝丝韵味，这或许就是文化最鲜活的力量。

天府成都

　　说起成都这个城市，在今天很多人印象里，是一个美食美景并存，舒适安逸的地方。的确，成都自古就繁荣富庶、气候宜人，有"天府之国"的美誉。据记载，成都的名字起源于公元前 4 世纪，那时的蜀王把都城迁到这里，城市慢慢发展起来，"一年而所居成聚，二年成邑，三年成都"，"成都"这个名字就是这么来的。

　　到了唐朝，成都更是成为全国最为繁华的工商业城市之一，经济地位甚至超过了当时的都城长安。经济发展，自然文化昌盛。于是，"唐代诗人皆入蜀"。据考证，"初唐四杰"王杨卢骆，杜甫的祖父杜审言，这些著名诗人都有过入蜀的经历。安史之乱之后，杜甫也来到成都，在友人的帮助下，建了一座草堂，定居了下来。

　　此时的杜甫，刚刚经历了安史之乱的流离失所，成都的安定繁华带给他很大的慰藉，他也深深喜欢上了成都这座城市。在一个春暖花开的日子里，杜甫出门踏春，沿着锦江漫步。这一路上花团锦簇、

《山鹧棘雀图》
北宋·黄居寀
绢本设色 97cm×53.6cm
台北故宫博物院藏

鸟鸣蝶舞，惹得杜甫诗兴大发，一路赏花一路作诗，竟一连写了七首。下面这首诗，便是其中的第六首。

江畔独步寻花（其六）

唐·杜甫

黄四娘家花满蹊，千朵万朵压枝低。

留连戏蝶时时舞，自在娇莺恰恰啼。

杜甫这组诗，前面几首写找人喝酒、人没在家，烦恼不堪的小情绪；后来又遇见"桃花一簇开无主"，纠结犹豫应该喜欢哪朵花；直到走到了黄四娘家门口，这心情才明朗开阔起来。我们一起来看一下诗的内容："黄四娘家花满蹊"，这黄四娘是谁呢？她是杜甫住在草堂的一位邻居，这句诗说明寻花的地点是在"黄四娘家"门口的小路上。整条路繁花盛开，开成什么样呢？杜甫立马来了妙句："千朵万朵压枝低。"这句里的"压"和"低"两个字用得十分贴切，说的是这花啊，密密层层、又大又多，沉甸甸的，把枝条都压弯了。花团锦簇，蜂蝶自来。于是下一句："留连戏蝶时时舞"，"留连"这个词用得也很妙，形容蝴蝶飞来飞去，舍不得离开的样子。花可爱，蝴蝶的舞姿也很美妙，不免使漫步的诗人也"流连忘返"了。不过，沉醉花丛的杜甫还没来得及多作停留，就被一阵黄莺的歌声唤醒，于是有了第四句"自在娇莺恰恰啼"。

杜甫的《江畔独步寻花》组诗脉络清楚，层次井然，仿佛是一幅寻花地图，规划出一条成都春天的赏花路线。不仅表现了杜甫对花的惜爱、对美好生活的流连和对美好事物常在的希望，更寄托了他对成都这座城市的深厚感情。

　　可以说，成都毫无疑问是杜甫的宝地。杜甫居住在成都的几年，是漂泊一生中难得的安稳时光，他的诗歌创作也进入了一个鼎盛时期。这个时期，在中国文学史上也至关重要，因为诗佛王维和诗仙李白相继离世，如果不是杜甫的创作巅峰时期到来，那么中国文坛很有可能遭遇文化断层的危险。成都为杜甫敞开了怀抱，滋养了他的一颗诗心。杜甫也将满腔才情回馈给了成都，他在这里一共创作了两百多首诗歌，涉及成都的方方面面，这些都成为我们今天了解

这座城市不可多得的宝贵财富。

　　天府之国成都，钟灵毓秀，人杰地灵，历来人才辈出，北宋画家黄居寀就是其中一位。黄居寀是成都人，五代十国末期，他跟父亲黄筌因为擅长画画，一起在后蜀宫廷做翰林待诏。到了宋代，深得宋太宗的赏识，仍留任宫中。黄居寀擅长画工笔花鸟，他的特色是用笔劲挺工稳，精于勾勒，填彩浓厚华丽。我们欣赏的这幅黄居案画作，是收藏在台北故宫博物院的《山鹧棘雀图》。

　　《山鹧棘雀图》描绘的是晚秋时节的溪边小景，最引人注目的，是画面里形形色色的鸟类，对中国古画了解的人，很容易在黄居寀的这幅画里看到他父亲黄筌《写生珍禽图》的影子。黄居寀这幅画里，对这些鸟禽的姿态、位置也做了很好的构思和经营，突出了"宾"和"主"的概念。很显然，位于画面下部、最前景的这只山鹧，它的身份是"主"。画家将它放在画面的显要位置，将画幅左右撑了个满满当当。这只山鹧停在溪水边的一块石头上，伸着脖子，尾巴上扬。它身后的枯木上，分布着好多只鸟雀，这些鸟雀的身份是"宾"。它们种类不同，姿势各异，主宾分明，但每一只都被黄居寀描绘得细致入微，栩栩如生，体现了他写实的功力。

　　从唐玄宗入蜀开始，长安以及江南地区大批著名画家也纷纷入蜀，对成都的艺术发展产生了很大促进作用。黄筌和黄居寀父子，正是受其影响成长起来的画家。唐末五代时期，成都已经成为全国的绘画艺术中心，再加上全国的优秀诗人汇聚于此，成都这座城市，终于迎来了自己艺术上的黄金时期。

明秀泉城

　　济南，古称历下、齐州，自古以来人才辈出、景色优美，"四面荷花三面柳，一城山色半城湖"。更有特色的，是这里泉水众多，所谓"家家泉水，处处垂杨"，因此济南又被称为"泉城"。也许正因为这湖光山色、处处泉水，使得济南的风光有一股江南的明秀之气，北宋大诗人黄庭坚就有"济南潇洒似江南"的诗句。中国历代流连赞叹济南风光的诗人有很多，我们要读的，就是金代诗人元好问的《济南杂诗》：

济南杂诗十首（其十）

金·元好问

看山看水自由身，著处题诗发兴新。

日日扁舟藕花里，有心长作济南人。

这首《济南杂诗》的作者元好问是山西人，但他从小就和在掖县做官的叔父一起生活。掖县属莱州府，就是今天的山东省莱州市，与济南离得不远，因此元好问在很小的时候就去过一次济南。那时候他年纪虽然不大，但济南的美景已经给他留下了深刻的印象。

1234年，金朝灭亡，北方全被蒙古人占领。经历了亡国之痛的元好问，心情非常苦闷，他想起小时候曾经游览过的济南美景，于是决定到济南游览散心。来到济南后，他一一重走儿时曾经走过的路，弹指一挥，时光已经过去了四十二年。因此，他在《济南杂诗》的第一首里就说"四十二年弹指过，只疑来处是前生"，再次回到济南，竟有一种恍如隔世的感觉。不过，这次济南之行给他留下印象最深刻的，还是济南的美景。因此他在济南一下子住了二十几天，遍游山水，随行随记，留下十首《济南杂诗》。这首诗便是十首诗中的最后一首，也是对这组记游杂诗的总结，表达了他对济南风光的赞美、向往之情。

当时正值夏秋之际，大明湖中荷花盛开。一叶小舟飘然而过，船夫一面慢悠悠地撑船，一面观赏满湖荷花，悠然自得。此情此景，让元好问非常羡慕，心想："我要是能天天面对这满湖荷花的美景，一直留在济南，做一个济南人该多好啊！"于是有了"日日扁舟藕花里，有心长做济南人"的诗句。这句诗读起来总有一种似曾相识的感觉，对，就是苏轼的那句"日啖荔枝三百颗，不辞长作岭南人"，元好问就是从这里化用的。只不过，苏轼热衷美食，吸引他的是岭南鲜美的荔枝，而济南吸引元好问的原因，则是它秀美的湖光山色。

元好问的《济南杂诗》为我们描述了荷花盛放的大明湖，接下来我们去看看济南的山景。元代的大画家赵孟頫有一幅《鹊华秋色图》，画的就是济南的两座名山——鹊山和华不注山。鹊山海拔很

《鹊华秋色图》　元·赵孟頫　纸本水墨设色　28.4cm×90.2cm　台北故宫博物院藏

低，但山上怪石嶙峋，植被茂盛，风景非常美。相传每年七八月间，山上乌鹊纷飞，布满山巅。又传说这里是名医扁鹊炼丹的地方，所以叫"鹊山"。华不注山，这个名字很有特点。这里有两个通假字，"华丽"的"华"通"花朵"的"花"，"不"字在这里念 fū，通"柎"，也就是花萼的意思。所谓"华不注"，就是花还没开，形容这座山的形状像一朵还没开放的花骨朵。

　　相传，赵孟頫的这幅画是为诗人周密画的。周密祖籍在济南，他曾祖父那一辈的时候，北方被金人占领，跟着宋高宗南渡，客居

在吴兴，之后几代人都没有回过故乡。赵孟頫晚年的时候隐居在吴兴，跟周密关系很好，他经常在周密面前赞美济南的风光，勾起了周密的思乡之情。赵孟頫于是决定把济南的风光画出来，赠与周密，于是有了这幅《鹊华秋色图》。

这幅画中，一片水域从近景一直延伸到远处的地平线，辽阔苍茫。水泽之间是形形色色的树木，有的枝叶茂密，有些已经开始落叶。树木虽然很多，但多而不乱，疏朗有致，布置得当。

既然画名是《鹊华秋色图》，那么画作的焦点自然就在鹊山、

华不注山这两座山上。

这幅画的远景左侧，山色青绿，像牛背一样盘踞的是鹊山。右侧像个巨大的花骨朵冒出地平线的，是华不注山。鹊山平缓，华不注山高峻，二者遥相辉映，气质各异。水光山色之间，隐约可见几处村舍，几个渔民正在劳作，撑篙收网，一片忙碌。

很多朋友在看了这幅画后，会产生一种怀疑，即这两座山是否真实存在？因为在自然界很少有两座不同的山突起于同一平原之上，而且还形态各异。但鹊山与华不注山确实屹立在济南城北。如今，济南城自然变化很大，但二山丝毫没变，历经千载，人事变迁巨大，但山川亘古不变，这正是自然的奇异之处。

《鹊华秋色图》的色彩也非常有特色。这是一幅青绿设色的山水画，两座山用石青染色，山色与树叶、水域之间深浅不一的青色色调相同，但又富有变化。中间夹杂着的屋顶、树间的红叶，用偏赭石的红色点染，既让画面色彩有了亮点，又不至太过艳俗，是典型的文人画意趣。整幅画气韵清新，绘出了鹊华二山宁静恬淡的秋日氛围。相信周密在看了这幅画之后，也一定会被这美妙景色深深吸引，为自己的家乡感到自豪和骄傲。

灵秀惠州

　　900 多年前的北宋绍圣年间，岭南地区的惠州发生了一件超级大事：大文豪苏轼被贬官，马上就要到惠州赴任了。这在当时的惠州无疑是个爆炸性的新闻。因为惠州地势偏远，很少能有这么知名的文人来到此地，所以惠州人民对苏轼的到来感到格外兴奋。

　　要知道在古代，岭南地区十分偏远，一直被"妖魔化"，人们觉得这里充满瘴气、瘟疫和蛇虫。许多官员在得知自己要被贬岭南，甚至把后事都安排好了，比如韩愈贬官潮州时，就写下了"好收吾骨瘴江边"的诗句，他压根儿就没想活着回来。那么苏轼到惠州的时候已经年近六十了，一位花甲老人在这个所谓的"蛮貊之邦"，生活将是什么样，心境又会如何呢？我们通过这首《惠州一绝》来感受一下。

惠州一绝

北宋·苏轼

罗浮山下四时春，卢橘杨梅次第新。

日啖荔枝三百颗，不辞长作岭南人。

　　这首《惠州一绝》是苏轼贬官惠州之后创作的。与韩愈"好收吾骨瘴江边"的悲壮相比，苏轼看起来却显得轻描淡写。可以看出，他在惠州不仅适应得很快，甚至是毫不掩饰地爱上了这个地方。

　　诗中说：罗浮山下四季都是春天。气候温暖，四季如春，山珍水果自然丰富。卢橘、杨梅、荔枝，每一样都是最新鲜的。当年辗转大半个中国才能送到杨贵妃面前的荔枝，苏东坡足不出户就能吃到最新鲜的，而且还要"日啖三百颗"，这是何等的乐事！大家都

知道，苏东坡性情豁达乐观，他爱吃，也会吃。这岭南的鲜果，算是对了这位"老饕"的胃口。有了这鲜甜的荔枝，优哉游哉，乐不思蜀，自然"不辞长作岭南人"了。

当然，如果你仅凭这首诗就断定苏轼在惠州的生活只有安逸享乐，那就大错特错了。他在惠州任职不过三年时间，时间虽短，却时时都在关心着民间疾苦和地方建设。小到改良农具、施医散药，大到修桥筑路，他都亲力亲为。即使在修建的时候遇到资金不够的问题，苏轼也没有放弃。他把皇帝赏赐的物品拿出来换钱，同时写信给弟弟苏辙求助，才使工程顺利实施。

在唐宋之际，惠州还是一座默默无闻的南方小城。苏轼的降临，改变了这座小城的命运。苏轼以他的生花妙笔和巨大影响力，成为惠州历史上最著名的文化传播者。惠州西湖在苏轼的笔下声名远播，

成为与杭州西湖并美的人文景观。而他在惠州期间创作了数百篇的
诗词文赋，为惠州留下了珍贵的文化遗产，为这座千年古城增添了
丰富的文化内涵。

　　刚才我们讲到，《惠州一绝》是苏轼在惠州的罗浮山创作的。
那么讲到罗浮山的美景，就不得不提到"元四家"之一王蒙的画作
《葛稚川移居图》。这幅画作描绘了晋代名士葛稚川，也就是葛洪，
携全家移居罗浮山炼丹捣药的情景。而罗浮山之所以出名，就要从
这画中的葛洪说起。

　　东晋的葛洪是道教历史上里程碑式的人物，他移居罗浮山
三十二年，以朱明洞为中心，采药炼丹、治病救人、著书立说。葛
洪的到来，真正奠定了罗浮山在中国名山中的地位，使其成为道家
传说的仙都，位列十大道教名山之一。

　　再来看这幅《葛稚川移居图》。这幅画以山水为主体，崇山峻

岭，飞瀑流泉，树木丹碧相间，山间茅舍俨然，将罗浮山秀美清幽的美景描绘得恰如其分。在画面的近景处有几组人物：牧人牵着牛，牛背上或许是他的妻子和孩子；樵夫背着木柴，童子背着古琴。中间石桥上，那位穿着道服的高士，想必就是葛洪了吧。他仙风道骨，手牵着一只梅花鹿，似乎正在回头与身旁的路人交谈。画面中的人状态闲适、神情悠然自得，配合着清幽的罗浮山风光，像极了陶渊明笔下遗世独立的桃花源。

　　这幅画用笔细致精秀，构图繁复饱满，是王蒙山水画茂密风格的杰作，也正体现了他画法"繁密"的特点。人们常拿元四家中的倪瓒和他作对比，他们俩画风差异很大，倪瓒相对简逸。但王蒙的《葛稚川移居图》，除了画中左下角空出来一小块水面外，其余各处都布满了山石树木，植被浓密、草木茂盛，不留一丝的空隙，并且画中点景人物丰富，具有很浓郁的生活气息。有人说王蒙像极了处女座，不放过画中的任何一个位置，对画中的每一个细节也都要求到极致，画到极致。这似乎有一些戏谑的意味在其中，但也正是对他"繁密"画风的肯定。

　　《葛稚川移居图》这幅画寄托了画家王蒙隐居避世、栖息林泉的理想，由此可见，罗浮山的秀美景色和清幽的隐逸格调，也是十分令他向往的。

　　惠州虽然地处偏远，但是，却受到了历史的格外垂青。因为苏轼，因为葛洪，因为王蒙，这里的空气似乎不再愚昧瘴疠，这里灵动的山水也不再尘封。

壮美武威

　　甘肃武威，古称凉州，古时候是西北的首府。唐朝时，这里也是河西走廊的军政中心。重要的地理位置，使它成为兵家必争之地。每逢战争发生，朝廷派军队去打仗，除了带兵打仗的武官，也需要文官随军来掌管文牍事务，这就促成了边塞诗人这个群体的出现。而在边塞诗中，最耳熟能详的当数《凉州词》了。

凉州词（其一）

唐·王翰

葡萄美酒夜光杯，欲饮琵琶马上催。

醉卧沙场君莫笑，古来征战几人回。

　　这首《凉州词》其一，作者是著名的唐朝边塞诗人王翰，他性格豪放不羁，因此他写的这首《凉州词》，也跟其他边塞诗不一样。

《凉州瑞像图》
唐·佚名
刺绣作品　241cm×159cm
大英博物馆藏

《葛稚川移居图》
元·王蒙
绢本设色 139.5cm×58cm
北京故宫博物院藏

通常边塞诗都以开阔的塞外景色来开篇，他呢，一开篇就是"葡萄美酒夜光杯"，既具体又有画面感，就像突然间拉开一道帷幕，在人们的眼前展现出觥筹交错、酒香四溢的盛大筵席，并且利用通感的手法，从味觉和视觉两个方面，向我们展现了宴会的丰盛。

"葡萄美酒"，在唐代是西域特产，也是典型的凉州风物。早在汉武帝时期，凉州人就从西域引进了葡萄种植与酿造技术，也在这千古佳酿中形成了嗜酒豪饮的风俗，诗人的诗意与美酒相融形成了一种独特的诗酒风流。"夜光杯"，传说周穆王时有人曾进献"夜光常满杯"，用白玉之精制成，光明夜照。这里用来指代宴会上精美的酒杯，格外增添了一种颜色美。

第二句写"欲饮琵琶马上催"，对这一句的理解，历来都有分歧，一种观点是琵琶声在催促将士出征，另一种则是以琵琶奏乐，催促将士们举杯饮酒，但不论哪种解释，都是边塞战场上所特有的风情。

诗的后两句以战士的口吻，说出了"醉卧沙场君莫笑，古来征战几人回"。将士们难得痛饮，他们豪气十足地说："请不要笑话我们喝得东倒西歪，自古以来，戍边征战的人有几人能平安回来啊？""古来征战几人回"，短短几个字，就昭示了古代边塞战事频繁，将士们为了保家卫国，命不保夕，难得安稳的边关生活。眼前的纵情欢歌是多么难得啊，他们一出征，还能平安归来吗？

这首诗可以说是古代边塞生活的剪影，描写了将士们热闹的宴饮，表现了他们豪迈旷达的情怀。但这首诗在豪放之中又含有悲凉的情调，这也正是它的妙处和广为流传至今的重要原因。

最后还说一下这个题目：《凉州词》，起初是"凉州歌"这个乐府曲牌的唱词，古代的诗很多都是作为唱词出现的，尤其是绝句。如今这首诗的曲调唱法我们已经无从得知，但我们依然能从它的词意中，感受到慷慨悲壮的豪迈气质。

王翰用诗歌描绘出了唐朝将士们在边塞的生活景象，那么凉州本地又有哪些古迹传说呢？这一幅敦煌刺绣《凉州瑞像图》中所描绘的"凉州瑞像"，还有一段自己的故事。

相传北魏时有一位高僧，名叫刘萨诃，他一路西行到凉州番和县，意外发现了一座奇特的山，看起来非常像一尊倚山而立的石佛像，于是，刘萨诃根据地名将它命名为"凉州瑞像"。据传说，这尊石佛像能够预测社会兴衰和人世祸福。据说在隋朝时，隋炀帝亲自巡查河西走廊，来到了凉州番和县。谁也没想到，这位出名的暴君，来这里竟然是为了亲自拜谒"凉州瑞像"，可见这个信仰在当时还是非常深入人心的。

我们再来看这幅作品，首先能发现其中繁复的对称式构图，从佛祖顶上的华盖和两侧的飞天，到分列在佛祖两侧的弟子和菩萨，最后是莲座下方的两只狮子和供养人群像，整体都呈现出对称的格局，衬托出了佛祖的伟岸和庄严。

画面正中间的佛祖身披色彩鲜艳的红色袈裟，袒露右肩，赤脚立于莲座上。佛祖右手手臂下垂，左手拉着衣襟，双肩浑圆，袈裟紧贴佛身，充分体现了一种人体美，与传统中国画中"曹衣出水"的风格也非常接近，体现了佛教在进入中国之后，不断本土化的一个过程。

这件作品最奇妙的地方在于，当你从远处看它时，就像一幅水墨丹青画。而走近细看时，才能发现这其实是一件刺绣作品。作品中用非常细密的各色丝线精工细绣，轮廓部分则采用了黑色针脚，使作品看起来就像水墨画一样。因此，这幅画不仅是一件精美绝伦的艺术作品，对研究当时凉州地区的宗教信仰、民间手工艺，都具

有非常重要的史料价值。

《凉州瑞像图》出土于敦煌莫高窟藏经洞，由于当时晚期清政府的无能，许多珍贵文物都流失海外，这幅《凉州瑞像图》也被英籍匈牙利探险家斯坦因盗买，之后带出中国，在 1919 年入藏大英博物馆，被命名为《释迦牟尼灵鹫山说法图》。

凉州作为河西走廊的军政中心和丝绸之路的东大门，在数千年的历史中，见证过金戈铁马，也经历过歌舞升平。当大漠烽烟消散，当胡笳哀鸣远去，我们依然可以透过这些苍凉的诗句，透过这些精美的造像，去感受凛凛朔风之后温润的文化印记。

秀色九江

　　九江，是一座古老而美丽的城市。古书说九江"据三江之口，当四达之衢"，位置通达，自然商贾云集、贸易繁荣。在唐代九江叫作江州。元和十年（公元 815 年），白居易被贬任江州司马，写下了脍炙人口的名篇《琵琶行》。"座中泣下谁最多？江州司马青衫湿"，令江州声名大震。

　　在《琵琶行》之前，唐代文学家、宰相权德舆也写了一首与九江有关的送别诗，这首诗的第一句，现在还常常被用来赞美九江风光。

送孔江州

唐·权德舆

九派寻阳郡，分明似画图。

秋光连瀑布，晴翠辨香炉。

才子厌兰省，邦君荣竹符。

江城多暇日，能寄八行无。

《山水八段图卷（之一）》　明·唐寅　绢本设色 32.4cm×413.7cm　美国大都会博物馆藏

　　《送孔江州》又叫《送人之九江》，是权德舆送别一位即将去江州上任的朋友而作的。

　　权德舆出生在一个家风雅正的官宦家庭里。他的父亲权皋，曾做过安禄山的幕僚，"安史之乱"爆发前，权皋当机立断，以逃离叛逆的义勇行为，受到当时人们的称赞。权德舆自幼聪明好学，"三岁知变四声，四岁能为诗"，十五岁就创作了数百篇文章，开始有了名气，逐渐成为了文坛中举足轻重的人物。就连后来的文豪刘禹锡、柳宗元等，在那个年代，也是纷纷奉上自己的文章诗作，请求权德舆过目点评。

　　了解完诗人，再回头来看《送孔江州》这首诗。首联"九派寻阳郡，分明似画图"。这两句诗开门见山，赞美风光如画的九江。九派，

指的是长江到了湖北、江西一带有九条支流，因此用九派来指代这个地区的长江。晋代郭璞在《江赋》中提到过："流九派乎浔阳。"浔阳，就是九江。

"秋光连瀑布，晴翠辨香炉"，说的是九江庐山的美景。送别友人正值秋天，诗人用文字为友人展开了一幅庐山画卷：秋高气爽之时，阳光照耀在山川草木，山光水色连成一片美景。而那庐山瀑布和香炉峰，在这片翠色欲滴中清晰可辨。

"才子厌兰省，邦君荣竹符"，"兰省"也叫"兰台"，在唐代是秘书省的意思。"竹符"泛指地方官吏的印符，借指州郡长官。这句是说，朋友你厌倦了兰省的官职，所以才去地方上做官。看来，这位孔江州是从秘书省调职去地方的。"江城多暇日，能寄八行无"，这句诗是作者在依依不舍的送别之际，叮嘱友人到了目的地之后，如有空闲，记得回信报平安。整首诗感情充沛，情真意切，读起来朗朗上口。

一处浔阳江，目送了千百年文人的离愁，也开启着每个新客的憧憬。白居易有感于浔阳江边的送别，留下"浔阳江头夜送客，枫叶荻花秋瑟瑟"的愁绪；孟浩然在漫游山水、泛舟浔阳之际，写出"大江分九流，渺漫成水乡"的洒脱；而"诗仙"李白更是愿付余生隐居在此，发出"九江秀色可揽结，吾将此地巢云松"的愿景。九江，真是一座充满诗情的城市。

九江的文化记忆，在古代文人那里代代传递、不曾停息。唐人白居易在九江留下了千古名篇《琵琶行》。时过境迁，这首诗歌到了明代的一位才子手中，却在画纸上展现出了另一番见解。这位明代的才子，就是书画名家唐寅。唐寅在他的《山水八段图卷》组图中，以白居易的《琵琶行》为主题，绘制了整组画卷的第一幅图《浔阳送别》。

我们来看一下这幅画的内容。整幅画作呈对角线构图，在右上角，作者采用了大片留白区域，来展现浔阳江的广阔，从而也体现了白居易送客时候，孤单凄苦的心境。左下角是画面表现的重点：岸边垂柳依依，一艘客船停在江边。船上有几个人物，依稀可辨认出是船夫、女子、白衣男子、青衣男子以及一个侍仆。根据《琵琶行》"江州司马青衫湿"的描写，可以猜出，青衣男子应该就是白居易，而"犹抱琵琶半遮面"的那位女子，就是主人公琵琶女了。

在白居易的《琵琶行》里，重点描述了琵琶女精湛的弹奏技艺，"嘈嘈切切错杂弹，大珠小珠落玉盘"。而在这幅画里，我们并没有感受到弹奏过程中落珠泄玉般的畅快，而是有着一种无声的静默。

浔阳未必是天涯 两岸
风清芦荻花 谁走舟中
西司马满江明月听琵琶
唐寅畫

让人不由得想到《琵琶行》里那句："东船西舫悄无言，唯见江心秋月白。"静默的画面，配合淡远的江景，不着重墨，仿佛让我们感受到明月朗照、江水悠悠的寂静。

唐寅在作画过程里，除了表现出《琵琶行》的诗意，还展示了画家本身对作品表达的取舍。《琵琶行》原诗当中有"枫叶荻花秋瑟瑟"一句。可以看到，画中荻花有了，却不见枫叶。实际上，秋天的枫叶太过红艳，并不符合整体画面的调性。于是，唐寅用"柳堤秋草"来代替枫叶，把白居易诗歌里的离别氛围渲染得十分到位。

这幅《浔阳送别》的构图重心位于左下角。为了画面构图的平衡，唐寅在右上角题诗一首。作者题诗参与画面构成，是在元代、明代之后的丹青作品中逐渐形成的。唐寅这首诗的内容是："浔阳未必是天涯，两岸风清芦荻花。谁是舟中白司马，满江明月听琵琶。"唐寅是一个闲适风流的文人才子，与白居易身份秉性都有很大差异。这首题诗与《琵琶行》两相对比，也更多了几分轻松和闲适。

唐寅擅长作人物画，但是这幅《浔阳送别》却是山水为主，人物在其中只起到点缀作用。这需要从整体的角度来理解这幅画作。《浔阳送别》出自山水组图《山水八段图卷》，是以浔阳景色为主题的八幅丹青作品。除了这幅之外，还有《绿荫深处》《临轩雅志》《萧寺空山晚》《狼藉惊飞雨》等另外七幅。八幅山水各具主题，张张精彩，在唐寅笔下尽显浔阳山水之秀，把九江自然风光之美以水墨渲染到极致。

长江和庐山的灵秀孕育了九江的山水气质，可以说，历代诗画文人的笔墨，赋予了九江旖旎风光更深层次的文化承载，造就了浔阳城绵延千年的厚重文化底蕴。

诗书画中的文化名城

图书在版编目（CIP）数据

诗书画 / 东方卫视《诗书画》栏目组编撰 . -- 上海：
学林出版社，2019.8
ISBN 978-7-5486-1539-2

Ⅰ.①诗… Ⅱ.①东… Ⅲ.①古典诗歌—诗歌欣赏—
中国②汉字—书法—鉴赏—中国—古代③中国画—鉴赏—
中国—古代 Ⅳ.①I207.2②J292.11③J212.05

中国版本图书馆 CIP 数据核字 (2019) 第 147044 号

特约编辑　冯磊
责任编辑　楼岚岚　许苏宜
封面设计　海未来　汪昊

诗书画
东方卫视《诗书画》栏目组编撰
出　　版　学林出版社
　　　　　（200001　上海福建中路193号）
发　　行　上海人民出版社发行中心
　　　　　（200001　上海福建中路193号）
印　　刷　上海雅昌艺术印刷有限公司
开　　本　720×1000　1/16
印　　张　25.25
版　　次　2019年8月第1版
印　　次　2019年8月第1次印刷
ISBN 978-7-5486-1539-2/I.211
定　　价　128.00元